KiWi
PAPERBACK
1126

## Das Buch

Una, 29, angehende Modedesignerin, passt ihr Leben ganz gut, auch wenn ihr Chef ein Idiot ist. Sie mag Flohmärkte, ihre Wohnung und Wurst, sie näht nachts gern Kleider und schaut seltsame Filme, und wenn ihr langweilig wird, schiebt sie Möbel hin und her oder räumt auf. Außerdem liebt sie Per.

Per, 30, hantiert beruflich mit Statistiken, spielt begeistert Fußball, kann Fleisch nicht ausstehen und wäscht äußerst ungern ab. Er mag es, wenn Dinge bleiben wie sie sind, und entscheidet im Zweifel lieber später. Ach so: Er liebt Una.

Una und Per sind glücklich. Dann ziehen sie zusammen.

Und schon geht es los: Una will ein eigenes Zimmer und dass Pers blauer Schrank in den Keller kommt. Per will ein Wohnzimmer und dass sein Gemüse im Kühlschrank nicht neben Unas Fleisch liegen muss. Una will gemeinsame Abendessen und Per nach Hause kommen, wie es gerade passt.

Dann, gerade als Per anfängt, Pärchenabende und sein neues Erwachsenenleben zu mögen, macht er einen Fehler und Una bekommt eine E-Mail, die alles in Frage stellt ...

Weil sie bei aller Liebe eine Menge Dinge unterschiedlich sehen, erzählen sie diesen Roman aus zwei Perspektiven.

## Die Autoren

*Susanne Klingner,* geboren 1978 in Berlin, studierte in Leipzig Politik und Journalistik und absolvierte ein Volontariat bei der »taz«. Sie arbeitet als freie Journalistin in München, u.a. für »Süddeutsche Zeitung« und »SZ-Magazin«, »Der Freitag« und »taz«. Sie ist Gründerin und Redakteurin des feministischen Weblogs »maedchenmannschaft.net«, 2008 veröffentlichte sie mit Meredith Haaf und Barbara Streidl »Wir Alphamädchen«.

*Bastian Obermayer,* geboren 1977 in Rosenheim, studierte Politik, Geschichte und Amerikanistik und absolvierte die Deutsche Journalistenschule in München. Er schrieb als freier Journalist für »SZ-Magazin«, »Neon«, »Süddeutsche Zeitung«, »Frankfurter Rundschau« und andere Medien, seit Februar 2008 arbeitet er als Redakteur beim »SZ-Magazin«. Er erhielt für seine Reportagen diverse Auszeichnungen, u.a. den Theodor-Wolff-Preis 2009.

Susanne Klingner Bastian Obermayer

# Pärchenabend *forever*

Roman

Kiepenheuer & Witsch

1. Auflage 2010


Umschlaggestaltung: Barbara Thoben, Köln
Umschlagmotiv: © plainpicture/Design Pics
Gesetzt aus der Sabon
Satz: Pinkuin Satz und Datentechnik, Berlin
Druck und Bindearbeiten: CPI – Clausen & Bosse, Leck
ISBN 978-3-462-04156-9

## Per

Es war ein Sonntagmorgen Mitte November, als Una und ich beschlossen, unsere Liebe zu ruinieren.

Wir wachten nebeneinander auf, alberten herum und dann lag ihr Kopf auf meiner Brust, sie schaute verträumt in die Luft und sagte: »Sag mal, wenn Leo auszieht und ihr die WG auflöst, willst du dann nicht bei mir einziehen? Meine Wohnung ist groß genug für zwei.« Sie drehte ihren Kopf zu mir und sah mich an.

Ich habe eher nicht »ja« gesagt. Vielleicht unsicher gelächelt? Geblinzelt? Geatmet? Irgendwie muss ich einen erfreuten Eindruck auf Una gemacht haben, denn sie warf ihre Arme um mich und wir küssten uns. Das war's.

Es war besiegelt und verbrieft.

*Point of no return* heißt das in der Fliegersprache und meint den Augenblick, ab dem ein Flugzeug dem Abheben entgegenrast und die Startbahn nicht mehr lang genug ist für eine Notbremsung. Die Entscheidung kann nicht rückgängig gemacht werden, der Start nicht mehr abgebrochen werden – selbst wenn dem Piloten auffällt, dass eine Tragfläche fehlt –, weil das Flugzeug schon zu schnell ist und geradewegs in Wald oder Häuser krachen würde, oder was eben hinter der Startbahn kommt.

So war es auch mit der Zusammenwohnsache, da kam man nicht mehr raus, nicht als Paar. Zumindest kannte ich kein Paar, das friedlich wieder ihre und seine Sachen in Kartons sortiert hätte – hier eine Lampe, dort eine Vase, jeder drei Weingläser –, weil sie es miteinander in einer Wohnung nicht ausgehalten hatten.

Ein Paar kam da nur mit der immergleichen Aufgabenteilung raus: Einer macht Schluss – und der andere zertrümmerte Lampe, Vase und Weingläser. So lief das. Ich wollte aber nicht Schluss machen, ich wollte mein Leben behalten, wie es war: ausgehen, ohne mich abmelden zu müssen, heimkommen, ohne leise sein zu müssen, arbeiten so lange ich wollte und meine Ruhe haben, wenn mir danach war. Auf dem Bett Pizza essen und den Karton liegen lassen. Am Wochenende Fußball spielen und danach Sportschau schauen und hoffen, dass Borussia Dortmund gewinnt und Schalke nicht. Frei sein eben, und verliebt in Una.

Aber ich hatte Unas Wohn-Antrag angenommen – in meinem Bett in meinem Zimmer in meiner WG. Wir mussten also zusammenziehen und dem damit unvermeidlichen Ende unserer schönen Beziehung entgegenwohnen.

Zu den Fakten: Leo war mein Mitbewohner, über fünf Jahre, und mein bester Freund. Er hatte eine Art besseres Praktikum bei einer Zeitung in London bekommen und fing schon im Dezember an. Das hatte ich Una am Abend zuvor erzählt, und auch, dass nicht klar war, ob ich in der Wohnung bleiben könnte, weil Leo Hauptmieter war. Und dass ich wenig Lust auf eine neue WG verspürte und eigentlich auch aus der Wohnung rauswollte, das winzige Bad, der kaputte Herd, der unverschämte Vermieter. Allerdings hatte ich an eine eigene Wohnung gedacht. Eine, in der nur ich wohnen würde.

Aber das brachte ich nicht heraus.

Am meisten ärgerte mich an der Sache, dass ich eigentlich ein vernünftiger Kerl war. Ich hielt mich an Gewissheiten oder, wenn es die nicht gab, wenigstens an Wahrscheinlichkeiten. Die gab es immer, und meistens kannte ich sie, das lag an meinem Beruf: Ich war bei einem großen Zeitungs- und Zeitschriftenverlag für die Zahlen verantwortlich, genauer gesagt: Ich arbeitete in der Abteilung Statistiken & Schaubilder. Wann immer ein Redakteur noch ein paar anständige Zahlen, Studien oder ein schönes Tortendiagramm brauchte, rief er mich an. Ich fand was. Und was ich einmal recherchiert hatte, behielt ich, ich konnte mir Zahlen schon immer gut merken. Ich wusste zum Beispiel seit sechs Jahren, dass zehn Prozent aller Salmonelleninfektionen durch den Genuss von Tiramisu, Pudding oder ähnlichem Zeug mit rohen Eiern ausgelöst wurden. Das war ein erstaunlicher Prozentsatz. Nun gehörte ich nicht nur zu den 64 Prozent aller Medienkonsumenten, die gerne Statistiken lasen, sondern auch zu dem noch nie erhobenen Prozentsatz derer, die für ihr Leben auch die Konsequenzen aus diesem Wissen zogen. Also verzichtete ich seit sechs Jahren auf Tiramisu, Pudding und ähnliches Zeug mit rohen Eiern. Zumindest wenn ich den Koch nicht persönlich kannte. Andere Menschen taten das nicht, sie waren unvernünftig; dabei konnte eine Salmonelleninfektion tödlich enden.

Was nun das Zusammenwohnen anging, war das vorhandene Zahlenmaterial weitaus verheerender. Zum Beispiel:

- 23 Prozent aller Beziehungen gingen auseinander, kurz nachdem die beiden daran Beteiligten in eine gemeinsame Wohnung gezogen waren.
- 63 Prozent aller Frauen fanden ihren Partner nach einem Jahr Zusammenwohnen weniger attraktiv als zuvor.
- Paare mit gemeinsamer Wohnung hatten deutlich weniger Sex als andere Paare, und sie stritten sich doppelt so oft.

In Verbindung gebracht ergaben allein diese drei Statistiken – und es gab noch jede Menge mehr dazu – eine klare und für jeden verständliche Lebensanweisung: Zieh nicht mit jemandem zusammen, den du liebst!

Natürlich dachte ich immer wieder daran, dass alles auch gut ausgehen *konnte. Könnte.* Also: *theoretisch.*

Es hoben ja auch Tag für Tag eine Menge Flugzeuge unfallfrei ab, tatsächlich ging nur bei jedem 1,2-millionsten Flug irgendetwas schief.

Nur: Die eine Sache war, dass ich nicht wirklich zusammenziehen wollte. Die andere, dass Una mit der Zeit unweigerlich einen Per kennenlernen würde, den ich lieber für mich behalten hätte – weil dieser andere nicht sonderlich … beeindruckend war: Ich war nicht nur unordentlich und unorganisiert, ich war vor allem langweilig. Nicht immer und nicht den ganzen Tag, aber doch die meiste Zeit. Vor Una hatte ich das bis dahin gut verbergen können, wir gingen ins Kino, essen, auf ein Konzert oder an den See, auch wenn ich mich jedes Mal dazu überwinden musste. Ich war nämlich sehr gerne zu Hause. Gerne auch alleine. Ich konnte stundenlang Dinge sortieren, alte Unterlagen aus dem Studium, meine Bücher, meine CDs, meine iTunes-Bibliothek. Oder: die CDs *und* die iTunes-Bibliothek, nach denselben Kriterien, versteht sich. Ich mochte das. Es gab mir das Gefühl, mein Leben im Griff zu haben. Ich kannte einfach keine Langeweile. Bevor ich mein Altpapier entsorgte, saß ich Stunden im Flur und blätterte in alten *Kickern,* Tageszeitungen oder Anzeigenblättern. Ich mochte auch das. Andererseits war mir klar, dass man mit derartigen Verhaltensweisen etwas sonderlich wirkte. Una würde mich langweilig finden. Erst verschroben und sympathisch langweilig, und irgendwann einfach nur noch langweilig. Dann würde sie sich nach einem anderen umschauen, erst unbewusst, dann bewusst.

Unausweichlich.

Obwohl ich die Zahlenlage kannte und obwohl ich generell vernünftig war, blieb ich an jenem Novembermorgen stumm und umarmte hilflos zurück. Una und ich würden zusammenziehen und alles aufs Spiel setzen. Randvoll mit Glückskitschhormonen lag Una da und ich daneben, während das einflüglige Flugzeug an uns vorbei über die Startbahn raste, immer schneller, immer weiter.

»Was faselst du eigentlich dauernd von Flugzeugen? Ich geh jetzt pinkeln, und danach sagst du mir ohne diesen Mist, warum du so ein Problem hast, mit Una zusammenzuziehen«, sagte Jan und stand auf.

Es war der 26. Dezember, ein Donnerstagabend, zwei Tage vor meinem geplanten Einzug bei Una. Immer am zweiten Weihnachtsfeiertag flohen Jan und ich abends aus dem Haus unserer Eltern, wo wir Weihnachten verbrachten, verbringen mussten, in eine Kneipe. Jan war mein vier Jahre älterer Bruder, dem ich gerade – etwas verkürzt und offensichtlich erfolglos – meine schwierige Lage zu erklären versucht hatte. Jan kannte sich aus mit traumatischen Situationen: Er war Rechtsanwalt. Er war verheiratet. Er war schon dreimal Vater geworden. Er war Mieter eines Reihenhauses am Frankfurter Stadtrand.

Als er von der Toilette zurückkam, setzte er sich, grinste mich an und nickte.

»Und? Was ist jetzt das Problem?«

»Jan, man kann nicht von *einem* Grund sprechen, es ist die Menge der Gründe, die dagegenspricht!«

»Quatsch, es gibt immer einen Grund. Also?«

»Gibt es nicht.«

»Doch.«

»Nein.«

Jan seufzte. Dann zog er einen Bierdeckel heran und einen Stift aus der Jacke. Er grinste. »Wir machen jetzt eine Liste.« Das Faible für Listen und Zahlen lag in der Familie.

Eine Viertelstunde später hatte ich ihm acht Argumente gegen das Zusammenziehen diktiert, die er in seiner kantigen Juristenschrift auf zwei Bierdeckel schrieb:

1) Una und ich kennen uns gerade mal ein Jahr.
2) Wir sind noch zu jung für so was.
3) Ich habe gerne meine Ruhe.
4) Ich bin unordentlich und habe dabei gerne meine Ruhe.
5) Una ist extrem ordentlich. Bei ihr stehen sogar die Gewürzgläser in Reih und Glied, mit ausgedruckten aufgeklebten Etiketten beschriftet und in gleichem Abstand zueinander.
6) 71 % aller Paare sagen, ihr Sexleben leide seit dem Zusammenziehen.
7) Ich habe keine Lust, mich in Zukunft immer abmelden zu müssen, wenn ich die Wohnung verlasse.
8) No Pärchenabend forever!

Konzentriert las Jan sich die Liste noch einmal durch. »Das ist alles Mist«, sagte er dann, noch auf den Bierdeckel starrend und eher zu sich als zu mir. »Per, du hast einfach Angst. Deine Freundin hat sich einen jämmerlichen Typen an Land gezogen. Sag ihr das.«

»Danke, du bist eine große Hilfe.«

»Was hast du erwartet?«

Ich schwieg. Ja, was? Dass er die Zeit zurückdrehte? Dass er die Zeit zurückdrehte und an jenem Morgen in unser Schlafzimmer stürmte und Haaaalt!! schrie, bevor Una mit dem Wohnen anfing?

Jan beugte sich vor und grinste.

»Ich weiß auch, wovor du Angst hast. Du hast Angst, dass du in fünf Jahren irgendwo aufwachst, wo zwei Kinder schreien und der Hund bellt, und erst dann merkst, dass du dich schmerzhaft nach deinem unbeschwerten Single-Dasein sehnst, oder nach einer anderen Frau. Du hast Angst, dass das Zusammenziehen der Anfang von alldem ist.«

Vielleicht hatte Jan recht.

Ganz sicher hatte Jan recht.

Auf jeden Fall ein bisschen. Tatsächlich war doch das Zusammenziehen der Anfang von allem. Oder? Ich war verwirrt.

»Aber so ist das nicht, Per. Kinder fliegen einem nicht ins Haus. Und Kinder sind gar nicht so schlimm.«

Wenn ich es mir recht überlegte, hatte Jan doch keine Ahnung von traumatischen Situationen. Bei ihm war ja alles gut gegangen: Er war zufrieden, er liebte seine Frau noch immer, er liebte seine drei Kinder und er behauptete sogar, das Reihenhaus zu mögen, in dem er wohnte.

Mein Handy vibrierte. Tom, Kapitän und Torwart unserer Freizeitfußballmannschaft *Die Rasensprenger* und im echten Leben PR-Berater, schrieb:

> Das mit dem Transporter für Samstag
> geht klar, du wolltest ihn doch für
> irgendwas haben, oder? Grüße, Tom

Das »irgendwas« war der Umzug gewesen, und die SMS brachte mich auf eine Idee. Keine, auf die ich stolz war, aber eine, die mir wenigstens kurzfristig weiterhelfen würde. Ich schrieb Tom zurück:

> Nein, brauch ihn doch nicht. Trotzdem
> danke! Grüße P

Dann tippte ich eine SMS an Una, die bei ihrer Mutter Weihnachten verbrachte:

> Tom braucht den Bus doch am WE.
> Müssen Umzug verschieben. Leider.
> Viel Spaß noch bei deiner Familie,
> grüß schön! Küsse für die Eine, Per

In einem Punkt musste ich Jan doch zustimmen: Ich war jämmerlich.

»Na? Hast du Una geschrieben, dass du ein Hühnchen bist?« Jan kicherte. »Schlag ihr doch vor, erst mal auf Probe zusammenzuziehen. Ein Jahr oder so. Und wenn es nicht klappt, suchst du dir wieder eine eigene Wohnung.«

Ich schüttelte den Kopf. »Jan, das funktioniert nicht.«

Er lachte auf. »Hallo? Das war ein Witz. Du kommst aus der Nummer nicht mehr raus.« Er hob seine Apfelschorle. »Frohe Weihnachten, Brüderchen!«

## Una

Am Morgen des zweiten Weihnachtsfeiertages hatte ich beschlossen, schon einen Tag früher von meiner Hippiemutter und ihrem lauten Weihnachtsfest wegzufahren. Bei mir hatte schon am Vorabend langsam die Erschöpfung eingesetzt, seit dem Heiligabend waren an die vierzig, fünfzig Bekannte und Freunde meiner Mutter bei ihr ein- und ausgegangen, hatten mit uns gefrühstückt, Mittag gegessen, Geschenke getauscht und gesungen. Die Mischung aus großen Töpfen voll Curry, Räucherstäbchen und indischer Musik in Endlosschleife, die bei meiner Mutter an Weihnachten dazugehörten, fing spätestens am Abend des 25. an, mir auf die Nerven zu gehen. Also beschloss ich, lieber Pers und mein Zusammenziehen zu organisieren, vor allem: ihm ein Zimmer leer zu räumen.

Ich hatte noch nie mit einem Mann zusammengelebt. In einer 6er-Wohngemeinschaft, das ja. Aber noch nie so als Paar. Das hätte ich mir damals mit meinem Exfreund irgendwie gar nicht vorstellen können. Aber mit Per …

Ich war – zugegeben – etwas überrascht, als Per mir eines Morgens gesagt hatte, dass er aus seiner WG aus- und bei mir einziehen wollte. Aber warum eigentlich nicht? Plötzlich war ich sehr wach und begeistert gewesen, wir hatten im Bett gesessen und Pläne gemacht. Wir würden zusammenziehen! Per musste seine Wohnung kündigen, wir brauchten einen Transporter für seine Möbel, ich musste bei mir Platz für seinen Kram machen – und ihn bis zum Umzug irgendwie davon überzeugen, dass sein riesiger blauer Kleiderschrank gar nicht erst mit umziehen sollte.

All das war in der Zwischenzeit geschehen – also beinahe all das. Der blaue Kleiderschrank stand leider noch immer zur Debatte.

Nun stand ich also in Pers Zimmer. Beziehungsweise: im zukünftigen »Wohnzimmer«, wie er es hartnäckig nannte. Wir waren uns da uneinig. Ich wollte, dass jeder sein eigenes Zimmer hatte, Per bestand auf einem gemeinsamen Schlaf- und einem gemeinsamen Wohnzimmer.

Doch meine Wohnung hatte nur zwei Zimmer und damit fiel die Möglichkeit aus, dass wir jeder ein Zimmer und dazu noch ein gemeinsames Zimmer haben könnten. Schon beim Gedanken an die Wohnungsaufteilung in Wohnzimmer-Schlafzimmer-Küche-Bad bekam ich Zustände.

Ich fing an, meine Bücher aus den Regalen zu nehmen und in meinem zukünftigen Zimmer aufeinanderzustapeln. Diese Wohnzimmer-Schlafzimmer-Idee kam überhaupt nicht in Frage! Ich war 29 und keine 60. Ich wollte ein Zimmer nur für mich, weil ich dort meine Musik hören könnte, dort meine Ordnung herrschen würde, ich dort meine Nähmaschine, meine Bücher, den Fernseher und die DVDs, meinen Krimskrams und meine Pflanzen wie gewohnt um mich herum hätte. Und: Ich würde die Tür zu diesem Zimmer jederzeit zu- oder aufmachen können, je nachdem, ob ich gerade meine Ruhe wollte oder nicht.

Vor allem würde ich ein eigenes Bett brauchen, denn ab und zu schnorchelte Per nachts. Was mich wahnsinnig machte. Ich brauchte neun Stunden Schlaf täglich zum Glücklichsein. Und wer die auf Dauer störte, konnte schnell vom Freund zum Feind werden. Bisher hatten wir alle drei, vier Tage auch mal getrennt geschlafen, von nun an würden wir jede Nacht zusammen verbringen. Mir war es lieb, wenn wir sie in einer Wohnung verbrachten, aber nicht unbedingt immer in einem Bett. Ich wollte mein eigenes Bett. In meinem eigenen Zimmer. Meinetwegen konnte dieses Bett an 350 Tagen im Jahr leer bleiben, aber es sollte da sein und auf mich warten, wenn ich allein sein wollte.

Ich fing an, die leeren Bücherregale aus Pers Zimmer in mein Zimmer zu schieben, das immer kleiner und enger wurde, und merkte, dass das Zusammenziehen auch Nachteile mit sich bringen würde. Nicht nur, dass ich nun weniger Platz haben würde, in den letzten Tagen war mir auch schon aufgegangen, dass ich nie wieder allein entscheiden können würde, was in der Wohnung wie sein sollte. Dabei hatte ich in den letzten Jahren allein über jede Lampe, die Farbe der Wände, meine Schlafensgehzeit, den bevorzugten Radio- oder TV-Sender und die Sorte meines Käses im Kühlschrank entschieden. Jetzt wollte jemand anderes da mitreden.

Andererseits, was ganz unbedingt fürs Zusammenziehen sprach: Per nervte mich nicht. Klar: Ich liebte ihn. Aber das war für mich die Grundvoraussetzung, überhaupt darüber nachzudenken, mit jemandem zusammenzuziehen. Dann kam schon: kein Genervtsein. Vor allem, weil ich recht einfach zu nerven war. Ich würde mich nicht als missmutigen Menschen bezeichnen. Aber Mitmenschen waren manchmal einfach eine schwierige Sache. Deswegen vermied ich, unnötig viel unter Menschenmassen in Eile, in Aufruhr oder im Einkaufsrausch zu gehen. Ich hasse zum Beispiel Shoppen. Ich hasse es, Klamotten kaufen zu gehen, ich hasse es noch mehr, ein paar Schuhe finden zu müssen. Und ich kann es nicht leiden, wenn Dinge in meinem Haushalt kaputtgehen und ich deswegen einkaufen gehen und mich nicht nur mit konsumberauschten Menschen, sondern auch mit enthusiastischen Verkäuferinnen und Verkäufern rumschlagen muss.

Es wird ja gern behauptet, Frauen würden shoppen gehen, wenn sie schlechte Laune haben. Mir *machte* Shoppen schlechte Laune, vor allem die vielen, vielen hässlichen Klamotten und Schuhe, zwischen denen die wenigen guten so wahnsinnig schwer zu finden waren. Die Enge in den Läden. Die Schlangen vor den Umkleidekabinen. Und vor den Kassen. Der schlechte Geschmack des Verkaufspersonals. Nicht auszuhalten.

Insofern hatte ich meine Berufswahl sehr klug getroffen: Ich arbeitete als Modellnäherin beim Modeunternehmen Fiora. Und als gelernte Schneiderin konnte ich mir praktischerweise das meiste selber nähen – was den Einkaufsstress extrem reduzierte. Es reichte, wenn ich mich einmal im Jahr in die Innenstadt quälte, um ein paar neue T-Shirts und eine Jeans zu kaufen. Manchmal fiel auch im Fiora-Atelier das ein oder andere Teil ab – wenn unser Chefdesigner auch den dritten Entwurf für einen Rock verwarf. Natürlich erst, nachdem wir ihn schon zusammengenäht hatten. Dann versuchte ich aus den Nähten noch ein paar Zentimeter rauszuholen, denn im Gegensatz zu den Anziehpuppenfrauen im Atelier hatte ich keine Kleidergröße 36.

Der Job war insgesamt nicht so toll, aber weil es da auch noch meine Kollegin Liv gab, ertrug ich ihn ganz gut. Kollegin war eigentlich falsch, sie war schon lange auch meine Freundin. Liv überredete mich mittags, eine Runde im Park zu drehen, legte mir kleine Schokoladen an die Nähmaschine, schleppte mich wochenends regelmäßig auf Partys, die sie meistens nicht ohne eine neue Männerbekanntschaft verließ; und sie kochte die beste Rote Grütze, die man sich nur vorstellen konnte. Ihretwegen machte mir der stupide Job an der Nähmaschine die Hälfte der Zeit sogar richtig Spaß. Die andere Hälfte nervte mich mein Job. Aber wie gesagt: Eigentlich bin ich kein missmutiger Mensch, nur manchmal vielleicht ein ganz kleines bisschen ungeduldig und intolerant.

Verschwitzt und schnaufend stand ich in meiner Wohnung, aus dem Radio dudelte Weihnachtsmusik. Pers neues Zimmer war leer geräumt, er konnte einziehen. Und ich würde den Rest des Tages damit verbringen, die Sachen in meinem Zimmer irgendwie so zu stapeln, dass ich später darin auch würde schlafen können.

Mein Handy piepste.

> Tom braucht den Bus doch am WE.
> Müssen Umzug verschieben. Leider.
> Viel Spaß noch bei deiner Familie,
> grüß schön! Küsse für die Eine, Per

Kein Auto also.

Wieso Per deswegen gleich seinen Umzug verschieben wollte, konnte ich allerdings nicht verstehen. Es gab doch nicht nur Toms Transporter auf der Welt. Ich würde am nächsten Morgen ein paar Autovermietungen abtelefonieren, da würde schon was zu machen sein. Ich könnte Per damit überraschen, dass er nicht noch länger bei sich wohnen musste. Außerdem kam es überhaupt nicht in Frage, dass ich mir hier Umräumstress machte und dann wochenlang ein Zimmer leer stand.

## Per

Zwei Tage nach dem Abend mit Jan brachte mich der Zug zurück nach Frankfurt, weg aus dem Weihnachtsfamilienwahn, zurück in das unaufhaltsam vorrückende Unglück unseres Zusammenwohnens, das am nächsten Wochenende beginnen sollte. Una hatte schon einen Umzugswagen reserviert, weil Tom seinen VW-Bus da nun wirklich selbst brauchte – mit meiner SMS hatte ich also vor allem erreicht, dass ich 120 Euro für einen Transporter ausgab.

Mein WG-Zimmer war vollgestellt mit gepackten und nicht gepackten Kartons. Ich ließ mich aufs Bett fallen und beschloss, erst mal eine statistisch zwar nicht relevante, aber doch möglicherweise aufschlussreiche Umfrage durchzuführen: Unter verschiedenen, meist nachweihnachtlich bemäntelten Vorwänden rief ich einige mir bekannte Menschen meines Alters an, die schon länger mit ihren Partnern zusammenlebten. Es waren drei, immerhin. Jan, meine Kollegin Julie und Tom, unser Torwart.

Alle drei fingen ohne Umschweife damit an, über nervende Angewohnheiten ihrer jeweiligen Partner zu schimpfen:

- Schläft dauernd vor dem Fernseher ein (Er),
- räumt dauernd auf (auch Er),
- verbringt ganze Tage im Bad (Sie),
- verbringt ganze Tage im Bad (Er),
- isst dauernd den Kühlschrank leer (Sie),
- repariert Dinge so lange, bis sie kaputt sind (Sie),
- macht Hanteltraining vorm Fernseher (Er),
- lässt Gemüse verschimmeln (Sie).

Danach schworen mir alle drei hoch und heilig, zusammenzuziehen sei mit die beste Entscheidung gewesen, die sie je gefällt hätten, und zwar:

- nur übertroffen von dem Entschluss, Kinder zu bekommen (Jan),
- gleichzusetzen mit der Entscheidung, eine sechswöchige Asienreise zu buchen (Julie),
- annähernd so gut wie die Idee, doch keine Telekomaktien zu kaufen (Tom).

Tom und Julie fragte ich außerdem, so nebenbei, was sie von der Idee hielten, das Zusammenwohnen erst mal auf ein Jahr zu begrenzen. Beide lachten sofort los. Ich lachte beide Male mit.

Irgendwie beruhigte mich die Umfrage ein wenig. Dann fiel mir ein, dass fast 77 Prozent der Deutschen sich auch dann von Umfragen und Zahlen beeinflussen ließen, wenn sie nicht die geringste Ahnung hatten, ob die Zahlen einigermaßen verlässlich waren. In meinem Fall war allein die Fallzahl schon ein Witz: drei. Obendrein lebten alle drei noch immer mit ihren Partnern zusammen, sie mussten folglich als indoktriniert gelten. Das war, als hätte ich drei Scientologen gefragt, ob ich ihrer Sekte beitreten sollte.

Am Abend war ich mit Una verabredet, wir wollten ins Kino und dann zu ihr. Bei mir waren ja vor allem Kartons zu Hause.

Ich wartete vor dem Kino, als mir jemand von hinten seine Knie in meine Kniekehlen drückte.

»Ey, du Typ!«

Una grinste mich an, das Kinn herausfordernd vorgestreckt, die Hände in den Anoraktaschen. Bevor einer der umstehenden Menschen auf die Idee kommen konnte, ich würde gerade von dem Mitglied einer Girlgang überfallen, zog ich Una an mich und küsste sie. Wir hatten uns fast fünf Tage nicht gesehen.

Una tippte mir mit dem Zeigefinger auf die Nase. »Übrigens: In einer Woche müssen wir uns nicht mehr verabreden, da gehen wir einfach von zu Hause los ins Kino.« Jetzt wo sie das so sagte, fand ich den Gedanken auch schön. Einerseits.

Andererseits.

Ich befahl mir zu lächeln. Das Flugzeug war schon viel zu schnell, die Landebahn zu kurz, es würde starten. Auf jeden Fall. Aber vielleicht war das Jahr auf Probe eine Art nächster Flughafen?

»Lass uns reingehen«, sagte ich, »der Film fängt gleich an.«

Nach dem Kino gingen wir noch zum Fluss und stapften dort durch Schnee und Dunkelheit zu einer Bank. Wir warfen ein paar Steine ins Wasser, küssten uns und irgendwann sagte Una:

»Du bist komisch. Was hast du? Raus damit!«

Und ich fing einfach an. Tatsächlich.

»Una, ich hab eine Idee. Aber du darfst nicht davonlaufen.«

»Okay.« Es war mehr ein Oookaaaaay. Und sie sah mich sehr skeptisch an.

»Ich fühle mich komisch mit dem Zusammenziehen. Ich will schon und wir werden das auch machen, nur damit das gleich klar ist. Aber ich denke dauernd, dass mein Leben, das ich mag, dann vielleicht weg ist. Verstehst du?«

Ihr Gesichtsausdruck veränderte sich nicht, also redete ich einfach weiter.

»Ich bin gewissermaßen gefühlsklaustrophobisch, ich fühle mich eingeengt, allein schon von dem Entschluss.

Und ich habe mir überlegt, es würde mir vielleicht besser gehen, wenn ein Ausweg in Sicht wäre. Wenn wir zum Beispiel sagen: Wir versuchen das jetzt mal ein Jahr und sehen dann weiter. Dann müsste ich nicht immer an ›für immer‹ denken.«

Unas Gesichtsausdruck veränderte sich auch jetzt nicht. Ich befürchtete, darin zu Recht ein schlechtes Zeichen zu erkennen.

»Weißt du, Una, das wäre auch nur so, als ... als irgendwas ... als gedanklicher Fluchtweg, den wir ausschildern, mit so Notleuchten und so. Weil wir ja beide nicht den anderen, den echten Notausgang nehmen wollen, wenn es nicht klappt, oder?«

Jetzt sah mich Una ungefähr so an wie Jan, als ich von dem einflügeligen Flugzeug angefangen hatte. Dann verzog sich ihr Gesicht zu einem Grinsen. Ich war verwirrt. Hatte ich irgendetwas Lustiges gesagt? Aus Versehen?

»Per, du bist ein Spinner. Aber meinetwegen montieren wir für das erste Jahr über die Wohnungstür eine Notausganglampe. Du wirst das sowieso nicht brauchen.«

Sie küsste mich. »Weil du es nämlich super finden wirst.«

Ich nickte. Durcheinander. Das war besser gelaufen als erwartet. Und mir war kalt. »Wollen wir zu dir gehen? Ich friere.«

Einmal sagte Una noch ungläubig »gedanklicher Fluchtweg« vor sich hin und schüttelte den Kopf, dann war das Thema abgeschlossen.

Einen Block vor ihrer Wohnung nahm Una meine Hand.

»Sollen wir dein Zimmer eigentlich vor dem Umzug noch streichen?«

»Wieso streichen? Und wieso eigentlich *mein* Zimmer?«

»Wirst schon sehen!«, rief Una lachend und stapfte voraus.

In meiner Jackentasche vibrierte mein Handy. Julie schrieb:

> Will ja nicht stören, aber vergiss
> alles, was ich übers Zusammen-
> wohnen gesagt habe. Mein Freund,
> das Arschloch, hat gerade Schluss
> gemacht. Er sagt, wir sind wie Bruder
> und Schwester, seit wir zusammen-
> wohnen. J

Von wegen Weg ins Glück: Die Sekte der Zusammenwohner begann zu zerfallen. Eine Aussteigerin warnte mich. Und doch würde ich beitreten.

## Una

Als wir nach Hause kamen, zerrte ich Per durch die Wohnung, öffnete die Tür zu seinem neuen Zimmer und rief: »Tataaa!« Per starrte in das Zimmer, sah dann mich an, und wieder in das Zimmer, in dem nur noch die Gardinen hingen. Nach einer Weile fragte er mich: »Was soll das denn? Wo sind die Sessel, die Bücher und der ganze Kram?«

»In meinem Zimmer.«

»Aha.« Pause. »Ich meine, warum? Und was soll ich denn jetzt bitte da reinstellen?«

»Alles, was du willst.«

## Per

Der Samstagnachmittag des Umzugs, ein paar Minuten bevor mein WG-Zimmer nicht mehr mein WG-Zimmer war. Schon jetzt wirkte es fremd, anonym und irgendwie traurig. All das fehlte, was es jahrelang ausgemacht hatte: das Bett, der Schreibtisch, der Schrank, die Boxen, die Kleidungshaufen auf dem Boden. Es war leer und leblos.

Im Stich gelassen von mir.

Una und unsere Umzugshelfer waren mit der letzten Fuhre unterwegs zu Unas Wohnung. Der Umzug an sich war keine große Sache gewesen, ich hatte nicht besonders viele Möbel. Eben ein Zimmer voll. Deswegen war auch von Anfang an klar gewesen, dass meine paar Sachen in unserer gemeinsamen Wohnung eher den Ergänzungspart spielen würden. Um die kleineren Dinge hatten wir gewürfelt, es brauchte ja niemand zwei Staubsauger, zwei Wasserkocher, zwei Badspiegel oder zwei Toaster. Ich verlor dreimal. Nur mein Staubsauger kam mit. Ob mein riesiger, sehr blauer Ikeaschrank den Umzug überleben würde, war noch nicht klar, Una fand ihn grotesk hässlich und bot an, ihn persönlich auf den Wertstoffhof zu bringen. Unbestreitbar hatte Una recht, tatsächlich hatte ich schon seit Jahren überlegt, das Ding zu entsorgen, mich dann aber doch nicht durchringen können. Das sagte ich Una aber nicht, weil ich Verhandlungsmasse brauchte, für anstehende Wohnungsdiskussionen.

Also hatten wir uns darauf geeinigt, dass der Schrank vorerst einen Platz im Keller bekam. Mein weißes Regal und meinen Schreibtisch, den ich von meinem Großvater hatte, nahm ich mit, beim Bett wurde es problematisch. Aber ich mochte mein Bett sehr, viel lieber als das wackelige Gestell, das Una Bett nannte, und eigentlich sah ich mein Bett in unserem gemeinsamen Schlafzimmer. Und nicht in meinem Zimmer. Wie auch immer: Um das Bett würde ich kämpfen. Notfalls unter Androhung des blauen Schranks.

Ich nickte aus dem Fenster noch einmal dem freundlichen älteren Herrn von gegenüber zu, der wie immer rauchend auf seinem Balkon stand, von dem aus er Leo und mir seit fünf Jahren beim Leben zugesehen hatte, und verließ mein Zimmer.

Damit waren insgesamt fünf Jahre dort und neun Jahre WG-Leben Vergangenheit. Wenn jetzt Leo noch hier wäre, hätten wir beide feuchte Augen und ein Bier in der Hand und würden noch mal ein paar alte Geschichten erzählen. Wie er damals vom Balkon auf das Autodach und wie auf dieser einen Party plötzlich dieser seltsame alte Typ mit dem Jesusbart angefangen hatte zu und wie Leo drei Kästen Bier auf einmal – solche Sachen eben.

Aber Leo war schon seit vier Wochen in London, wir hatten seine Sachen gemeinsam ausgeräumt und bei einem Kumpel in die Garage gestellt. So hatte dieser Abschied etwas Würdeloses, das hatte unsere WG-Zeit nicht verdient.

Ich radelte im Schneematsch quer durch Frankfurt zu Una. Nein, zu uns. Wir lebten ja jetzt zusammen.

Und wir hatten genau deswegen schon den ersten lauten Streit gehabt, wegen einer Spülmaschine. Una hatte und wollte keine. Ich hatte keine und wollte eine und ich fand eine: In meiner WG stand Leos Spülmaschine, die er mir lieh, weil er sie schlecht nach London mitnehmen konnte. Ich hasste spülen und war heilfroh. Una war nicht heilfroh. Sie war sehr genervt.

»Spülmaschinen stinken. Und das bisschen Geschirr ist doch schnell abgespült!«

»Glaub mir, ohne ist das Leben mit mir die Hölle.«

»Bist dir wohl zu fein, abzuwaschen?«

»Nein, aber es macht mir keinen Spaß, und ich bin zu faul.«

»Dann reißt du dich halt mal zusammen!«

»Una, wir wohnen noch nicht mal zusammen, und schon machst du mir Vorschriften.«

»Was heißt denn hier Vorschriften, man wird doch noch seine Meinung sagen dürfen!«

Wir stritten wegen einer Spülmaschine. Das war der Unterschied zwischen Paaren, die zusammenwohnten, und solchen, die das nicht taten. Und die gab es auch, es waren sogar mehr als man dachte: 13,4 Prozent der deutschen Paare lebten räumlich getrennt, für derartige Beziehungen gab es sogar schon einen Begriff samt zugehöriger Abkürzung: LAT, das stand für »living apart together«, übersetzt also »getrennt zusammenwohnen« oder so.

Aber wir waren kein LAT-Paar. Es war der 4. Januar, die Bürgersteige waren bedeckt von Eis und Schnee, gerade hatte es wieder angefangen zu schneien, und ich zog bei meiner Freundin ein. Ich kam vor dem Haus an, in dem ich ab sofort wohnen würde, ein großer, schöner Altbau im Zentrum. Ich schüttelte mir den Schnee von der Mütze, sperrte mein Rad ab und sprang hoch in den zweiten Stock. Dann drehte ich zum ersten Mal als Mitmieter den Schlüssel, den Una mir schon vor einem Dreivierteljahr überlassen hatte, im Schloss und drückte die Tür auf.

Willkommen im neuen Leben.

»Hallo, Una!«, rief ich in Richtung Wohnzimmer, wo ich sie vermutete.

»Ich bin hier, in deinem Zimmer!«, hörte ich sie von dort zurückrufen, »willst du deine ganzen CDs hier hinstellen, oder hast du die eh auf dem Computer?«

Ich verzog das Gesicht, während ich erst mal in die Küche ging, ich hatte Hunger. Dieses Zimmerdings hatte ich schon wieder ganz vergessen. Ich öffnete die Kühlschranktür und ließ sie wieder zufallen. Jetzt hatte ich keinen Hunger mehr, es roch brutal nach Fleisch. Una wusste, dass ich Fleisch nicht ausstehen konnte, hatte sie zur Feier meines Einzugs ein Tier geschlachtet? Ich suchte aus meiner Bürotasche ein gelbes Post-it heraus.

> Übermäßiger Fleischkonsum
> verursacht zu hohen Blutdruck.

Ich klebte den Zettel an die Kühlschranktür und ging ins Wohnzimmer, in »mein« Zimmer, wo Una sich gerade durch eine Kiste mit CDs wühlte. Sie sah hoch und lachte. »Hast du wirklich alle Bon-Jovi-CDs? Ich meine: wirklich *alle*?«

Wie sie da so grinste, das mochte ich sehr gerne. Zimmer hin, Fleisch her.

»Nein, nicht alle. Seit Ende der Neunziger ignoriere ich ihr Schaffen.«

»Unfassbar. Aber bitte, was du in deinem Zimmer hörst, ist ja deine Sache.«

Ich kauerte mich neben sie. »Mein Zimmer, dein Zimmer, das ist doch scheiße. Alle werden denken, wir spinnen.«

Sie zuckte die Schultern. »Dann denken sie das eben.« Sie kicherte, beugte sich zu mir herüber und küsste mich. »Dafür können wir abends fragen: ›Na, gehen wir noch zu mir oder zu dir?‹, und haben es nie weit!«

## Una

Seit einer Woche wohnten wir zusammen, aber irgendwie sah es immer noch so aus, als würden wir uns nicht entscheiden können, ob wir gerade ein- oder auszogen: In Pers Zimmer standen nur der Schreibtisch seines Großvaters, ein Bücherregal, sein Fernseher, die Musikanlage und viele Stapel CDs. Mehr nicht. Auf zwanzig Quadratmetern. Mein Zimmer dagegen war seit einer Woche kaum noch zu betreten, weil ich alles aus meinem Exwohnzimmer in mein Exschlafzimmer verräumt hatte: meinen Schreibtisch, meine Bücherregale, den Fernseher, mein Radio, meinen Plattenspieler, Platten, CDs, DVDs und zwei Sessel. Das alles stand nun zwischen Bett, Kleiderschrank und Kommode. Es war hier plötzlich sehr eng geworden.

Genauso im Flur, wo noch immer Pers Bett stand. Er weigerte sich, es in seinem Zimmer aufzubauen, und fing immer wieder von Neuem an: »Ich will aber ein Wohnzimmer.«

»Und ich will ein eigenes Zimmer. Wenn ich mal allein sein will.«

»Das kannst du auch im Wohnzimmer sein.«

»Genau. Und du setzt dich dann so lange in die Küche oder auf die Bettkante oder was?«

Er zog dann immer unsere Freunde mit rein: »Außerdem wird unser Besuch komisch schauen.«

Und ich ließ dieses Argument nie gelten: »Pfff, was interessiert mich denn bitte, wie der Besuch schaut?«

Wir hatten nun also einen Flur voller Kartons und Bretter, ein kaum benutzbares Zimmer, in dem wir trotzdem jede Nacht schliefen – umzingelt von Möbeln, und ein Zimmer, das unangenehm leer nach moderner Kunst aussah. Wir hatten ein ernsthaftes Wohnproblem.

Und dann entschied Per die Zimmerfrage endgültig. Mit einem lauten Krachen. Er demonstrierte mir gerade den »spektakulärsten Fallrückzieher seiner Karriere«, den er am Vormittag beim Fußball hingelegt hatte. »Schau, so hoch bin ich geflogen und dann hab ich voll nach hinten abgezogen.« Er warf sich rücklings auf mein Bett und brach den Mittelbalken.

»Das hast du ja toll hingekriegt«, sagte ich und verschränkte die Arme vor der Brust.

»Nicht wahr? Die anderen waren auch voll begeistert. War ein echt geiles Tor.«

»Ich rede vom Bett.«

»Ach so.«

Mein kaputtes Bett war schnell auseinandergenommen, und nicht mal eine Stunde später stand Pers Bett an derselben Stelle und wartete auf Benutzung.

Da Pers Klamotten seit seinem Umzug in meinem Kleiderschrank hingen, weil er noch keinen Nachfolger für das blaue Monster gekauft hatte, standen wir jetzt also de facto gerade in unserem neuen Schlafzimmer. In dem nur viel zu viele andere Möbel herumstanden. Wir schoben also die Sessel und meine Bücher und CDs und Platten und die Regale in das halb leere Wohnzimmer.

Per lächelte die ganze Zeit vor sich hin. Das war es jetzt erst einmal mit dem eigenen Zimmer. Für die nächsten dreißig Jahre. Bis wir das letzte erwachsen gewordene Kind aus unserer großen Familienwohnung jagen würden. So, wie es eben »normal« war.

Dabei wollte ich eigentlich alles immer grundsätzlich anders und »alternativ« haben. Das hatte durchaus dogmatische Züge, weil ich meistens einfach das Gegenteil von dem machte, was die Mehrheit gut fand. Mir war schon klar, dass das Gegenteil vom Üblichen nicht immer eine kluge Wahl war, aber in der Zimmerfrage hätte ich mich wirklich gern durchgesetzt. Ich kannte zu viele Wohnzimmer-Schlafzimmer-Küche-Bad-Paare in meinem Bekanntenkreis, die nach den ersten Monaten in einer gemeinsamen Wohnung schon den Eindruck von vierzig Jahre lang verheirateten Menschen machten.

Wir würden so oder so und von ganz allein Stück für Stück langweiliger werden. Also sollten wir doch wenigstens jetzt, am Anfang, was dagegen tun. Zum Beispiel eigene Zimmer haben. War das denn wirklich ein so merkwürdiger Wunsch?

## Per

Zwei Wochen später wohnten wir immer noch zusammen, zweifellos ein erster Achtungserfolg, der vielleicht auch den Mitteln der Kommunikation geschuldet war, die wir einsetzten, um Auseinandersetzungen sachlich auszutragen: gelbe Klebezettel auf der Kühlschranktür.

> Falls du seit drei Wochen
> verzweifelt den Staubsauger
> suchst: Er steht in der kleinen
> Kammer neben deiner
> Fußballtasche.
> Kuss, deine Una

> Hast du die Zeitung von
> vergangenem Donnerstag
> wirklich weggeworfen? Da war
> ein Text über die gute Ökobilanz
> von Spülmaschinen drin …

Wenn du willst, dass deine Pflanzen verrotten, stell sie doch in die Biotonne.

Wo ist mein gutes Messer??

Das Messer hatte ich inzwischen gefunden und schnitt gerade den Lauch klein, schön fein, um daraus eine Lauch-Lachs-Quiche zu machen, als ich komische Geräusche hörte. Eine Art Grunzen, das immer lauter wurde.

»Per, bist du das?«, rief Una aus dem Wohnzimmer.

War ich das? »Nein!«, rief ich zurück und ging das Geräusch suchen. Nach ein paar hektischen Schritten, unterbrochen von angestrengtem Lauschen, ortete ich die Geräuschquelle in meiner Manteltasche. Es war mein Handy. »War doch ich!«, rief ich ins Wohnzimmer. Seit einiger Zeit fand Julie es wahnsinnig lustig, mir im Büro den Klingelton zu verstellen, sobald ich den Raum verließ. Mit dem Ergebnis, dass ich ständig Anrufe verpasste, weil ich mein Handy nicht als mein Handy erkannte.

Leo war dran. Er war das Wochenende auf Heimatbesuch nach zwei Monaten London und teilte mit, dass er keinen

Schlafplatz mehr hatte – seine Schwester war spontan übers Wochenende nach Wien geflogen.

»Die hat mich glatt vergessen, krass, oder? Aber sag mal, könnte ich vielleicht bei dir pennen? Also – wenn Una nichts dagegen hat?«

»Quatsch, wieso sollte Una was dagegen haben, natürlich kannst du bei uns schlafen.«

»Na ja, aber du wirst sie doch fragen müssen, oder? Ist ja auch ihre Wohnung.«

»Leo, ich muss niemanden fragen. Wenn mein bester Kumpel aus London kommt, kann der natürlich bei mir pennen. Außerdem hat Una eh nichts dagegen. Wann kommst du denn?«

Er räusperte sich. »Also. Ich bin schon um die Ecke. Ich wäre in fünf Minuten da.«

»Na, dann bis gleich!«

Ich legte das Telefon weg und schnitt weiter den Lauch, bis es an der Haustür läutete.

»Ich geh schon, das ist Leo, er pennt bei uns, weil seine Schwester doch nicht da ist!«, rief ich ins Wohnzimmer und drückte auf den Türöffner.

Una stand in der Wohnzimmertür. »Ja, lieber Per, ich bin einverstanden, dass Leo hier schläft. Nett, dass du fragst.«

»Willst du mir ernsthaft sagen, dass ich dich um Erlaubnis bitten muss wegen so was?«

»Wir leben hier miteinander, da spricht man Dinge ab. Ich lade ja auch nicht einfach irgendwen hierher ein.«

»Leo ist ja auch nicht irgendwer, außerdem kommt er gleich durch diese Tür. Also stört es dich jetzt, wenn er hier pennt?«

Una schüttelte den Kopf. »Nein, ich freu mich. Ich finde nur, dass wir das auch hätten besprechen können. Aus Prinzip.«

Es klopfte an der Tür. Una öffnete Leo, umarmte ihn und wirkte kein bisschen mehr angefressen. Leo versetzte mir einen Klaps auf die Stirn.

»Hey, was'n los? Du schaust, als würde die Großtante deiner Mutter in der Tür stehen und nicht ich. Alles okay?«

Ich nickte und wir drückten uns. Alles okay. Irgendwie hatte Una wahrscheinlich ja recht. Aber es widerstrebte mir, dass ich nicht einfach so Leo bei mir, also bei uns, übernachten lassen konnte. Dass ich um Erlaubnis fragen sollte. Und es ärgerte mich zu wissen, dass Una mich umgekehrt einfach nett fragen würde, weil ihr das nichts ausmachte.

»Hunger auf Lauch-Lachs-Quiche?«

»He, Per, mein Vegetarierfreund, ich krieg bei dir totes Tier zu essen? Una hat nen guten Einfluss auf dich, was?«

Ich hatte keine Lust, ihm zum 428. Mal zu erklären, dass ich mich nur der Einfachheit halber Vegetarier nannte, obwohl ich genau genommen keiner war, jedenfalls kein reiner Vegetarier, sondern eben einer, der Fisch aß. Präzise ausgedrückt: Ich ernährte mich fleischlos. Das bedeutete für 99 Prozent meiner Umgebung: Ich war Vegetarier.

»Fisch isst er«, sagte Una.

»Schade, ich dachte schon, du hättest den Spinner kuriert ...«

»Ich bin kein Spinner, ich drücke nur den Tierfraßschnitt unseres Landes ein wenig. Was nicht so verkehrt ist, wenn man weiß, dass jeder Deutsche im Schnitt 1094 Tiere isst in seinem Leben. 945 Hühner zum Beispiel, und vier ganze Kühe, aber ...«

Leo hielt sich die Ohren zu, drehte sich zu Una und rief: »Gib mir bitte ein Zeichen, wenn er damit aufhört!«

Una winkte ihm.

Dann gab es Essen. Die nächsten zwei Stunden schwärmte Leo von London, davon, wie »international«, wie »unfassbar spannend«, wie »pulsierend« diese Stadt sei, und Una hörte ihm gebannt zu. Ich merkte, dass ich ein wenig genervt davon war, wie Leo sich als Mann von Welt präsentierte, und ein wenig neidisch auf ihn. Weniger, dass er in London lebte, und mehr, dass er sich getraut hatte, nach London zu gehen. Auch wenn es bei Leo nicht für immer war: Ich könnte nicht im Ausland arbeiten. Aus tausend Gründen, allein schon, weil mein Englisch nicht gut genug war, um irgendwo beruflich zu überleben, wo man kein Deutsch verstand.

So toll London auch sein mochte, offensichtlich bekam Leo dort nicht genug zu essen: Er aß wie ein Gewichtheber in der Olympiavorbereitung, erst die Quiche, dann Käse, dann Chips, und schüttete dazu gut eineinhalb Flaschen Wein in sich hinein. Nach der Notnachspeise – drei Snickers, klein geschnitten – wankte Leo ins Wohnzimmer und gleich wieder zurück. Er baute sich vor mir auf.

»Wo is'n die Couch?«

»Welche Couch?«

Leo atmete mir ins Gesicht. »Na, auf der ich schlafe?«

Jetzt verstand ich. Nur: Wir hatten keine Couch.

»Leo, es gibt keine Couch.«

Leo drehte sich zu Una. »Wie, keine Couch? Und wo schlafe ich? Auf seinem Schreibtisch?«

Una lachte. »Nein, wir haben noch eine Matratze von meinem altem Bett im Keller, das hat Per geschrottet.«

Leo grinste dämlich. »Respekt, Per. So viel Leidenschaft hätte ich dir nicht zugetraut.«

»Ich hab einen Fallrückzieher vorgeführt«, erklärte ich.

Leo nickte. »Klar. Was man eben so macht im Schlafzimmer.«

Ich gab auf und ging die Matratze holen. Leo bestand darauf, mir helfen zu wollen. Auf dem Weg nach unten legte er mir den Arm um die Schulter. Angetrunken wurde er gerne zutraulich.

»Und, scheint ganz gut zu laufen, das Zusammenwohnen, was?«

»Ja, doch.«

»Kommste noch raus, oder is jetzt immer Pärchenabend angesagt? Und nix mehr mit Ausgehen, Fußballschauen, Kumpels treffen?«

»Da pass ich schon auf. Bisschen weniger vielleicht, aber man wird ja auch älter.«

Leo lachte. »Logisch, älter.«

Ich ignorierte ihn. »Ist auch viel zu arbeiten gerade, unser Abteilungsleiter hat vorletzte Woche gekündigt und ist schon mit seiner eigenen Abwicklung beschäftigt und kaum mehr da. Da bleibt jetzt viel an mir hängen. Frag mal Una, die nervt das schon, dass ich ständig ganze Abende wegbleibe.«

»Da winkt ein Aufstieg, was?«

Darüber hatte ich noch nicht wirklich nachgedacht. Bisher hatte ich im Büro einfach nur meine Arbeit gemacht: Daten gesammelt, strukturiert, ausgewählt und das alles grafisch aufbereitet. Arbeit eben. Aber es stimmte schon, irgendjemand musste meinen Chef ja ersetzen. Ich? Könnte ich das: Chef? Im Prinzip schon: Die Abteilung bestand nur aus drei Leuten, da brauchte man nicht groß chefig sein. Die Frage war eher: Wollte ich Abteilungsleiter sein? Das klang so vereinsmeierisch, wichtigtuerisch. Und nach Verantwortung. Einfach nicht gut. Vielleicht klänge Teamleiter besser?

»Keine Ahnung, ich weiß nicht mal, ob ich will. Außerdem nehmen die wohl eher irgendjemand von außerhalb, der schon mal irgendwas geleitet hat.«

»Oder nehmen sie diese Dingsbums, wie heißt sie noch mal, Julie? Die süße Julie?« Er grinste wieder, jetzt aber anders.

Ich zuckte die Schultern. Julie war jünger als ich und erst seit eineinhalb Jahren im Verlag, etwa halb so lang wie ich.

»Hat die eigentlich ihren Freund noch?«

»Riechst du so was? Der ist gerade ausgezogen. Ziemlich plötzlich, glaube ich.«

Leo verzog das Gesicht. »Die Arme, und ich bin jetzt in London und kann sie nicht trösten. Dabei stand die ein bisschen auf mich.«

»Alle stehen doch irgendwie auf dich, oder?«

Leo nickte. Die Vorstellung gefiel ihm sichtlich.

Wir fanden die Matratze hinter Kartons und Kisten. Als wir sie nach oben trugen, wurde Leo still. Er dachte nach, und wenn er betrunken war, sah man ihm das an: Dann schob er seine Unterlippe nach vorne und zog die Augenbrauen zusammen. Auf der letzten Treppe blieb er stehen.

»Sag mal, Per, jetzt unter uns: Wie is'n das mit dem Sex des kleinen Mannes? Weißt schon, oder? Kann man sich noch einen runterholen, wenn man zusammenwohnt?«

Er schwankte auf der Stelle hin und her, krampfhaft ein Ende der Matratze mit beiden Händen festhaltend, und glotzte mich an.

»Jetzt unter uns, Leo: Das geht dich einen Dreck an. Und damit das klar ist: Heute Nacht wirst du dich schön zusammenreißen ... Wehe ich finde an der Matratze oder sonst wo irgendwelche Spuren.«

Er nickte grinsend. »Versprochen. Dein Wohnzimmer ist Sperrgebiet für alles, was ...«

»Ich will's gar nicht hören«, rief von oben, vom Treppengeländer, Una. »Ich wollte euch gerade vermisst melden, ihr wart fast 15 Minuten weg!«

Leo sah streng nach oben. »Männergespräche. Das verstehst du nicht.«

## Una

Der übernächste Abend. Es war kurz vor acht. Leo und ich warteten. Auf Per. Ich kannte das langsam schon. Per blieb immer öfter abends lang im Büro.

Der Tisch war gedeckt, die Suppe heiß, der Wein offen, die Cannelloni im Ofen. Gleich würden Pers Bruder Jan und seine Frau Isabel kommen – wir hatten uns zum Abendessen verabredet, weil Leo am nächsten Morgen nach London zurückfliegen würde und die beiden vorher noch sehen wollte.

Nur Per würde nicht da sein, jedenfalls nicht rechtzeitig. Vor einer halben Stunde hatte er noch mal angerufen und hektisch ins Telefon gebrüllt: »Bin schon fast unterwegs. Also gleich bin ich unterwegs. Entschuldige. Also, ich mach so schnell ich kann.«

›So schnell er kann‹ hieß nicht: pünktlich. Pers Bruder und seine Frau kamen. Isabel fragte, wo Per sei, und ich erklärte, dass er später kommen würde, weil im Büro viel zu tun sei. Dabei kam ich mir total idiotisch vor, hier die Mein-Mann-kommt-halt-immer-mal-zu-spät-weil-er-so-viel-arbeiten-muss-Nummer abzuziehen.

Mein Verständnis für seine Überstunden hielt sich in Grenzen, eigentlich machte es mich sogar wütend, dass Per so wenig an seinem Feierabend – mit mir – lag. Denn ich selbst freute mich an beinahe jedem Tag darauf. Mein Job bei Fiora war nicht das, was ich mein Leben lang machen würde: für andere Designer Klamotten zusammennähen. Ich wollte selbst Kleider entwerfen, deswegen hatte ich an meine Schneiderlehre noch ein Modedesignstudium angehängt. Ich wollte diejenige sein, die entscheidet, wie ein Kleidungsstück am Ende aussehen sollte. Ich dachte nur vor zwei Jahren, es wäre eine gute Idee, erst einmal als Näherin zu arbeiten, wenn ich das bei einem großen Unternehmen wie Fiora tun konnte. Eigentlich hätte ich natürlich gern direkt als Juniordesignerin angefangen, aber sie hatten keine Stelle frei, als ich mich bewarb, und fragten, ob ich auch – erst mal – nähen könnte und wollte. Ich sagte zu. Vor allem, um nicht weiterhin von meiner Mutter abhängig zu sein, während ich mich selbst »freischaffende Modedesignerin« nannte. Und ich dachte, wenn ich auf dem Weg zur Designerin erst einmal durch die Näherinnenhölle gehen müsse, dann sei das eben so, und ich würde mich da durchkämpfen. Wenigstens musste ich nicht mehr wie ganz am Anfang nur die angelieferten Stoffe sortieren, Kreiden, Nadeln und Garne auffüllen oder die Stoffreste zusammenfegen und entsorgen. Das hatte ich während meines Studiums ein paar Stunden pro Woche gemacht, um zu sehen, wie das so läuft bei einem großen Modelabel, und schlicht: fürs Geld.

Das Unterhaltsamste in diesem Job war Liv. Ich Nähmaschine Nummer vier, sie Nähmaschine Nummer drei – unsere beiden Nähtische standen sich gegenüber –, so verbrachten wir unsere Arbeitszeit meist nähend und quatschend. Gleich an meinem ersten Tag, noch als Hilfskraft, hatte mich Liv durchs Atelier gezerrt und mir alles gezeigt und erklärt. Manchmal hatte sie mir nach der Arbeit auch noch geholfen, den Fußboden von den letzten Stofffetzen zu befreien. Als ich dann als Näherin anfing, waren wir schon beste Freundinnen gewesen und hatten darauf bestanden, die beiden Arbeitsplätze gegenüber zu bekommen.

Mittlerweile war ich ernüchtert: Wer Näherin war, blieb Näherin, die Laufburschen blieben Laufburschen, und für die Designer waren wir eine niedere Kaste. Nur Liv glaubte an mich und redete mir immer wieder gut zu, dass mein großer Moment schon noch kommen würde, ganz bestimmt. Doch in den anderthalb Jahren, die ich nun schon bei Fiora war, hatte mich genau ein Mal einer der Designer nach meiner Meinung gefragt: »Una, findest du diese Rüschen nicht auch einfach nur abartig?«

Ich hatte genickt.

Dass an dem grünen Chiffonkleid aus der letzten Frühjahrskollektion keine Rüschen waren, war also mein bisher größter beruflicher Erfolg.

So viel zum Thema Feierabend. Ich freute mich auf meinen Feierabend meistens ab der Mittagspause, manchmal auch schon auf dem Weg zur Arbeit. Feierabend hieß, dass ich mich zu Hause an meine alte Haushaltsnähmaschine setzen konnte oder an ein paar Entwürfen herumkritzelte und mir einredete, ich wäre eine talentierte Modedesignerin. Feierabend hieß auch, Freunde zu treffen, ins Kino zu gehen, zu lesen, Abendessen zu kochen – die ganzen schönen Sachen eben – und vor allem auch: Per zu sehen.

Nur dass Per nicht da war.

Während wir auf ihn warteten, erzählten Jan und Isabel von ihrem letzten Urlaub, an der Ostsee, in einem Häuschen, mit ihren drei Kindern. Leo erzählte ihnen von seinem Leben in London, wie aufregend alles dort sei. Und ich machte mir Sorgen, dass die Cannelloni nur noch Matsch wären, wenn wir endlich zum Essen kommen würden.

Jan fragte mich, ob wir schon Urlaubspläne gemacht hätten.

»Kommt nach London!«, rief Leo sofort. »London ist super. Und ihr hättet einen Schlafplatz mit Tischkicker. Hotel Leo.«

»London ist eigentlich eine super Idee. Aber Per hat noch so einen Gutschein eines Reisebüros, den er bei der

Tombola auf seiner Betriebsweihnachtsfeier gewonnen hat. Das ist zwar so Katalog-all-inclusive-Quatsch, aber besser als kein Gutschein, oder? Irgendwann müssen wir den mal einlösen.« Das Problem war: Dieser Gutschein hing seit Anfang des Jahres an unserem Kühlschrank und in sechs Wochen würde er verfallen, nur weil Per und ich uns nicht einig wurden, wohin wir fahren sollten.

»Aber nach London müsst ihr auch kommen«, protestierte Leo.

»Mal sehen«, sagte ich, »vielleicht ist ja London noch was für später im Jahr.«

Während wir uns unterhielten, knurrten im Hintergrund unsere Bäuche. Bis dann endlich kurz vor neun Per in der Küchentür stand. »'tschuldigung. Das war echt ein schlimmer Tag. Hallo, Bruderherz! Hey, Bella! Ey, Leo.« Kuss für mich.

Per und ich bekamen den Abend erstaunlicherweise rum, ohne uns an die Gurgel zu gehen. Mit ein paar bösen Blicken von mir, einem entschuldigenden Schulterzucken von ihm und einem verkniffenen Lächeln um meinen Mund verschoben wir den Streit auf später.

Trotzdem sagte ich, als Jan fragte, wie unser gemeinsames Leben denn so laufe: »Einfach großartig. Zusammenzuziehen war eine gute Idee, alles ist viel entspannter. Endlich nicht mehr dieses dauernde Telefonieren, um abzusprechen, bei wem wir uns am Abend treffen, und das Taschepacken für den nächsten Tag.«

Per sagte: »Ich glaube, ich habe vorher an den Abenden, an denen ich bei Una geschlafen habe, eine Stunde nur mit Sachenpacken verbracht. Vor allem, wenn am nächsten Abend ein Spiel anstand. Zusammenwohnen hat schon echte Vorteile.«

»Ja, wirklich praktisch!« Leo grinste in die Runde und

zog die Augenbrauen in Pers Richtung hoch. »Arsch!«, sagte der. Es wurde gemütlich.

Jan und Isabel gingen gegen Mitternacht, Leo gähnte geräuschvoll, haute Per auf den Rücken und verabschiedete sich zum Schlafengehen. »Netter Pärchenabend mit Jan und dir. Sehr süß.«

»Gute Nacht, du Affe«, sagte Per.

Als wir allein in der Küche waren, begann ich den noch ausstehenden Streit: »Sag mal, geht's noch?«

»Was denn?«

»Du kannst nicht erst um neun kommen, wenn wir deinen Bruder für acht einladen.«

»Es tut mir leid. War heute einfach viel zu tun.«

»Es geht nicht nur um heute. Ich finde es scheiße, dass du dauernd abends noch so ewig im Büro rumhängst.« Meine Stimme war jetzt unangenehm hoch und zu laut dafür, dass Leo im Nachbarzimmer war.

»Ich hänge nicht rum, ich arbeite. Und das geht nun mal nicht anders. Außerdem habe ich mich doch schon entschuldigt. Mach doch nicht so ein Drama draus!«

Wir starrten uns an. Jetzt fühlte ich mich wie eine hysterische Kuh.

Wir hatten schon ein paarmal darüber gestritten, ob das Abendbrot ein für uns beide verpflichtender Termin sein sollte oder nicht. Und bei einem dieser Streits hatte Per mir erklärt, warum er in dieser Frage einfach anders tickte als ich: Für ihn sei das Abendbrot eine Mahlzeit wie jede andere, nein, eigentlich sogar noch weniger: Dass Menschen zu Abend essen, sei eigentlich nur der Tatsache geschuldet, dass sie anschließend für viele Stunden nichts aßen. In seinen Kindertagen hatte sich Pers Familie mittags zum gemeinsamen Essen getroffen. Die Geschwister waren aus der Schule gekommen, der Vater für zwei Stunden aus dem Familienbetrieb und die Mutter hatte dampfende Töpfe auf den Tisch gestellt. Dann wurde gemeinsam gegessen. Das sei die Mahlzeit des Tages gewesen, sagte Per.

Ich dagegen hatte als Kind den gesamten Tag in der Schule verbracht, meine Mutter war gegen halb sieben von der Arbeit gekommen und dann aßen wir gemeinsam. Ausführlich. Das Frühstück war jeden Morgen hektisch, ich wurde zur Eile ermahnt und meine Mutter suchte nebenbei ihre Unterlagen für die Arbeit zusammen. Das Abendessen dagegen war ausschließlich dafür da, in Ruhe gemeinsame Zeit zu verbringen und vom Tag zu erzählen. Es war unsere Mahlzeit des Tages.

»Ich mache kein Drama draus, und so einen asozialen Spruch kannst du beim nächsten Mal sein lassen. Ich will dich einfach zum Essen sehen! Dir scheint ja völlig egal zu sein, ob wir Zeit miteinander verbringen oder nicht.«

»Ich hab aber keine Lust darauf, dass du hier einen auf Hausfrau machst, die mir jeden Morgen zu verstehen gibt, dass ich um sieben zu Hause zu sein habe, weil dann das Essen auf dem Tisch steht.«

Ich war sprachlos. So hörte ich mich also an? Ich war die wartende Hausmutti, obwohl oder eigentlich gerade weil ich mit einer emanzipierten, Vollzeit arbeitenden Mutter aufgewachsen war?

Eine erstaunliche Wendung der Dinge.

»Ich finde es einfach scheiße, dass bei dir der Job immer vor dem Privatleben kommt. Vor mir. Wir sind keine WG, sondern ein Liebespaar.«

»Aber es geht nun mal nicht anders. Soll ich den Leuten sagen, sie sollen sich die Zahlen selbst raussuchen und die Grafiken dazu mit Buntstift und Lineal selbst malen? Das. Geht. Nicht. Ich habe keine Wahl.«

»Doch. Hast. Du«, sagte ich trotzig. Aber eine Lösung wusste ich auch nicht. Der Job ging vor, das war bei all unseren Freunden so. Ausgenommen denen, die – wie ich – ihren Job nicht so wahnsinnig super fanden und deshalb das Wort Feierabend gern hörten und sagten. Die anderen schleppten ihre Blackberrys mit in die Kneipe, waren auf dem Firmenhandy auch am Wochenende für den Chef erreichbar. Darunter litt: das Privatleben. Familie war nicht cool. Überstunden schon.

»Du könntest es ja wenigstens mal versuchen«, sagte ich und verschränkte meine Arme vor der Brust.

»Und wie bitte schön stellst du dir das vor?«

»Indem du einfach mal sagst, dass du jetzt gehen musst und dass du für acht Stunden bezahlt wirst und nicht für zwölf?« Meine Stimme wurde noch ein bisschen lauter und ich hatte auch keine Lust, das zu ändern. Anscheinend wollte Per ja auch nichts an unserem Problem ändern.

»Dann kann ich mir auch gleich einen neuen Job suchen«, sagte er.

»Das weißt du doch überhaupt nicht. Man wird doch wohl mal vernünftig mit seinem Chef reden können, wenn man das Gefühl hat, ausgebeutet zu werden.«

»Mein Chef ist nicht mehr da.«

»Dann red mit irgendwem. Eurem Geschäftsführer.«

»Na, der wird Zeit für meine Probleme zu Hause haben. Es ist nicht sehr wahrscheinlich, dass der mir zuhören wird.«

»Wahrscheinlich, wahrscheinlich. Du und deine scheiß Wahrscheinlichkeiten. Probier es doch verdammt noch mal! Für uns, unser Privatleben. Ist das so schwer zu verstehen?«

Per schaute mich nur entgeistert an, also drehte ich mich um, stapfte ins Schlafzimmer, zog mich aus und die Decke über meinen Kopf und kniff meine Augen wütend zu.

## Per

Ein paar Wochen mit eher mehr als weniger Arbeit später saß ich abends im Büro und schickte die Mail mit den letzten Zahlen des Tages weg: für die Sonderausgabe eines Finanzmagazins, dessen Chefredakteur erst kurz vor Druck aufgefallen war, dass viel zu wenige Zahlen und kaum Diagramme im Heft waren. Wir hatten also einen Tag Zeit gehabt für den Rechercheaufwand von drei Tagen, und »wir« waren nur mehr Julie und ich, weil der Chef unserer Abteilung vor zwei Tagen endgültig gegangen war, ohne dass für Ersatz gesorgt worden wäre. Den ganzen Tag hatten Julie und ich hektisch versucht, an wichtige Zahlen irgendwelcher Banken und Großversicherungen zu kommen, und alle halbe Stunde rief der Chefredakteur dieses Heftes an und fragte den Stand ab. Am Nachmittag erklärte ich ihm, dass er nicht der einzige Mensch im Verlag sei, der Zahlen von uns wollte, und dass er sich jetzt von der Hälfte seiner angeforderten Schaubilder verabschieden müsse, wenn er wenigstens fünf gute bekommen wollte. Die bekam er, aber eine Beschwerdemail an den Geschäftsführer schrieb er trotzdem.

Wenigstens war der Tag vorbei.

Ich sah auf die Uhr. Zehn nach sieben. Ich hatte Una versprochen einzukaufen, aber der Gemüsehändler machte um sieben zu. Der Bäcker auch.

Vor eineinhalb Stunden hatte ich Una eine SMS geschrieben, dass ich später kam, aber den Gemüse- und Broteinkauf noch schaffte – keine realistische Einschätzung, eher eine, die nur auf einer vagen Hoffnung basierte. Laut Una machte ich so etwas öfter. Jetzt musste ich zum Supermarkt, dann gab es eben abgepacktes Gemüse.

Meine Bürotür flog auf und Julie stürmte herein.

»Per, wo bleibst du?«, rief sie und schwang sich auf meinen Schreibtisch, »Ende der Arbeit, wir haben genug getan heute, jetzt wird gefeiert!«

Ich verstand nicht – und das sah man mir wohl an.

Julie beugte sich herüber. »Kannst du dich erinnern, dass deine hübscheste und netteste Kollegin gestern Geburtstag hatte?«

Ah. Ja. »'tschuldigung, ich glaub, ich kann nicht.«

Mein Computer gab einen Plopplaut von sich, eine neue Mail. Der Geschäftsführer hatte dem beschwerdeführenden Chefredakteur geantwortet, und mich auf cc gesetzt. Ich klickte auf die Mail.

Julie zog an meinem Arm. »Per, komm schon! Zwei, drei Gläser musst du schon mit mir trinken!«

Die Mail war nicht zu fassen: Der Geschäftsführer entschuldigte sich für mich bei dem Chefredakteur, es werde nicht mehr vorkommen, Finanztitel hätten in dieser Zeit Vorrang.

Am liebsten hätte ich beiden auf der Stelle eine wütende Mail zurückgeschrieben.

»Pe-her! Lass mal die Arbeit, jetzt gibt's Alkohol, das hilft immer!«

Vielleicht hatte sie nicht so unrecht.

Ich stand auf, Julie zog mich mit und wir trafen in der Küche auf ein gutes Dutzend Verlagskollegen in Betriebsfeststimmung. Wir ließen Julie hochleben und stießen an, ich trank einen Sekt und noch einen, und es war Viertel vor acht. Wenn ich noch einkaufen wollte, musste ich jetzt los. Sofort.

»Per, du wirst doch einmal später nach Hause kommen

dürfen, du bist doch erwachsen!«, rief Julie, »oder wartet deine Freundin schon mit erhobenem Nudelholz?«

»Fast«, sagte ich, zaghaft lächelnd und mit schlechtem Gewissen, weil ich Una nicht mal eine SMS geschrieben hatte, dass es noch später würde. »Nein, im Ernst, ich muss noch schnell was einkaufen.«

»Mann, dann kauft halt sie ein«, schimpfte Julie, »oder ihr bestellt Pizza, oder du kaufst morgen früh ein! Das wird jedenfalls nicht als Grund akzeptiert, hier abzuhauen!«

Die anderen johlten zustimmend.

Ich versuchte selbstbewusst zu wirken, sagte »hilft alles nichts, versprochen ist versprochen«, wünschte noch viel Spaß und machte mich auf den Weg in mein Büro.

Als ich alles gepackt hatte, kam Julie herein, trippelnd, sie war nicht mehr ganz nüchtern, und sie hatte zwei volle Sektgläser dabei. Sie setzte sich damit vor mir auf den Schreibtisch und hielt mir eines davon hin.

»Sorry wegen gerade. Ich wollte dich nicht nerven, okay? Aber wir haben so viel Zeit hier verbracht in den letzten Wochen, und da kann man ja auch mal ein bisschen feiern, oder?«

Ich nickte und nahm das Glas. »Hast ja recht. Ich hab's vergessen, tut mir leid. Wir holen das nach, ja?«

Wir stießen an und tranken.

»Ich bin nur traurig, dass mein alter Per weg ist. Der wäre jetzt hiergeblieben. Sei mal wieder unabhängiger und spontaner! Ich weiß ja wie das ist in einer Beziehung, wenn man zusammenwohnt. Aber man muss schon noch sein eigenes Leben haben.«

Wunder Punkt getroffen. »Ich weiß schon, hast ja recht, aber keine Sorge, den Per gibt es schon noch. Und jetzt muss ich los, tut mir echt leid, bis morgen!«

Wir umarmten uns und gaben Küsschen links und rechts,

und dass Julie mich ein wenig fester und länger drückte als sonst, und dass ihre Küsschen auf meine Wangen eher Küsse waren und sich ziemlich ausdrücklich anfühlten, lag wahrscheinlich am Alkohol.

Als ich am Supermarkt ankam, waren die Türen schon verschlossen.

Una saß im Wohnzimmer, nähte irgendwas und ignorierte mich. Ich brauchte nicht zu fragen, warum. Ich kam viel später, als ich gesagt hatte, und hatte nicht eingekauft, obwohl ich es versprochen hatte.

Dann hätte ich auch gleich noch im Büro bleiben können.

Ich dachte an Julies Umarmung und daran, dass sie gesagt hatte, ich sollte mal wieder unabhängiger und spontaner sein. Ein eigenes Leben haben. Ob mit Julie auch alles so kompliziert wäre? Oder ob sie entspannter wäre?

So wie Una, bevor wir zusammengezogen waren.

Wir hätten eben nicht zusammenziehen sollen.

Andererseits. Hatte das Zusammenziehen nicht auch gute Seiten? Zum Beispiel diese: Ich konnte jetzt einfach so ins Wohnzimmer gehen, und das Mädchen, das dort saß, mir wieder gewogen stimmen.

»Una, hör mal zu. Heute war ein Scheißtag. Im Büro und draußen. Es regnet, es ist eklig. Diesen Tag muss man verscheuchen. Mit einem DVD-Themenabend.«

Una legte den Kopf schräg. »Das ist eine ganz miese Tour, weil du keinen schönen Abend verdient hast – aber ich bin dabei!«

Ich ließ mich in den Sessel neben ihr fallen. »Großartig. Das Thema lautet: Rauschmittel. Zwei Sekt hab ich schon intus.«

Una lachte. »Okay. Ich sage den ersten Film: ›Fear and loathing in Las Vegas‹.«

»Danach: ›Bube Dame König Gras‹.«

Wir schütteten Erdnussflips und Schokocornflakes in zwei Schüsseln, öffneten eine Flasche Wein und holten uns Johnny Depp ins Wohnzimmer.

Von wegen nicht spontan.

## Una

An einem Samstag Ende Februar fuhren wir zum Trödelhändler. Um ein Sofa zu kaufen. Die letzten Wochen hatten Per und ich zwar viele Abende gemeinsam verbracht, aber doch jeder für sich, jeder in einem meiner beiden Sessel. Das konnte schon gemütlich sein, ja, aber eine Wohnung ohne Sofa ist irgendwie wie eine Disco ohne Tanzfläche. Außerdem brauchten wir es manchmal einfach romantisch, mit Ankuscheln beim Filmeschauen zum Beispiel. Und nicht nur wir fanden, dass ein Sofa hermusste, Leo hatte uns extra einen Zettel am Kühlschrank hinterlassen:

Matratze auf dem Boden
ist doch große Scheiße.
ICH WILL NE COUCH!
Grüße, Leo

Wir wollten eine schöne alte Couch, eine, die gut aussah, nicht so leicht kaputt zu kriegen war und uns auch noch in zehn Jahren gefallen würde. Pers Bruder Jan hatte uns einen Trödler auf dem Land empfohlen. Etwas teurer, sagte er, aber dass sich all seine Investitionen dort bisher gelohnt hätten.

Per und ich hatten beschlossen, die Couch zusammen zu bezahlen. Sie würde unser erster gemeinsamer Besitz werden und der Ausflug zum Trödler somit ein bedeutendes Ereignis.

Wir bogen in den Hof ein, der weit ausgebreitet vor uns lag: links ein großes, rot verklinkertes Wohnhaus, eingerahmt von zwei Scheunen, vor denen ein paar Bauernschränke standen und an Wäscheleinen rot-weiß karierte Handtücher und Tischdecken hingen. An einem Baum in der Mitte des Hofes lehnten große Spiegel und Türen. Über dem Scheunentor begrüßte uns ein selbst gemaltes Schild: »Komm herein, nimm was Schönes mit heim!«

Wir parkten Toms Transporter vor der hinteren Scheune und schlenderten in den Trödelladen. Mit uns waren ein paar ältere Ehepaare dort und zwei junge Familien mit Kindern. Sie schlenderten wie wir zwischen den Sachen umher, diskutierten, ob dieses oder jenes Möbelstück in ihre Einrichtung passte oder ob sie beim Preis noch etwas verhandeln sollten. Ich strich über einen riesigen Esstisch, einen für mindestens acht Personen, und dachte an Kochabende mit Freunden. ›Eins nach dem anderen, Una! Wenn du vierzig bist vielleicht‹, ermahnte ich mich.

Gleich dahinter stand eine ganze Reihe alter Kleiderschränke, mit schweren Holztüren und schwarzen, geschwungenen Schlüsseln im Schloss. In einem solchen Kleiderschrank hatte ich mich als Kind bei meinen Großeltern immer versteckt, wenn wir Suchen spielten oder ich allein sein wollte. Darin hatte es nach Lavendel gerochen, der in kleinen Säckchen zwischen den Pulloverstapeln auf dem oberen Brett lag. Ich hatte auf dem Boden des Schranks gehockt, wo mir Omas Rocksäume und Opas Hosenbeine um die Nase baumelten –

»Hey, Una!« Per schnipste mit den Fingern vor meinem Gesicht herum. »Was ist los, schläfst du im Stehen? Ich hab eine ganz gute Couch gefunden«, sagte er und zeigte mit seinem ausgestreckten Arm hinter die Küchenbüfetts. Er fasste meine Hand und zog mich in die angezeigte Richtung, wo ein dickes, bräsiges, braunes Cordsofa hockte. Per drehte sich grinsend zu mir um und sagte: »Ein Traum in Braun.«

Wir bogen in eine andere Richtung ab, fanden uns zwischen alten, riesigen Betten wieder und schlängelten uns weiter zwischen Beistelltischchen, Sesseln und Regalen voller altem Porzellan hindurch.

Und dann standen wir plötzlich davor. Vor dem einen. Dem perfekten Sofa. Ein dunkelrotes Riesensofa, mit Platz für eine Großfamilie. Wir ließen uns in die Polster fallen und stöhnten leise »Oh« und »Ah!«. Ich fingerte das Preisschild zwischen Polster und Lehne hervor, jubelte innerlich und hielt es Per vors Gesicht. Als der nickte, war die Sache beschlossen: Dieses Sofa würden wir kaufen. Und dann ein Monstersofa besitzen, das eine Möbelära in unserem Leben beenden würde: Die Zeit nämlich, in der wir ausschließlich Möbel besessen hatten, die sich in null Komma nichts in Einzelteile zerlegen ließen – bei einem Riesenkrach in der WG, einem Jobangebot in einer neuen Stadt oder wenn man einen Koller bekam und sofort das Land verlassen musste. Solche Möbel von Ikea & Co. vermittelten ein diffuses Gefühl von Freiheit.

Vermutlich redeten wir uns dieses Stückchen Freiheit nur ein, denn kaum ein Paar würde sich schneller trennen, weil es nur Selbstmontage-Möbel besaß. Andererseits war die Wohnzimmerschrankwand unserer Elterngeneration psychologisch fast schon ein Trennungshinderungsgrund, gebaut aus ›Eiche massiv‹. Wer sich ein solches Möbelstück gemeinsam angeschafft hatte, für viel Geld, der packte nicht einfach so seine Sachen und verschwand. Und der Rest des Haushalts war zum Hochzeitsfest von Eltern, Verwandten, Freunden, Kollegen und Bekannten geschenkt. Schwere

Porzellanfiguren, hundertzwanzigteilige Services, riesige Yucca-Palmen, jeder einzelne Salzstreuer, jeder Kaffeelöffel, jedes Sofakissen gehörte beiden gemeinsam und würde beim Auseinandergehen die Frage aufwerfen: Haben uns das Freunde von dir oder von mir geschenkt? Wer darf das Teil jetzt behalten?

Dieses Sofa, das wir da gerade im Begriff waren zu kaufen, würde jeglicher Flexibilität trotzen. Dieses Sofa würden wir gleich in den Transporter hieven und anschließend als Ganzes die Treppe zu unserer Wohnung hochschleppen müssen. Es besaß keinen Auseinanderbautrick. Es würde in unserem Wohnzimmer stehen als ein großes Ausrufezeichen. Für jeden Besucher sichtbar. Ein Couch gewordenes Versprechen, sehr lange Zeit zusammenzubleiben.

Worauf wir hier gerade so gemütlich herumsaßen, war beinahe bedeutender als ein Ehering. Ein läppischer Ring konnte niemanden davon abhalten, die Sachen zu packen und zu verschwinden. Er war in zwei Sekunden vom Finger gezogen und zurückgegeben. Oder dramatisch in einen Fluss geworfen. Wobei: So ein Sofa, aus Trennungsschmerz über eine Brückenbrüstung gehievt …

Ich riss Per, der von seinem Sofaplatz aus schläfrig das Treiben um uns beobachtete, aus seinen Gedanken: »Ist dir eigentlich klar, dass wir jetzt so gut wie verheiratet sind?«

## Per

»Ist dir eigentlich klar, dass wir jetzt so gut wie verheiratet sind?«

Una legte den Arm um mich und grinste mich an. Stolz. Verliebt. Geistesgestört.

Wir waren am letzten Wochenende bei sechs Trödelhändlern gewesen, auf zwei Antikmärkten und auf drei Flohmärkten. Und Una hatte seit Tagen unzählige Gebote bei eBay und anderen Auktionsseiten abgegeben, für die sie einmal bis drei Uhr früh wach geblieben und ein andermal um 5:30 Uhr aufgestanden war – um dann doch noch in letzter Sekunde überboten zu werden. Ich bewunderte Unas Hartnäckigkeit, jeden Tag, und Una ging mir wahnsinnig auf die Nerven damit. Jeden Tag.

Und jetzt hatte sie endgültig den Verstand verloren.

Endlich hatten wir beim siebten Trödelhänder eine erschwingliche, schöne und sehr gemütliche Couch gefunden, ich war behaglich hin und her geruckelt, hatte die Augen geschlossen und Una vom Heiraten reden hören.

Ich schob ihren Arm weg.

»Spinnst du? Was redest du da?«

»Na, wegen des Sofas. Wir gehören jetzt offiziell zusammen, das Sofa ist der Beweis!«

Ich stand auf. Ich wollte nicht länger auf einem Beweis für irgendwas sitzen. Außerdem: Beweis wofür? Dafür, dass wir endgültig den Verstand verloren hatten?

Mein Leben hatte sich selbstständig gemacht, vor ein paar Monaten schon, und ich bekam es nicht mehr eingefangen.

Im Gegenteil, es wurde alles immer skurriler: Ich hatte

gestern einen Termin bei unserem Geschäftsführer gehabt, ich hatte selbst darum gebeten, weil ich ihn darauf aufmerksam machen wollte, dass wir seit Wochen unterbesetzt waren – mein Chef war ja längst weg, ein Ersatz nicht da, und dann hatte auch noch der Praktikant seine Stelle nicht angetreten, weil er einen bezahlten Job gefunden hatte –, was dazu führte, dass Julie und ich seit Wochen fast jeden Tag länger als sonst am Schreibtisch saßen, oft bis in die Nacht. Jeden zweiten Tag sagte ich einer genervten Una, dass auch ich lieber früher zu Hause wäre, und ein Mal die Woche erklärte ich Tom in entschuldigenden Mails, dass ich die *Rasensprenger* nicht absichtlich im Stich ließ und bald wieder dabei sei.

Ich hatte mich gerade im Geschäftsführerzimmer gesetzt, da lobte er mich auch schon dafür, dass ich die Abteilung mit nur einer Mitarbeiterin am Laufen hielt, und fragte mich, ob der Posten nicht etwas für mich wäre, »mal so ganz generell gefragt«. Und ich saß vor seinem Schreibtisch und hörte mich sagen, dass die Stelle eine tolle Herausforderung sei, der ich mich gerne stellen würde.

Wieso zur Hölle sagte ich so etwas? Woher hatte ich dermaßen hohle Sätze? Was für ein leeres Gequatsche! Ich wusste doch überhaupt gar nicht, ob ich das wollte, ich hatte noch nicht eingehend darüber nachgedacht, keine Pro- und Kontralisten erarbeitet, noch nicht mit Una darüber geredet – aber ich manövrierte mich ohne zu zögern in die Herausfordererposition. Wieso? Was für ein Schwachsinn! Dachte ich, der Geschäftsführer würde das so erwarten? Wollte ich unterbewusst aufsteigen, Karriere machen, Macht über Menschen besitzen? Ich?

Fest stand jedenfalls, dass ich schon wieder einen *point of no return* überschritten hatte: Ich konnte ihm ja schlecht in drei Wochen sagen, dass ich doch nicht wollte.

Zusammenziehen, an Beförderung denken, zu zweit eine Couch kaufen, vom Heiraten sprechen – wo war mein Leben hingekommen? Was war mit Freiheit, Individualität? Warum musste plötzlich alles so verbindlich sein, so wegweisend, so ernsthaft?

»Mann, Una, das wird mir alles zu viel!«

Una sah mich verwirrt an. »Was ist los? Wovon redest du?«

Was sollte ich sagen? Dass ich Angst vor einer Beförderung und einer gemütlichen Couch hatte? (Wobei: Gemütlichkeit konnte durchaus negative Folgen haben: 69 Prozent der häufig streitenden Paare lebten in gemütlich eingerichteten Wohnungen, aus gemütlich wurde also sehr schnell ungemütlich. Allerdings interessierte mich an dieser Studie vor allem, wer entschied, ob eine Wohnung nun gemütlich war oder nicht? Hatten die Forscher konkrete Anhaltspunkte dafür erarbeitet? Reichten drei Sofakissen oder mussten es fünf sein? Wie viel Prozent des Wohnzimmers musste eine Sessellandschaft einnehmen?)

»Es ist nichts. Oder doch. Schon was. Du redest komische Sachen. Und ich will heim. Also nehmen wir die Couch jetzt?«

»Warum bist du denn so gestresst?«

»Ach weil ... weil du vom HEIRATEN redest!«

Una lachte nur. »Ach das. Krieg dich mal wieder ein, ich will dich schon nicht heiraten, jedenfalls nicht mit dem Gesichtsausdruck. Und wenn du einverstanden bist, sag ich denen jetzt, dass wir das Sofa hier in unser Wohnzimmer stellen wollen.«

Ich nickte, und sie stand auf und küsste mich. »Übrigens: Ich habe Wohnzimmer gesagt. Hast du gehört? Wooooohnzimmer.« Lachend lief sie davon.

Ich ließ mich wieder auf unsere baldige Couch fallen.

Beweis hin, Beweis her, die Couch war bequemer als alles, worauf ich bisher gesessen hatte. Eine Couch war eine vernünftige Anschaffung, und diese Couch war eine ausgezeichnete Couch. Ich würde gerne auf ihr sitzen. Auch wenn dieser erste gemeinsame Besitz unseren Wohnungsentschluss zementierte, sozusagen in Couchform goss.

Es war eben so: Bevor Una und ich uns das erste Mal geküsst hatten, war ich ein mit meinem Leben ziemlich zufriedener Single gewesen, und kein vereinsamter Tropf, der fiebrig auf der Suche nach einer Freundin war. Ich hatte eine gute WG, Freunde, Familie, das Studium und dann den Beruf, Fußball, Konzerte, Kino, Theater, Kneipen und das Stadion. Und manchmal sogar Sex. Ich brauchte keine Kompromisse einzugehen, die mir nicht gefielen. Ich lebte allein – das schon –, aber ich war nicht der Einzige damit: In Großstädten lebt die Hälfte der Bevölkerung allein, insgesamt lebten mehr als elf Millionen Deutsche allein, die waren ja auch nicht alle depressiv! Nein, ich war allein und irgendwie fühlte sich das schon auch gut an. Ein bisschen einsamer Wolf, ein bisschen Melancholiker, und für Jans Kinder war ich der lässige Onkel, der für alles zu haben war.

Dann kam Una. Als wir uns das erste Mal trafen, war ich eigentlich auf der Suche nach Leo und enorm sauer auf ihn. Na ja. Und ein wenig auch auf mich.

Etwas mehr als ein Jahr zuvor. Ich hatte Karten für ein Konzert der »Killers« und war spät dran, weil ich noch schnell zu Hause Mails gecheckt hatte. Als ich dann vor der Konzerthalle stand, merkte ich, dass ich in der Eile meinen Schlüsselbund vergessen hatte. Ich konnte mein Rad also nicht absperren. Es war aber neu und hatte 900 Euro gekostet. Ich würde es dort ganz sicher nicht ungesichert stehen lassen, ich ließ es ja nicht einmal bei uns im Hof unabgesperrt, und auch nicht abgesperrt, ich ließ es nämlich gar nicht im Hof, weil jeder vierte Fahrraddiebstahl in eigentlich unzugänglichen Höfen stattfindet. Deswegen trug ich mein Fahrrad immer hoch in den vierten Stock und stellte es in den Gang unserer Wohnung.

Ich sah auf die Uhr. Die Vorband spielte schon. Ich rief Julie an – mit der ich dort verabredet war –, um sie zu bitten, mein Rad mit abzusperren. Aber sie war schon drin und hatte keinen Empfang.

Mann. Ich hatte vielleicht noch eine halbe Stunde, bis die Killers anfingen. Gerade Zeit genug, um noch mal nach Hause zu fahren und den Schlüssel zu holen. Ich hetzte schwitzend zurück, trug mein Rad vier Stockwerke die Treppe hinauf und dort fiel mir auf, dass ich natürlich auch keinen Wohnungsschlüssel hatte. Der war ja drin, am Schlüsselbund. Ich klingelte. Einmal, zweimal, dreimal. Aber Leo war nicht da. Ich klingelte beim Nachbarn, der unseren Notfallschlüssel hatte. Der Nachbar sagte, Leo hätte den Schlüssel vor drei Wochen geholt und nicht wiedergebracht. Das war typisch.

Ich rief Leo an. Er war bester Laune und offensichtlich auf einer Party – um ihn herum sangen und brüllten Menschen und er war eindeutig betrunken, er sah nämlich keine Notwendigkeit, den Raum zum Telefonieren zu verlassen. Er brüllte, ich verstand kein Wort und brüllte zurück, er verstand mich nicht und legte auf. Eine Minute später schickte er eine SMS:

»Komm vorbei. Party. Mozart 37!!!«

In der Mozartstraße 37 wohnte der Bruder von Leos damaliger Freundin. Dort war ich vor ein paar Wochen mit ihm auf einer Party gewesen, und 37 ist eine tolle Zahl, eine

Primzahl, ich kannte nicht viele Leute mit einer so schönen Hausnummer. Wobei: Ein Exkollege wohnte in einer 111. Egal. Leos Feierlaune machte mich aggressiv. Ich wollte auf das verdammte Konzert, ich hatte die Karte bezahlt, und Leo hätte nur den Schlüssel wieder unserem Nachbarn geben müssen. Genau dafür hatten wir schließlich den Notfallschlüssel. Wütend machte ich mich auf den Weg in die Mozartstraße. Als ich dort ankam, brummte mein Handy. Julie schrieb:

> Die Killers haben gerade angefangen
> zu spielen. Wo bist du?!? J

Ja, wo?

> Vor dem Haus, in dem der Bruder von
> Leos Freundin wohnt. Per

Julie hatte gefragt. Wieder nahm ich mein Rad mit hoch – ich konnte es ja nicht absperren –, die Party war im dritten Stock. Als ich klingelte, öffnete sich die Tür und ein Mädchen mit langen braunen Haaren sah mich erst verwundert, dann etwas spöttisch an.

»Hallo, äh, kann ich rein? Ich suche jemanden«, sagte ich und wollte mich an ihr vorbeidrängen.

»Entschuldigung, das geht so nicht«, sagte sie entschieden.

»Und warum bitte nicht?«, fragte ich genervt zurück.

»Du passt nicht durch die Tür. Du hast ein Fahrrad auf der Schulter.« Jetzt grinste das Mädchen, ein bisschen sehr breit sogar. Dazu trank sie einen Schluck aus der Bierflasche, die sie in der Hand hielt. »Und selbst wenn du hier durchkommst, kommste nicht weiter.« Sie deutete hinter sich.

Sie redete vielleicht etwas oberklug daher, aber sie hatte recht. Der Flur war kaum betretbar vor lauter fröhlichen

Menschen, die dort standen, saßen, redeten, tranken und rauchten.

Das Mädchen hielt mir ihre Hand hin. »Una.«

Ich verstand nicht. Una?

»Ich bin Una, das ist mein Name, ich stelle mich gerade dir vor«, sagte sie, »und wenn du willst, passe ich hier auf dein Rad auf, bis du den Jemand gefunden hast, den du suchst.«

Ich lief rot an. Nickte. Sagte: »Das ist nett, danke.« Ich nahm das Rad von der Schulter, stellte es vor der Tür ab und drängte mich in den Flur.

Nach vier Metern durch das Gewühl an Menschen drehte ich wieder um. Ich ging zurück zur Tür und hielt dem Mädchen, das Una hieß, die Hand hin. Sie war ziemlich hübsch.

»Ich bin Per. Und nicht immer so komisch wie gerade eben. Hallo.«

Sie lachte wieder, schüttelte meine Hand und sagte:

»Na dann, Per, bis gleich. Und viel Glück beim Suchen.«

Sie hatte sehr blaue Augen, die fröhlich strahlten. Mit etwas Anstrengung löste ich meinen Blick von ihren wirklich sehr blauen Augen und drängte mich in die Menge. Die Wohnung hatte vier große Räume, die Küche und drei WG-Zimmer. Nirgendwo fand ich Leo.

Ich schob mich noch einmal durch alle drei Räume, aber Leo war nicht zu finden. Ich ging zurück zu meinem Fahrrad und dem Mädchen, das Una hieß.

Sie lachte mich an. »Und, gefunden?«

»Nein.«

Sie hielt mir eine ungeöffnete Bierflasche hin. »Aber ich hab was gefunden. Willst du?«

Ich überlegte. Zu Hause konnte ich nicht rein. Das Konzert hatte jetzt eh schon angefangen. Ich musste bei meinem

Rad bleiben. Das Mädchen, das Una hieß, hatte so was von sehr blauen Augen.

»Ja.«

»Wen suchst du eigentlich?«

»Meinen Mitbewohner, ich brauche unseren Schlüssel. Sonst muss ich heute irgendwo anders übernachten.«

Sie lachte. »Funktioniert die Masche manchmal?«

Ich wurde rot. »Nein, bisher noch nie. Aber ich geb nicht auf.«

Die nächsten drei Stunden vergingen, ohne dass ich mich auch nur für einen Moment ins Killers-Konzert wünschte. Wir saßen auf der Treppe im Hausflur, bei meinem Rad, und redeten. Ankommenden und Gehenden erklärten wir, dass sich mein Rad unten im Hof so alleine gefühlt hätte und wir es deshalb mit hoch genommen hätten. Es sei ein sensibles Rad. Wir holten neues Bier und fingen an, uns auszufragen. Dabei stellten wir fest, dass wir ziemlich unterschiedlich waren: Sie Mode, Ich Statistiken; Sie Ost, Ich West; Sie Stadt, Ich Land; Sie Hansa Rostock, Ich Borussia Dortmund; Sie Helge Schneider, Ich Didi Hallervorden; Sie dunkle Schokolade, Ich Erdnüsse; Sie Brathähnchenfan, Ich Vegetarier. Einzige Ausnahme: Wir mochten beide seltsame Filme, *Kitchen Stories* zum Beispiel, ein Film, in dem fast nichts passierte, außer dass zwei alte Männer in Norwegen in einer Küche saßen und sich anschwiegen. Una sagte, sie habe gerade einen ähnlich lustigen Film gesehen, wenn ich wollte, würde sie ihn mit mir noch mal schauen. »Übermorgen?«

»Übermorgen.«

Dann ging die Tür auf und Leo stolperte heraus, erst noch halb gestützt von irgendeinem anderen Typen, dann ließ der los und Leo knallte vor uns an das Treppengeländer. Er hob den Kopf, glotzte mich eine Zeit lang an, erkannte mich irgendwann, ließ den Kopf wieder sinken und lallte zufrieden: »Per. Wunderbar. Du musst mich heimbringen, meine Freundin will mich loswerden, die blöde Sau.«

Ich drehte mich zu dem Typen, der ihn hinausbegleitet hatte. Der schüttelte abfällig den Kopf: »Kennst du den Penner? Dann nimm ihn bitte mit, und zwar jetzt, auf der Stelle! Der hat das Bad erst zwei Stunden blockiert und dann vollgekotzt.«

Leo versuchte aufzustehen, brachte den Oberkörper aber nicht ganz in die Höhe, verlor das Gleichgewicht und krachte in mein Fahrrad. Jetzt lag er mit dem Gesicht auf den Speichen und nuschelte den Speichen zu »immer Weiberscheiße, immer, immer Weiberscheiße«.

Una legte mir die Hand auf die Schulter. »Ich glaube auch irgendwie, dass der heimmuss. Oder?« Ich nickte.

Vor drei Stunden hätte ich mich gefreut Leo zu sehen. Ich half ihm hoch und legte seinen Arm um meine Schulter. Mit der rechten Hand hielt ich Leo fest, mit der anderen versuchte ich mein Rad mitzunehmen.

»Das wird so nichts«, sagte Una, »wenn ihr es nicht sehr weit habt, geh ich mit und nehme das Rad. Ich wollte eh nicht so lange bleiben.«

Ich unterdrückte ein Grinsen: »Das wäre super, sind nur zehn Minuten. Mann, ist der voll.«

Als wir – Una mit Rad, ich mit Leo – vor meiner Haustür ankamen, bot Una noch an, unten auf mein Rad aufzupassen, bis ich Leo hochgebracht hätte. Oben wollte Leo partout nicht in die Wohnung, er bestand plötzlich darauf, dass ich ihn zurück zur Party brachte, er wollte sich mit seiner Freundin aussprechen. Ich lehnte ihn neben die Tür und lief hinunter, um mich von Una zu verabschieden.

Wir verabredeten uns für übermorgen zum Kino, umarmten uns länger, als gute Bekannte das tun, und dann ging sie. Ich trug mein Rad hinauf in die Wohnung, stellte das Rad ab, machte zum zweiten Mal an diesem Abend wegen Una kehrt und lief los. Zwei Kreuzungen von unserem Block weg hatte ich sie eingeholt.

»Una, warte mal.«

Sie reagierte nicht. Dabei war ich kaum mehr zwei Meter hinter ihr. Aber sie ging weiter, schnell, geradeaus, die Hände in den Taschen.

»Una?«

Sie ging weiter, ich blieb stehen. Dann überwand ich mich, schloss zu ihr auf und tippte ihr leicht auf die Schulter. Jetzt drehte sie sich um und sah mich kurz erschrocken, dann überrascht und schließlich sehr freundlich an. Und nahm die Stöpsel ihrer Kopfhörer aus den Ohren.

»Na? Hausschlüssel oben vergessen und jetzt brauchst du einen Schlafplatz?«

Ich grinste. Jetzt, los!

»Nein, aber ich dachte, wenn wir sowieso übermorgen im Kino knutschen, könnten wir das eigentlich auch jetzt tun, oder? Also: wenn.«

Das Mädchen, das Una hieß, lachte mich an. Oder aus. Dann nahm sie meine Hände, ging einen kleinen Schritt näher zu mir, schob ihr Gesicht dicht vor meines, schloss die Augen und küsste mich.

So war das. Zwanzig Minuten später verabschiedeten wir uns wieder an dieser Kreuzung, weil mir eingefallen war, dass Leo noch im Gang vor unserer Wohnung lehnte. Wir verabredeten uns zum Frühstück am nächsten Tag und waren ab da ein Paar.

Weil ich den ersten Schritt gemacht hatte. Nicht dass das wichtig wäre, 70 Prozent der Deutschen sagen, es spielt keine Rolle, ob der Mann oder die Frau den ersten Schritt tut, aber für die anderen 30 Prozent sei festgehalten: Per war's.

Und jetzt stand da drüben meine Freundin, die eben etwas

von Heiraten gefaselt hatte, und bezahlte bei einem Trödelhändler eine Couch, die so was von einer Couch war.

Und das Mädchen, das Una hieß, zwinkerte mir dabei zu.

Und mir fiel ein, dass gemeinsamer Besitz in einer Partnerschaft die Gefahr einer Trennung um erstaunliche 54 Prozent verringert.

## Una

Der März begann. An diesem Montagmorgen hatte ich mal wieder keine Lust, ins Fiora-Atelier zu gehen. So wie eigentlich jeden Montagmorgen. Ach, wie eigentlich jeden Morgen. Die Sache zwischen dem Job als Näherin und mir würde nicht mehr lange gut gehen. Ich schleppte mich zur Straßenbahn, schlurfte matt von der Haltestelle in die Firma, schlich am Pförtner vorbei, die Stufen in den vierten Stock hoch, streckte den Rücken durch und setzte mir das falscheste Lächeln aufs Gesicht, das ich in diesem Moment zustande brachte. »Guten Morgen, Erik. Hi, Liv!« Erik schaute nur kurz von seinen Entwürfen hoch, Liv sprang auf und rief laut: »Guten Morgen! Schönes Wochenende gehabt?« Leise schob sie hinterher: »Komm, lass uns zusammen einen Kaffee trinken. Erik sagt, er braucht uns erst in einer Stunde.«

Liv qualifizierte sich wie so oft als Gute-Laune-Garantie in dieser Firma. In der Teeküche sagte sie mit verschwörerischer Miene: »Er geht!«

»Wer geht?«

»Na, Erik!«

»Echt? Wohin geht er denn?«

»Zu Velluto e Seta«, flüsterte sie.

»Und wann?«

»Ich glaube, Ende April ist er hier weg.«

»Weißt du schon was von einem Nachfolger?«

»Nee, hab nichts gehört. Willst du dich bewerben?«

Liv wusste, dass ich eigentlich nicht als Näherin, sondern als Designerin arbeiten wollte. Sie selbst war durch und durch Schneiderin, wollte noch nie etwas anderes werden, kam sogar gut mit den Designern aus. Vielleicht gerade weil sie klargemacht hatte, gern immer Schneiderin zu bleiben. Um diese Zufriedenheit, die sie auch ausstrahlte, beneidete ich sie. Aber ich selbst wollte nun mal immer schon Kleider entwerfen.

Ich brauchte einen Wechsel. Also war das wohl der Moment, in dem ich zugreifen musste. »Ich werd's probieren«, sagte ich zu Liv.

»Oh, das wäre so toll! Dann könnte ich vielleicht bald die Sachen nähen, die du entwirfst!!«

»Na ja, du würdest dann die Entwürfe nähen, die ich für die Designer nach ihren Vorstellungen überarbeitet habe«, sagte ich – dachte aber das Gleiche wie Liv: Vielleicht würde ich schon bald eigene Sachen entwerfen.

Wir grinsten uns an und ich war froh, an diesem Morgen gleich Liv in die Arme gelaufen zu sein – meine Laune war in den letzten Minuten von miesmiesmies auf fast hervorragend gestiegen.

Ein paar Stunden später war es dann offiziell: Im wöchentlichen *jour fixe* heuchelte unser Chef Bedauern über Eriks Kündigung, wünschte ihm alles erdenklich Gute für die Zukunft. Dabei hatte jeder mitbekommen, dass er ihn kurz vorher noch angebrüllt hatte in seinem Büro: Er sei so enttäuscht, habe ihn immer gefördert und so werde es ihm gedankt. Die Oberdiva war gekränkt.

Aber dieselbe Oberdiva würde auch über Eriks Nachfolge entscheiden. Deswegen ging ich sofort nach der Konferenz zu ihm. Ich war unglaublich nervös, aber ich konzentrierte mich darauf, was ich mir vor einem jeden solchen Termin einbläute: Laut sprechen! Mit fester Stimme! Klare Ansagen! Lächeln! Aber nicht zu viel lächeln!! Ich sagte ihm, er wisse ja, dass ich ein Modedesignstudium absolviert hatte und dass ich mich gern auf Eriks Stelle bewerben würde. Er sagte nur: »Leg mir nächste Woche deine Unterlagen hin«, dann war das Gespräch auch schon beendet.

Den Rest des Tages war ich wie gedopt. Ich zwinkerte Liv immer wieder über unsere Nähmaschinen hinweg zu und plapperte vor mich hin. Sätze wie »Was denkst du, kommen Pailletten im nächsten Winter wieder?« oder »Die Diva steht doch total auf Karos, oder?«.

Eine Woche lang arbeitete ich jeden Tag 14 Stunden. Von neun bis fünf bei Fiora, von sechs bis zwölf zu Hause; ich zeichnete, kolorierte, warf weg und zeichnete neu. Ich wollte mich mit einer Herbstkollektion um den Job als Juniordesignerin bewerben.

»Denkst du, das mit der Kollektion ist eine gute Idee?«, fragte ich Liv am Samstagnachmittag. Wir hockten beide auf dem Wohnzimmerboden, auf dem ich die Zeichnungen ausgebreitet hatte.

»Sehr gute Idee! Und das und das und das da – die gefallen mir echt gut. Una, die müssen dich einfach nehmen. Sie wären total gestört, wenn sie es nicht tun.« Die nette Liv. Vielleicht hätte ich doch jemanden fragen sollen, der nicht alles toll und super findet. Andererseits: brauchte ich gerade genau das. Zuspruch.

Liv sprang auf und rief »Kaffee!« und rannte schon, ohne irgendeine Reaktion von mir abzuwarten, in die Küche, um Kaffee aufzusetzen. Ich legte die Zeichnungen sorgfältig zusammen und zurück in meine Mappe. Sie gefielen mir, ich war richtig stolz darauf.

Als ich meine Bewerbungsmappe am Montagmorgen bei Oberdivas Assistentin abgab, war ich aufgeregt, von dieser Mappe hing meine Zukunft ab. Den ganzen Tag konnte ich nicht richtig arbeiten vor Anspannung. Und dann wurde ich nervös. Weil ich am Abend noch immer nichts aus dem Chefbüro gehört hatte. Am Dienstag wurde die Nervosität schlimmer. Ich zwang mich, bis Mittwoch zu warten; dann musste ich die Assistentin aber einfach fragen, ob sie meine Mappe auch wirklich weitergegeben hatte. Sie sagte gelangweilt »Ja, natürlich«. Am Donnerstagmorgen klang sie dann schon genervt, als ich sie noch einmal fragte. Aber sie hatte ja auch keine Ahnung, wie wichtig die Sache für mich war. Überlebenswichtig.

Mir war klar geworden: Ich konnte eigentlich keinen Tag länger Näherin sein. Seit über zwei Jahren saß ich an dieser Nähmaschine und nähte Entwürfe zusammen, trennte sie wieder auf, fügte eine Springfalte hier, ein Volant dort ein, bekam die Sachen mit ein paar hingebellten Änderungswünschen zurück auf den Tisch geknallt; im schlimmsten Fall blieb das Designteam gleich diskutierend hinter meinem Rücken stehen und sah mir im Gespräch beim Nähen zu. Ich hasste das alles. Ich musste etwas anderes tun. Ich brauchte diese Beförderung.

Und dann kam endlich ein kurzer Anruf von der genervten Assistentin: Ich solle zur Oberdiva kommen, es ginge um meine Bewerbung. Also los. Hallo, genervte Assistentin, Klinke drücken, eintreten, aha, der Personalleiter und der Geschäftsführer, Mr. Business, waren auch da.

»Guten Tag«, sagte ich freundlich und setzte mich auf den Sessel, auf den die Oberdiva zeigte – bevor er gleich zum Thema kam:

»Wir haben uns deine Mappe angeschaut. Nett.«

Nett? Nett?!? Nett ist die kleine Schwester von scheiße! »Vielen Dank«, flötete ich den Herren zu.

»Und wie stellst du dir deine Arbeit als Juniordesignerin vor? Welche Impulse könntest du einbringen?«

Okay, sie wollten also gleich die ganz großen Fragen klären. Ich versuchte, gelassen zu bleiben und professionell zu wirken, und sprach von den Frühjahrsschauen, streute aktuelle Trendfarben ein, faselte was von London und New York und von Inspiration von der Straße; ich schwenkte kurz zu Rocklängen, dann zu Hosenbeinformen und -weiten und empfahl abschließend, die Fiora-Kollektionen etwas mutiger zu gestalten.

»Mhhmmm.« Ob die Oberdiva meinen Vorstoß erfrischend kritisch fand oder ich mich damit gleich ganz disqualifiziert hatte, konnte ich an seinem Gesicht nicht ablesen. Es herrschte betretenes Schweigen.

»Gut. Wir entscheiden uns in den nächsten Wochen«, beendete die Oberdiva in seiner typischen Art, Gespräche zu beenden, auch dieses Gespräch. Na, das war doch ganz gut gelaufen. Also, würde ich sagen.

## Per

Ich hatte meine Mutter immer noch nicht wegen meiner Pflanzen angerufen. Es war Mitte März und ich hatte den Verdacht, dass einige den Sommer nicht erleben würden: Eine war schon braun, zwei andere hatten kaum noch Blätter.

Ich vergaß gerade eine Menge. Und ich schob es auf den Stress, darauf, dass mein Schaulaufen um die Abteilungsleiterstelle nun schon in die vierte Woche ging. Seit Una davon wusste, hielt sie mir jedes Mal, wenn ich später nach Hause kam, Vorträge darüber, dass die Mehrarbeit nie wieder aufhören würde, wenn man sie erst einreißen ließ, und dass der Verlag die dritte feste Stelle nicht nachbesetzen würde, wenn er sehe, dass Julie und ich das zu zweit hinbekamen. Und Una sagte, dass sie keinen Abteilungsleiter zum Freund haben wollte, wenn der dann nie zu Hause sei. »Also beschwer dich endlich, und zwar laut!«

Das war ja alles richtig. Mit jedem Wort hatte sie recht. Nur wollte ich mir nicht schon vorher alles verbauen. Ich hatte mir vorgenommen, das alles dann zu klären, wenn die Abteilungsleiterentscheidung gefallen war. Mit Julie konnte ich darüber reden, ohne dass sie sich aufregte, sie verstand das – obwohl sie im Gegensatz zu Una direkt unter unserer Unterbesetzung zu leiden hatte, sie musste ja auch mehr arbeiten, solange wir zu zweit waren. Vielleicht war Julie einfach weniger kompliziert.

Andererseits nervte mich schon auch, dass meine Pflanzen dem Tod nahe waren, dass ich kaum noch Freunde traf und kaum noch Fußball spielte und ja, natürlich: dass Una und ich weniger Zeit füreinander hatten.

Also schrieb ich eine Mail an unseren Geschäftsführer, mit der Bitte um ein Gespräch wegen der wieder zu besetzenden Stelle, ich behauptete gelogenerweise, ich hätte da jemanden im Auge, der eventuell passen könnte, den man aber bald ansprechen müsste, weil er schon von anderer Seite ein Angebot hatte. Ich hielt mein Vorgehen für geschickt und fast schon raffiniert.

Wenn der Geschäftsführer Interesse zeigen würde, müsste mein Phantomkandidat natürlich leider absagen. Aber dann war endlich Bewegung in die Sache gebracht.

Noch während ich zufrieden mit mir und meiner Taktik meinen Computer herunterfuhr, es war gegen 19 Uhr, kam der Geschäftsführer in mein Büro. »Ah, noch da, viel zu tun, was?«, nuschelte er.

Ich nickte.

»Ja, aber das machen Sie schon, was?«

Wieder nickte ich.

Er trat vor meinen Schreibtisch, legte eine Folienmappe dort ab und schob sie zu mir hinüber. »Ihr neuer Vertrag.«

Ich zog den Vertrag aus der Hülle. Tatsächlich. Da stand Abteilungsleiter drauf.

»Gratulation, lieber Per, ich freue mich für Sie«, sagte der Geschäftsführer und kam auf meine Seite des Schreibtisches. Er tätschelte mir den Kopf, klopfte auf meiner Schulter herum und hielt eine kleine Ansprache über Verantwortung und den Wert von Statistiken für die Zeitschriften und Zeitungen unseres Verlags. Bevor er wieder verschwand, drehte er sich in der Tür noch einmal kurz um und sagte:

»Ach so. Genau. Was ist das denn für einer, dieser Mensch, den Sie da für die Stelle im Auge haben?«

»Na ja, also, der ist wirklich fit und jung und ...«

Er unterbrach mich.

»Wie auch immer. Derzeit sehe ich da keine Möglichkeit,

die Lage, Sie wissen das ja selbst, was?« Er grummelte noch irgendetwas von »Praktikanten« und »noch mal reden«. Dann verabschiedete er sich mit einem »das kriegen Sie schon hin, was?«.

Ich blätterte den Vertrag durch und legte ihn in eine Schublade. Am liebsten hätte ich sofort Una angerufen, aber die war im Theater, mit Liv. Also schrieb ich ihr eine SMS:

> Du wirst es nicht glauben: Ich bin
> Abteilungslei

Nein. Ich konnte nicht. Das klang nicht nach mir. Es ging nicht. Ich musste es anders schreiben:

> Du wirst es nicht glauben: Ich bin
> Teamleiter. Ich glaube es selbst kaum.
> Küsse an die Eine: Per!!

Dann packte ich meine Sachen, ich hatte einen Abendtermin bei meinem Steuerberater.

Es war einer der ersten richtig schönen Tage des Jahres. Die Sonne war schon untergegangen, aber die Luft noch frühlingswarm – ein Abend, der in der ganzen Stadt die Menschen aus den Häusern gesogen und auf die nach draußen gestellten Tische der Cafés und Restaurants verteilt hatte. Zufrieden saßen sie in ihren Anoraks und mit ihren Decken hinter ihren Sonnenbrillen und Grande Caffè Latte und sahen mir zu, wie ich an ihnen vorbei zur Straßenbahn lief und in den letzten Wagen stieg. Als Abteilungsleiter. Teamleiter.

Als Teamleiter, der zu Hause bald ein Problem mit seiner Freundin haben würde, wenn er nicht wieder weniger arbeitete. Natürlich auch mit sich selbst, er wollte ja auch weniger arbeiten, aber mit sich selbst war er relativ nachsichtig. Irgendwann würde die dritte Stelle schon nachbesetzt werden, und bis dahin musste er eben durchhalten.

Wie auch immer: Mich nervte, dass ich nicht nach Hause kommen konnte, wann ich wollte. Weil wir zusammenwohnten. Es war nicht so, dass es deswegen dauernd Streit gab, aber jedes spätere Erscheinen wurde kommentiert, irgendein Spruch kam immer. Weil wir zusammenwohnten.

Außerdem stellte sich mehr und mehr heraus, dass Una keine größere Unordnung ertrug.

Ich schon.

Das war aber nur deshalb ein Problem, weil wir zusammenwohnten.

Und es wurde verschärft dadurch, dass ich mich letztlich an ihre Ordnung anpassen musste, es war ja bis Januar ihre Wohnung gewesen, in der alles seinen Platz hatte und alles auf eine bestimmte Art und Weise getan werden sollte. Und nachdem Una in der Zimmerfrage eingeknickt war, sah sie wenig Anlass zu weiteren Zugeständnissen.

Also hatten die Küchenschränke weiterhin genau so eingeräumt zu werden, wie sie bisher eingeräumt worden waren. Also hatte der Abwaschlappen immer unterm Waschbecken zu hängen. Also hatte der Besen nach Benutzung gesäubert und dann auf dem Kopf stehend in die Kammer geräumt zu werden – damit die Borsten nicht kaputtgingen.

Es war ein Besen. Nur ein Besen. Aber gut.

Ob die Menschen in der Straßenbahn um mich herum ähnlich lächerliche Probleme hatten? Ich war skeptisch.

Als ich die Klingel zu »Krauke & Hofer – Steuerberater« betätigte, ging es mir gleich wieder besser. Beim Steuerberater hatte ich das Gefühl, mein Leben im Griff zu haben und auf eine sichere Zukunft zuzusteuern. Er gab mir das Mehr an Bürgerlichkeit, das ich ab und zu brauchte, ohne dass ich mich bei ihm dafür schämen musste. Im Vergleich zu den meisten anderen seiner Klienten lebte ich ja geradezu unangepasst: Ich besaß keine Eigentumswohnung, kein Auto, keinen Ehering, ich trug keine Anzüge, keine teuren Schuhe und besaß nur eine einzige Krawatte. Und die fand ich nicht mehr.

Dr. Krauke empfing mich im zweiten Stock vor der Tür seiner Kanzlei, mit festem Händedruck und mit geschäftsmäßigem »Guten Tag, schön, Sie zu sehen«. Seine Sekretärin hatte er schon nach Hause geschickt, sie hatte aber an einem Tisch einige Flaschen Wasser und ein paar Säfte arrangiert. Dr. Krauke blätterte wie immer still durch die meisten meiner Dokumente und sah erst auf, als er meine vor einigen Wochen abgeschlossene Arbeitsunfähigkeitsversicherung entdeckte. Er nickte anerkennend und tippte mit seinem Kugelschreiber auf den Versicherungsbeleg.

»Ah, das sehe ich gerne.«

Er blätterte weiter und blieb irgendwann an der Adresszeile hängen. »Täusche ich mich, oder sind Sie umgezogen?«

Ich nickte und versuchte fröhlich dreinzuschauen. »Ich wohne seit Januar mit meiner Freundin zusammen. In einer größeren Wohnung.«

Er lächelte verhalten. »Schön, schön. Darf ich Sie etwas Privates fragen, das aber durchaus auch steuerlich von Interesse ist?«

Ich war ein bisschen irritiert, aber gut. »Natürlich.«

»Ist Nachwuchs geplant, oder eine Heirat? Wissen Sie, ich lese zwischen den Zeilen: Sie ziehen mit Ihrer Freundin zusammen. Und Sie schließen eine Arbeitsunfähigkeitsversicherung ab. Zumindest an Letzteres denken die meisten erst, wenn ihnen klar wird, dass auch andere von ihrer Arbeit abhängig sind. Zum Beispiel Frau und Kinder.«

Ich sagte – vielleicht ein wenig zu schnell und zu laut: »Keine Heirat. Keine Kinder.«

»Ah ja«, sein Lächeln erstarb, er nickte und blätterte weiter in meinem Ordner.

Das Thema Heiraten hatte in meinem Leben wirklich überhaupt nichts verloren. Ganz ehrlich. Außerdem: Ich kannte ja die Zahlen. Die Scheidungsraten, die je nach Zählart um die 40 Prozent oder etwas über 50 Prozent lagen. Ich wusste, dass eine Hochzeit eine statistisch und psychologisch fast schon zu vernachlässigende Wirkung auf das Zusammenbleiben von Paaren hatte, als langfristiger Beziehungsstabilisator war eine Hochzeit ein klägliches Instrument. Den meisten Partnerschaften würde der Kauf eines zweiten Fernsehers zur Streitvermeidung wahrscheinlich mehr helfen. Und es wäre billiger.

Den Zahlen zufolge müsste man Männern übrigens unbedingt zur Hochzeit raten, Frauen dagegen ebenso dringend davon abhalten: Unverheiratete Frauen sind stabiler, aktiver, zuversichtlicher, entscheidungsfreudiger, selbstständiger, beruflich erfolgreicher und glücklicher als verheiratete Frauen. Und sie haben seltener Depressionen. Verheiratete Männer sind im Schnitt gesünder, reicher, netter und, jawohl: anständiger als unverheiratete Männer. Wobei sich ein wenig die Frage aufdrängt, wie Anständigkeit wohl gemessen wird? Dreckige Socken immer in die Wäsche? Fremden Frauen nicht auf den Hintern schauen?

Oder per Fragebogen zum Ankreuzen:

Sind Sie/Ist Ihr Mann anständig?

☐ Ja
☐ Nein
☐ Kommt drauf an
☐ Weiß nicht

Das alles interessierte Dr. Krauke wahrscheinlich wenig, ihn interessierte nur: Heiraten spart Geld.

Apropos Geld: »Eine Beförderung kann ich melden, seit heute.«

Das Lächeln kehrte in sein Gesicht zurück. »Meinen Glückwunsch!«

Gegen halb zwölf betrat ich leise unsere dunkle Wohnung. Una schlief schon. Ich legte mich dazu und dachte an den vergangenen Tag. Ab jetzt würde ich Julies Vorgesetzter sein und in Abteilungsleiterkonferenzen sitzen. Mein Steuerberater wollte, dass ich heiratete. Es schien, dass man von dem Erwachsenenkarussell nicht mehr herunterkam, wenn es einmal angefangen hatte sich zu drehen. Und es wurde immer schneller.

Ich setzte mich auf.

»Ist was? Geht's dir nicht gut?«, fragte Una im Halbschlaf.

»Nein, alles okay. Mir war nur kurz schwindlig«, sagte ich.

Ich stand auf und holte mir einen Schluck Wasser in der Küche. Der Kühlschrank. Una hatte alle alten gelben Zettel weggetan und einen neuen geschrieben, der nun als einziger alle Aufmerksamkeit auf sich zog:

Herzlich willkommen,
Herr Teamleiter!!!
Das wird gefeiert!!
Deine Champagner-Una!!

## Per

Auch Ende März war die Frage noch: Thailand oder Norwegen? USA oder Tschechien?

Es sollte unser erster echter Pärchenurlaub werden. Wir waren noch nie einen ganzen Urlaub nur zu zweit unterwegs gewesen, die ganze Zeit Una-Per. Per-Una. Una-Per. Davor hatte ich Respekt. Oder eher: Angst.

Klar: Wir wohnten zusammen. Aber die meiste Zeit des Tages verbrachten wir bei der Arbeit – und nachts schliefen wir. Wenn es einen Grund dafür gab, dass dieses Zusammenwohnen unsere Beziehung noch nicht endgültig ruiniert hatte, dann den, dass man tatsächlich weniger wach war in seiner Wohnung, als man annahm.

Und wenn es einen zweiten Grund dafür gab, dass dieses Zusammenziehen unsere Beziehung noch nicht endgültig ruiniert hatte, dann den, dass wir – in unseren wachen Phasen – nach einem Streit türenknallend in verschiedenen Zimmern verschwinden konnten. Mit ein wenig räumlichem Abstand wurde Wut schnell weniger. Im Urlaub gab es keinen räumlichen Abstand.

Jedenfalls diskutierten Una und ich seit Wochen, wie unser Urlaub aussehen sollte, ich hatte diesen Gutschein eines Reisebüros gewonnen und wir wurden uns nicht einig. Ich wollte vor allem meine Ruhe, ein schönes Hotel in einem Land mit niedriger Kriminalitätsrate und hohem Hygieneniveau. Una fand das lächerlich. Unsere Urlaubsdiskussion führte zu nichts. Also stellten wir sie ein und verabredeten uns für nach der Arbeit im Reisebüro.

Und ich war pünktlich. Als Abteilungsleiter konnte man

ja mal früher gehen, fand ich, und verwies gleich noch Julie des Büros. Die wiederum war mit dem Auto da und lieferte mich im Reisebüro ab, vor dem Una schon wartete.

»Hübsch ist sie, deine Freundin«, sagte Julie.

»Ich weiß«, sagte ich, »danke fürs Bringen, Lieblingskollegin, und bis morgen!«

Ich stieg aus, suchte den Gutschein aus der Tasche und freute mich. Ich war lange nicht mehr in einem Reisebüro gewesen, vermutlich gab es auch bald keine Reisebüros mehr, weil das Internet das Geschäftsmodell fraß. Aber ich mochte Reisebüros, da saßen Menschen hinter Tischen voll bunter Katalogstapel, und wenn man sagte, wo man gerne hinwollte, sagten sie: »Wunderschön, da fahre ich selbst seit Jahren hin.« Genau wie in Sportgeschäften, wenn ich Fußballschuhe kaufen ging: Egal welches Modell ich anzog, sofort stand ein bis zur Selbstaufgabe jovialer Verkäufer neben mir und sagte: »Top-Schuh, den spiele ich selber. Gibt keinen besseren.« Dann ging er zu dem Mann neben mir, der gerade völlig andere Fußballschuhe probierte, und sagte – in einer Lautstärke, als sei ich taub oder blöd: »Topschuh, den spiel ich selbst. Gibt keinen besseren.«

Mir half das, ich konnte Menschen leichter einschätzen, wenn ich wusste, dass sie logen. Außerdem gab es mir ein gutes Gefühl zu wissen, dass ich wiederkommen und ihnen die an den Nähten aufgegangenen Schuhe oder den versauten Urlaub auf den Tisch knallen konnte. Im Internet ging das nicht.

Bei Frau Wundinger vom Reisebüro *Freie Zeiten* schon.

An ihrem Schreibtisch nahmen Una und ich Platz. Eine Stunde später sagte Frau Wundinger erschöpft, sie hoffe wirklich, dass wir uns irgendwann auf ein Land einigen könnten. Und damit meinte sie nicht sich und uns, sondern Una und mich.

Una rollte mit den Augen.

Ich nickte Frau Wundinger lächelnd zu. Verbündete sind wichtig.

Tatsächlich hatte beinahe jeder Urlaub meines Lebens mit dem Streit begonnen, wohin es gehen sollte. Das war schon in meiner Kindheit so: Ich wollte immer in ein bestimmtes Hotel nach Österreich, wo wir einmal gewesen waren, als ich sieben war. Ich hatte gute Argumente: Ich verstand die Sprache der Einheimischen, in der Hotelbibliothek standen alle Karl-May-Bände und morgens durfte ich am Büfett so viel frühstücken, wie ich wollte. Dass das örtliche Skigebiet nur drei Lifte hatte, die Matratzen müffelten und die Hotelzimmer dunkel und dreckig waren, war mir egal. Meinen Eltern nicht. Wir waren nie wieder dort.

»Also vielleicht Österreich?«, fragte Frau Wundinger.

Ich nickte erfreut.

Una holte tief Luft. »Auf keinen Fall«, sagte sie lächelnd.

Frau Wundinger versuchte auch zu lächeln.

Etwas später in meiner Kindheit, als ich Englisch in der Schule hatte, wollte ich unbedingt nach Australien, wegen der Krokodile, der Kängurus und wegen Crocodile Dundee. Eigentlich vor allem wegen Crocodile Dundee. Meine Eltern ließen mich für Australien packen und nahmen mich dann mit nach Irland. Keine pädagogische Glanzleistung, fand ich.

»Also nicht nach Irland und nicht Australien«, sagte Frau Wundinger.

Ich nickte.

»Wie wäre es mit Amerika?«, fragte sie.

»Fände ich gut!«, rief Una.

»Ich nicht. Ich war mal in San Francisco und wäre beinahe erschossen worden«, sagte ich.

»O Gott«, sagte Frau Wundinger.

»Echt jetzt?«, fragte Una.

»Na ja, beinahe«, sagte ich, »zumindest war ich rein statistisch dort näher daran erschossen zu werden als je irgendwo zuvor. Dort werden jeden Tag – …«

Una trat mir gegen das Schienbein und lächelte Frau Wundinger an.

»Also noch mal, Sie haben keine gemeinsamen Vorschläge?«, fragte Frau Wundinger.

Wir schüttelten den Kopf.

»Keine Ideen? Keine Reiseträume?«, fragte sie.

»Doch, das schon«, sagte Una.

»Aber nicht die gleichen«, sagte ich.

Frau Wundinger schnaufte.

»Welche Umgebung ist Ihnen denn besonders wichtig im Urlaub?«, fragte sie dann und versuchte, uns abwechselnd aufmunternd anzusehen.

»Strand«, sagte ich.

»Stadt«, stöhnte Una, ohne mich anzusehen.

In den letzten Tagen hatte ich mehrmals überlegt, den Urlaub ganz abzusagen. Weil ich mich daran erinnerte, wie ich mich im Urlaub benahm – das sollte Una eher nicht mitbekommen. Ich bin im Urlaub oft nervös. Bei einer Zugfahrt neige ich dazu, mir anfangs alle fünfzehn Sekunden in die Tasche zu greifen, um mich zu versichern, dass die Zugfahrkarten sich noch dort befinden. Wenn ich entspannter bin, tue ich das nur noch alle fünf Minuten. Vor dem Auschecken aus einem Hotelzimmer lege ich mich auf den Boden und schaue unter Betten, Schränke und Kommoden, außerdem fasse ich in alle erreichbaren Sessel- und Couchritzen.

Diese Griffe ins Ungewisse, in die dunklen Sofaspalten, können nicht nur erstaunlich widerliche Hinterlassenschaften der Hotelzimmervorvorgänger zu Tage fördern, sie können auch den Urlaub retten. Theoretisch. Wenn dort die Zugfahrkarte liegt, nur zum Beispiel.

Sie können den Urlaub aber auch versauen, wenn die Freundin irgendwann nur noch genervt ist davon.

»Wirst sehen«, hatte Jan mir am Telefon gesagt, »aus dem Urlaub kommt ihr als Paar gestärkt zurück. Oder getrennt.«

Da erzählte er mir nichts Neues. Zwölf Prozent aller Deutschen haben sich schon im Urlaub getrennt.

»Zwölf Prozent«, wiederholte Frau Wundinger staunend.

Ich nickte. »Jawohl. Mit Tendenz nach oben.«

Una verdrehte die Augen.

Ein ganzes Prozent der Deutschen hatte sogar schon einmal direkt nach dem Urlaub die Scheidung eingereicht. Aber das erzählte ich Frau Wundinger lieber nicht.

Dafür erzählte ich ihr, dass ich jemanden kannte, der allen potenziell Mitreisenden damit auf die Nerven ging, dass er nur in Länder in den Urlaub fuhr, deren medizinische Notversorgung vom internationalen Roten Kreuz als »sehr gut« eingestuft wurde, weil er, so sagte er zumindest, lieber zu Hause sterben wollte, alt und gebrechlich. Derselbe Mensch fuhr auch nicht in Länder, die auf der internationalen Korruptionsrangliste unterhalb von Italien (Rang 55) standen, weil er, so sagte er zumindest, keine Lust habe, im Urlaub Polizisten bestechen zu müssen, nur um nicht im Gefängnis zu landen.

Aber jeder kann an sich arbeiten. Dieser Mensch stimmte nach fast zwei Stunden Diskussion – es war halb neun, Frau Wundingers Kolleginnen waren längst nach Hause gegangen – dem Kompromissvorschlag Türkei zu: zehn Tage, Antalya, Çesme, Istanbul, Strand, Kultur, Stadt. Obwohl die Türkei mit Rang 57 auf der Korruptionsrangliste notiert ist.

»Endlich«, sagte Una.

»Allerdings«, stöhnte Frau Wundinger, dann fiel ihr wieder ein, dass wir ja Kunden waren, und sie fügte besonders nett hinzu: »Ich meine natürlich schön, die Türkei ist wunderbar, ich freue mich für Sie!«

»Ein Top-Land, gibt kein besseres«, sagte ich.

Frau Wundinger sah mich verwirrt an. Una trat mir gegen das Schienbein, zum vierten Mal, seit wir hier waren.

»Auf jeden Fall müssen Sie Köfte probieren«, sagte Frau Wundinger, »das Fleisch schmeckt fabelhaft.«

Una nickte erfreut.

»Ich darf kein Fleisch essen«, sagte ich.

»Ach«, sagte Frau Wundinger und dachte nach. »Aus religiösen Gründen?«

»Nein«, sagte ich. »Ich bin Vegetarier.« Hätte ich ihr erklären sollen, dass ich eigentlich nur fleischlos aß? Ich glaube nicht.

Zum Abschied sagte Frau Wundinger noch, dass sie uns ganz arg beneide. Jetzt in die Türkei, das wäre was. Sie wirkte sehr erleichtert, als sie die Tür hinter uns schloss, absperrte und sich mit dem Rücken dagegenlehnte.

## Una

In Antalya begann der Streit, als wir unser Hotelzimmer aufschlossen und sahen: Dieses Hotel war ein Fehler. Uns war zwar im Reisebüro völlig klar gewesen, dass wir die ersten drei Tage in einer Touristenhochburg verbringen und die ersten Nächte in einem Schuhkarton schlafen würden. Nur sollte dieser Schuhkarton, dieses Zimmer mit übersichtlicher Einrichtung und pappdünnen Wänden, wenigstens sauber sein. Und das war es nicht: Nur ein Rest Licht schaffte es durch die dreckigen Fenster, Nachtschränkchen und Stehlampe hielten über dicke Spinnweben Kontakt zueinander, der Teppichboden war vermutlich mal blau gewesen, schimmerte aber unangenehm silbrig-braun. Außerdem schien die Klimaanlage schon vor längerer Zeit verreckt zu sein, es war heiß und stickig, nicht zum Aushalten, und alles Drehen und Ziehen am Regulator der Klimaanlage blieb folgenlos. »Per, das Zimmer ist widerlich. Ich will woandershin!«

»Lass uns erst mal fragen, ob sie das Zimmer noch mal putzen«, sagte Per träge, müde vom Flug.

»Per, die halten das für geputzt.«

»Fragen können wir ja trotzdem.«

»Wir werden hier entweder Krankheiten bekommen oder an einem Hitzeschlag sterben! Oder beides!«

»Jetzt krieg dich mal wieder ein«, motzte Per. »Was sollen wir denn deiner Meinung nach tun?«

»Ich gehe jetzt da runter und erzähl denen was. Die sollen uns gefälligst ein sauberes Zimmer geben, mit funktionierender Klimaanlage.« Per zuckte nur mit den Schultern, setzte sich auf das Bett und zog die Schuhe aus. »Okay, mach das.«

Ich drehte mich wütend um, wütend auch auf Per, dass er mich das allein machen ließ, stürmte die Treppe hinunter zur Rezeption und sprach den Mann an, der dahinter stand – so freundlich und ruhig, wie ich es in dem Moment hinbekam: »Entschuldigung, wir wohnen in Zimmer 314 und das Zimmer ist weder sauber noch klimatisiert.«

Er blickte gelangweilt auf. »Alle unsere Zimmer werden gereinigt, bevor neue Gäste einziehen.«

»Aber dieses Zimmer *ist* nicht sauber. Sie können sich gern selbst davon überzeugen.«

»Das brauche ich nicht. Ich vertraue den Angestellten dieses Hauses.« Der Typ hatte Nerven. Die Zimmer waren Brutkästen für Keime aller Art und er spielte hier den Regierungssprecher. »Wir werden in diesem Zimmer nicht übernachten. Es ist dreckig und die Klimaanlage funktioniert nicht.«

Er behielt seinen gelangweilten Blick. »Junge Dame, vielleicht sollten Sie sich mal mit der Bedienung der Klimaanlage vertraut machen?«

»Sie werden überrascht sein, aber das habe ich getan. Die Klimaanlage funktioniert nicht!«

»Vielleicht haben Sie nur keine Ahnung von Technik? Sie sind doch nicht allein unterwegs; lassen Sie mal Ihren Mann ran. Also an die Regler.« Er lachte leise über seinen dreckigen Witz und ich war kurz davor, ihm direkt hier eine zu knallen, vor den anderen Gästen und seinen Kollegen.

Ich nahm meinen ganzen Mut zusammen und sagte: »Ich möchte den Hotelmanager sprechen!« So etwas hatte ich davor in meinem ganzen Leben noch nie gesagt.

Jetzt grinste er noch breiter.

»Junge Dame, ich *bin* der Hotelmanager. Schicken Sie mir mal Ihren Mann her, ich erkläre ihm, wie das funktioniert.«

Mir blieben einfach die Worte weg, da wollte nichts aus meinem Mund herauskommen, obwohl er seit einer Weile offen stand. Ich presste mit aller Kraft noch drei Worte heraus, »Wir ziehen aus!«, drehte mich um und stürmte die Treppe wieder hinauf, in unser Zimmer.

»Wir ziehen aus!« Ich griff nach unseren Taschen. Per lag im Bett und las. Er reagierte nicht.

»Per, wir ziehen aus! Der Manager ist ein riesengroßes Arschloch und er will weder das Zimmer reinigen lassen, noch die Klimaanlage reparieren. Der Penner hat mir ins Gesicht gesagt, ich als Frau sei einfach nur zu dumm, die Anlage zu bedienen.«

Per hob genervt den Kopf. »Na, so wird er es bestimmt nicht gesagt haben. Und ein bisschen Macho sind diese Südländer doch alle.«

»Per, der Manager ist Deutscher.«

Per setzte sich im Bett auf, immerhin. »Vielleicht hat er es nicht so gemeint, vielleicht hatte er einfach einen schlechten Tag. Jetzt beruhige dich mal wieder, ich gehe runter und rede mit ihm.«

Ich war fassungslos. »Redest mal mit ihm, ja? Von Mann zu Mann, oder was? Machst du das, mein großer starker Per?«

»Was soll denn dieser Ton jetzt?«

»Dieser Ton heißt, dass ich angekotzt bin.«

»Das merke ich. Aber was hältst du davon, jetzt erst mal tief durchzuatmen?«

»Ich will nicht durchatmen. Ich will nicht von dir behandelt werden, als wäre ich irgendeine gestörte Frau, die sich in dein Hotelzimmer verirrt hat, kapiert?«

»Aber ich bin kaputt und habe keine Lust, ein anderes Hotel suchen zu müssen. Ich will einfach meine Ruhe.«

»Der Herr will also seine Ruhe. Kannst du haben.« Ich schnappte mir Rucksack, Koffer und meine Jacke und verließ das Zimmer. Ich war schon einen Treppenabsatz runtergegangen, als ich oben eine Tür ins Schloss fallen hörte. Per rief: »Warte!«

Er kam angestolpert, sein Koffer schlug ihm immer wieder an die Beine, er schaute mich böse an.

Ich drehte mich wieder um, ging weiter nach unten, und dann stritt ich mich eine ganze Weile mit dem Hotelmanager, weil ich diese Nacht auf keinen Fall bezahlen wollte. Am Ende sagte auch Per endlich mal etwas, nämlich: »Ich arbeite bei einer Zeitung, und wenn Sie nicht wollen, dass ich darüber schreibe, wie dreckig Ihr Hotel ist, dann lassen Sie die Sache lieber auf sich beruhen.«

Tatsächlich gab der Typ sofort nach und wir gingen. Jetzt war ich noch wütender auf Per. Hatte noch nie auch nur zwanzig Zeilen für seine Zeitung geschrieben, machte aber hier einen auf Hotelkritiker. Pfff.

Draußen auf der Straße war ich unschlüssig, wohin. Ich ging wie ferngesteuert Richtung Stadtzentrum und war erst wieder richtig bei mir, als ich in einem Reisebüro stand. So schnell hatte ich mich nicht wieder im Reisebüro gesehen. Hinter mir drängte sich Per in das kleine Büro und schaute mich fragend an.

Ich bat die Frau am Infotresen, einen Flug nach Deutschland herauszusuchen.

»Wann wollen Sie fliegen?«, fragte sie freundlich zurück.

»Wieso willst du jetzt nach Hause fliegen?«, fragte Per. Ich ignorierte ihn. Und der türkischen Reiseverkehrskauffrau sagte ich: »Sofort.« Ich spürte Pers ungläubige Blicke von der Seite.

Die Frau tippte etwas in ihren Computer und klickte lange herum, bevor sie sagte: »Heute ist nichts mehr frei. Morgen ... Wollen Sie ein oder zwei Tickets?«

Ich schaute Per an. »Ein oder zwei Tickets?«

Er schnaubte wütend und presste dann ein »zwei« hervor.

»Zwei freie Plätze hätte ich erst wieder morgen am späten Abend.«

Noch eine Nacht und einen Tag hier in dieser Scheiße? Ich wollte nach Hause. Jetzt. »Gibt es noch einen anderen Flughafen in der Nähe?«

Per sog tief Luft ein.

»In Dalaman sind Sie mit dem Bus in viereinhalb Stunden ...«, sie tippte wieder, »und im Flieger um 21:50 Uhr ist noch was frei.«

Ich ließ sie zwei Bus- und zwei Flugtickets buchen, drückte Per seine Tickets in die Hand und ging. Richtung Busbahnhof. Richtung Heimat.

## Per

Una stürmte aus dem türkischen Reisebüro, mit ihrem Koffer, dem Rucksack und zwei Tickets für Bus und Flieger nach Deutschland. Ich schloss die Augen und öffnete sie wieder. Ich atmete durch, tief, und noch mal tief.

Ich lächelte der Dame im Reisebüro zu, verfluchte Frau Wundinger und den Kompromissvorschlag Türkei und folgte Una. Was sollte ich auch allein in Antalya?

78 Prozent der deutschen Paare sagten, dass zeitweilig äußerst heftige Auseinandersetzungen in einer Beziehung normal seien. Normal heißt okay, sagte ich mir. Alles. War. Okay. Alles war gut.

Leo hatte mal eine Freundin, die tatsächlich im Streit Teller nach ihm geworfen hatte. Julies Exfreund hatte sich mal nach einem Streit eineinhalb Tage im Schlafzimmer eingesperrt; in Julies Schlafzimmer wohlgemerkt. Meine Freundin wollte nun also unseren Urlaub am ersten Tag abbrechen. Und ich konnte sie schlecht davon abbringen, weil sie nicht mit mir sprach.

Una saß jetzt in einer Ecke des Busbahnhofes, Kopfhörer in den Ohren, und sah durch mich hindurch. Ich redete auf sie ein, sie drehte die Musik lauter.

Als der Bus nach Dalaman kam, zwängte sie sich in die letzte Reihe, zwischen vier aufgedrehte Türkinnen. Auch die Reihen vor ihr waren besetzt. Also stand ich eine Weile dumm im Gang herum und war allen im Weg, dann setzte ich mich in die erste Reihe. Aus Sicherheitsaspekten nicht die beste Lösung, der Platz mit der höchsten Todesrate in Reisebussen war der Platz des Fahrers, es konnte nicht gut sein, so nah bei dem Todgeweihten zu sitzen, aber Sicherheitsaspekte, das lernte ich schnell, spielten in diesem Bus eher eine untergeordnete Rolle: Das Erstaunlichste an der Fahrt nach Dalaman war nämlich, dass wir sie überlebten.

Der Fahrer saß noch nicht, da hatte er mich schon als Deutschen ausgemacht, sich mir vorgestellt: »I bin da Erol«, und mir alle seine Arbeitgeber als LKW-Fahrer in Bayern aufgezählt: Hundhammer, Weihrich, Black Magic Laster und Riedl-Transporte. Irgendwie hatte er beschlossen, dass ich in seine Lebensgeschichte eingeweiht werden müsste, und so redete er die gesamte Fahrt durch, während er fuhr, wie er fuhr, und er fuhr schrecklich. Das lag daran, dass er sich von einem Bus unterfordert fühlte. »Is kei Laster, weißt, is langweilig.« Also sorgte er selbst für Spannung. Langsamere Verkehrsteilnehmer betrachtete er als Herausforderung, schnellere als Beleidigung und Verkehrsregeln als optional. Und die ganze Zeit redete er.

In einer nicht einsehbaren Rechtskurve – in der er gerade zwei LKWs überholte – erzählte Erol von seiner Hochzeit mit einer deutschen Lehrerin und hielt als Beweis mit einer Hand zwei Fotos von der Trauung hoch. Die ganze lange Kurve über. Die Fotos hatte er zuvor irgendwo weit unter dem Lenkrad hervorgekramt, »sagst, wenn was kommt«.

Während er in einer Kleinstadt zwei rote Ampeln überfuhr, reichte er mir ein Bild seines Sohnes nach hinten. Man kannte sich ja inzwischen. Sein Sohn war katholisch getauft, hatte es sich gewünscht, weil seine ganze Grundschulklasse sich auf die Kommunion vorbereitete und er dabei sein wollte. Erol war dagegen gewesen, seine Frau, die Lehrerin, dafür. Theatralisch warf Erol beide Hände in die Luft – es ging ja geradeaus, wer brauchte da Hände am Lenkrad? – und rief, in seinem bayerisch-türkischen Dialekt: »Is Ehe halt immä Kompresmüss.«

Nun, was andere Frauen betraf, sah Erol wenig Notwendigkeit für Kompromisse. Die Folge: Seine Frau ließ sich scheiden. Deswegen musste er nach drei Stunden Fahrt kurz stehen bleiben, mit Tränen in den Augen, um in Ruhe erzählen zu können. »War i a hübsche Kerl, und hab i oft nix gmacht mit die Frauen, obwohl ich hätt können. I schwör!«

Dann erzählte er von seiner Flucht aus der türkischen Provinz, vor 40 Jahren. Er hatte es nicht länger ausgehalten, wie sein Vater die Familie terrorisierte, vor allem die Frauen. »Ware ihm nix wert, weniger no als a blecherne Teetassn.« Erol haute ab, mit 18, und kehrte zwölf Jahre lang nicht mehr zurück. Dann kam er zur Hochzeit seines Bruders, mit einem Kofferraum voll echter deutscher Marlboros, mit einer echten blonden deutschen Frau und seinem Sohn. »Und nach die Essn bin i aufgstandn und hab i mit die Fraun abgräumt. Als einzige Mann von vierzig Männer. Und mei Vater hat si gschämt, rot vor Wut war der.« Erst vor fünf Jahren kam Erol ganz zurück in die Türkei. Er hatte im Türkeiurlaub in Izmir eine Türkin kennengelernt und wohnte jetzt mit ihr in Dalaman.

»Und, gfallen dir Frauen hier?« Er grinste mich über den Rückspiegel an.

Ich zuckte die Achseln. »Ich habe eine Freundin.«

Er lachte. »Na, aber wenn die is nix dabei? Oder hast dein Zipfel in eine Kasterl in deine Haus gelassen?«

»Na ja. Meine Freundin ist nicht daheim. Sie ist mit dabei. Hier, im Bus.«

Er zog die Augenbrauen hoch. »Oha. Streit in die Urlaub. Seit wie viele Tagen seit ihr denn scho unter die wegs?«

»Eigentlich … seit heute«, sagte ich.

Erol schob seine Augenbrauen noch höher und sagte eine Zeit lang nichts.

»Welche isses denn?«, fragte er dann.

»Letzte Reihe, Mitte. Brauner Pferdeschwanz.«

Er stand auf, das Lenkrad noch in der linken Hand haltend, und versuchte nach hinten zu sehen. Dann ließ er das Lenkrad los und ging auf Zehenspitzen. »Ah, is a Hübsche!«, sagte er, setzte sich wieder und griff wieder zum Lenkrad. »Und warum hockst jetzt da vorn bei mir rum und laberst mich voll, und gehst nicht hinter zu ihr?«

»Sie redet nicht mit mir.«

»Ah.« Er nickte. Kurz hatte ich Angst, er könnte einfach jetzt selbst nach hinten gehen, um die Sache für mich zu regeln. Aber er griff nur in eine Seitenlasche der Tür und reichte mir Block und Stift. »Schreibst ihr Brief.«

Das tat ich.

Liebe Una,

Erol, das ist der Fahrer dieses Busses, sagt, ich soll dir einen Brief schreiben. Er scheint mir ein kluger Mann zu sein, also höre ich mal auf ihn. Der Streit tut mir leid. Erol sagt, man soll nie am ersten Tag seinen Urlaub abbrechen, das bereut man später, weil ein einziger Tag immer mal scheiße sein kann. Also. Eigentlich sagt das nicht Erol, sondern ich. Aber Erol sagt, dass Dalaman, wo er wohnt, sehr schön sei, er will uns morgen zum Abendessen einladen. Das geht aber nur, wenn wir heute nicht in den Flieger nach Deutschland steigen.
Lass uns ein paar Tage dort bleiben und dann weiter unseren Urlaub machen.
Istanbul wartet.

Dein Per, der dich küsst.

*Du hast ja recht. Ich will auch gar nicht wirklich nach Hause. Verzeihst du der blöden Una?*

☐ Ja
☐ Nein
☐ Vielleicht

## Una

Ein paar Tage nach Urlaubsende stellte die Oberdiva auf der großen Wochenkonferenz ganz beiläufig den neuen Erik vor: Max oder Mark, hatte ich nicht richtig verstanden und war mir auch egal. Ich konnte nicht glauben, auf diese Weise zu erfahren, dass *ich* es nicht geworden war. Die letzten Wochen war ich ein Nervenbündel gewesen – Stichwort: Urlaubsanfang –, weil ich an nichts anderes hatte denken können als an diese Beförderung.

Den ganzen Tag saß ich lahm an meiner Nähmaschine. Ich produzierte weg, was mir auf den Tisch kam. Und suchte nach Gründen, warum ich bei Fiora bleiben sollte. Mir fielen keine ein.

Liv schleppte mich mittags raus zu unserer Lieblingscurrywurstbude, und am Nachmittag schob sie mir einen Schokoriegel über den Schneidertisch. »Hey, Una, Kopf hoch, es wird sich was anderes ergeben, vielleicht sogar was Besseres«, sagte sie und setzte sich auf meinen Tisch. Liv war immer so verdammt optimistisch. Manchmal schon manisch optimistisch. Sie glaubte doch selbst nicht, was sie da redete.

»Das glaubst du doch selbst nicht.«

»Glaub ich wohl«, sagte Liv und spielte beleidigt. Sie verschränkte ihre Arme und beugte sich zu mir. Leise sagte sie: »Vielleicht hat es ja auch was Gutes, dass du den Job nicht gekriegt hast. Vielleicht wäre es ja total ätzend, direkt mit der Oberdiva zu arbeiten. Wir haben mit ihm ja nur selten zu tun. Und ich danke Gott dafür.« Sie hob ihre Arme über den Kopf und sagte laut »Halleluja!«.

Jetzt musste ich doch lachen. »Vielleicht hast du recht.« Ich riss den Schokoriegel auf. »Vielleicht ...«, ich biss hinein und kaute ein paarmal. »Vielleicht ist das aber auch ein Wink mit dem Zaunpfahl und ich sollte endlich mal meinen Arsch hochkriegen und anfangen, selbst Mode zu machen. Also nicht nur abends und am Wochenende, sondern richtig. Um davon zu leben.«

»Würdest du dich das trauen? Ich fänd's ja super. Wenn du dann die Sachen aus deiner Bewerbungsmappe nähen würdest, würde ich dir sogar was abkaufen. Ich wäre deine Premiumkundin.« Sie warf ihre rotblonden Locken divenhaft nach hinten, schnappte sich den letzten Bissen des Schokoriegels, den ich mir gerade in den Mund schieben wollte, hüpfte vom Tisch und sagte kauend: »Mach das!«

Als ich am Abend nach Hause kam, setzte ich mich mit meinem Laptop aufs Sofa und schrieb meine Kündigung. Ich druckte sie aus und las sie noch mal durch. Dann zerknüllte ich das Blatt. Ich konnte nicht kündigen, ich wäre dann arbeitslos! Andererseits ging es einfach nicht mehr. Ich wollte nicht mein ganzes Leben lang als Näherin arbeiten.

Ich klickte doch noch mal auf »Drucken« und unterschrieb am Ende der Seite.

Als Per nach Hause kam, legte ich ihm den Kündigungsbrief auf den Küchentisch.

»Du bist nicht genommen worden?«

»Nein, irgend so ein Frischling von der Hochschule hat den Job gekriegt.«

»Komm her.« Per nahm mich in den Arm. »Du bist eine gute Designerin und bestimmt bekommst du eine andere Gelegenheit bei Fiora. Willst du wirklich jetzt aufgeben?«

Ich stieß ihn weg. »Das ist kein Aufgeben! Ich hab die Schnauze voll. Und ich glaube nicht, dass ich da noch eine Chance kriege. Per, ich bin seit zwei unendlich langen Jahren in dem Laden. Ich ertrag das einfach alles nicht mehr. Ich bin keine Näherin, ich bin Designerin – oder ich will Designerin sein. Ich will meine Entwürfe verkaufen, will eine Modenschau in Paris, irgendwann, verstehst du?«

»Hm.« Per schwieg eine Weile. »Aber hast du irgendeine Idee, wo du dann anfängst? Hast du irgendwelche Kontakte zu anderen Unternehmen?«

»Ich dachte, ich mache mich selbstständig. Arbeite hier, zu Hause.«

»Den ganzen Tag in der Wohnung? Ohne andere Menschen? Vielleicht solltest du erst mal anfangen, abends und am Wochenende ein bisschen was zu machen? Und wenn du dir was aufgebaut hast, dann kündigst du. Das ist doch total riskant, jetzt sofort zu kündigen!«

Er legte seine Stirn in Sorgenfalten. »Schlaf doch noch mal eine Nacht darüber. Bitte. Es wäre blöd, wenn du deine Entscheidung in ein paar Tagen bereust. Du solltest dir ganz ganz ganz sicher sein, wenn du das tust.« Und damit ich auch wirklich gut drüber nachdachte, klebte er mir noch einen Zettel an den Kühlschrank:

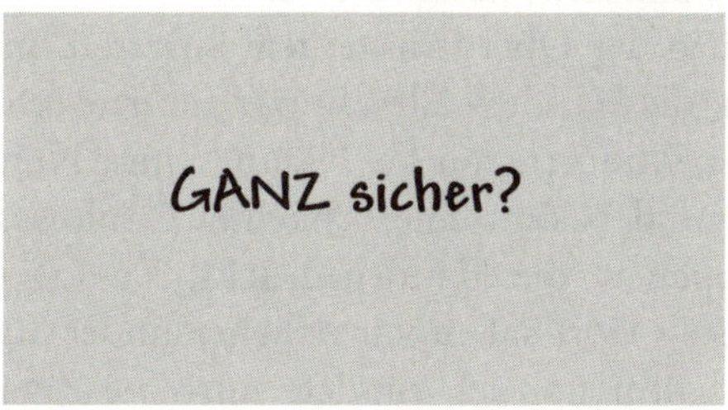


War ich mir sicher? Vorsichtshalber schlief ich sogar zwei Nächte darüber. Na gut, die zweite Nacht schlief ich nicht mehr wirklich. Die meiste Zeit lag ich wach und überlegte, wie mein Chef die Kündigung wohl aufnehmen würde. Ich spielte verschiedene Gesprächsabläufe wieder und wieder durch: wie er Verständnis haben würde für meine Entscheidung; wie er rumschreien und mich zum Teufel schicken würde; wie er mir die Juniordesignerstelle doch noch geben würde, um mich nicht zu verlieren. Na ja, dass das nicht wirklich eine Möglichkeit war, war mir schon klar. Aber es wäre mir eigentlich der liebste Gesprächsverlauf gewesen.

Realistisch gesehen rechnete ich allerdings mit der Rumbrüllerei, immerhin hatte ich in den letzten Jahren einige seiner Wutausbrüche mitbekommen. Jeder bekam sie mit. Das sollten wir wohl auch, denn so war die Oberdiva gefürchtet und wir taten, was uns befohlen wurde.

Am nächsten Morgen tat ich nun nicht, was mir befohlen war, nämlich: nähen. Stattdessen: kündigte ich. Im Büro der Oberdiva sagte ich mit der festesten Stimme, die ich hinbekam: »Nachdem ich nun nicht ins Designteam wechseln kann, sehe ich bei Fiora keine Perspektive mehr für mich. Ich möchte kündigen.« Und die Oberdiva sagte nur: »Na ja, kann ich verstehen. Viel Glück. Ach so, und gib uns bis Ende nächster Woche Zeit, Ersatz zu finden.«

Als ich das Büro der Oberdiva verließ, zitterten mir die Knie, die Lippen, die Hände – alles an mir zitterte. Ich ging zurück ins Atelier, schnorrte mir bei Nähmaschine Nummer 2 eine Zigarette und bekam eine Schachtel Gauloises mit zwei letzten Kippen in die Hand gedrückt. Zu Liv sagte ich nur: »Terrasse.« Dort saßen wir nebeneinander auf der Stufe zur Terrassentür und ich zündete mir eine Zigarette an. Meine Siegerzigarette. Meine Verliererzigarette. Liberté toujours! Jetzt war ich frei. Arbeitslos.

»Ich habe wirklich gekündigt.« Vielleicht hatte ich gerade den dümmsten Fehler meines Lebens gemacht, ich wusste es nicht, ich war einfach nur fertig.

Liv legte einen Arm um meine Schulter und lächelte mich an. »Bestimmt war es richtig.« Sie ließ sich von mir die andere Zigarette geben, dabei rauchte Liv genauso wenig wie ich. Wir zogen nur manchmal an anderer Leute Zigaretten, wenn wir auf Partys zu viel getrunken hatten. Jetzt hielt sie ihre Zigarettenspitze an meine Glut und tat einen tiefen Zug. »Und bald wirst du eine berühmte Modedesignerin, kapiert?« Sie grinste mich an, ich gab ihr ein schiefes Lächeln zurück und schaute hinunter auf die Straßen. Schweigend rauchten wir weiter, ich zog immer noch zitternd an meiner Zigarette und heulte.

## Per

»Wollen wir ins Kino?«, fragte ich Una.

»Nee, Per, lass mal.«

»Sollen wir essen gehen?«

»Nei-hein! Wenn du ausgehen willst, dann geh aus. Ich bleibe hier.« Ihr Tonfall war trotzig.

»Mir ist nicht nach Ausgehen, sondern nach Aufheitern zumute. Also. Sollen wir eine DVD schauen? Friends?«

Damit bekam ich Una fast immer. Aber das Grau regierte ihr Gesicht. »Schau fern, tu was immer du willst, Herr Abteilungsleiter. Aber lass mich in Ruhe.«

»Una, du kannst aber nicht den ganzen Abend hier im Gang sitzen bleiben und auf unsere Schuhe starren. Komm wenigstens in die Küche und iss was.«

Sie drehte langsam und stumm den Kopf hin und her. Es hatte keinen Sinn.

Sie war ein paar Minuten nach mir nach Hause gekommen, hatte ihre Schuhe ausgezogen, ins Regal gestellt und sich dann davor auf den Boden gesetzt. Vor zwei Stunden. Und sie hatte nicht viel mehr gesagt, als dass sie gekündigt hatte. Wir hatten die letzten zwei Abende darüber diskutiert, endlos, hin und her, vor und zurück, und irgendwann war sogar ich davon überzeugt, dass sie kündigen musste. Irgendwo eine Zeit lang nicht weiterzukommen war das eine, jeden Tag gefrustet zur Arbeit zu fahren das andere.

Jetzt saß sie also im Flur, Rücken an der Wand, Blick geradeaus, starr, leer. So still und mutlos, so ohne Antrieb, so deprimiert hatte ich Una noch nicht erlebt. So kannte ich sie nicht.

Die Una, die ich kannte, war oft wie aufgezogen, energisch, direkt, vorlaut. Fröhlich. Wenn sie wütend wurde, war sie umso lauter und noch direkter. Dann musste alles raus, auch wenn es ihr Sekunden später schon leidtat. Wenn sie enttäuscht war, stampfte sie mit dem Fuß auf. Wenn sie traurig war, weinte sie.

Aber jetzt saß sie einfach nur da.

Ich ging in die Küche, öffnete zwei Flaschen Bier, lief wieder zurück und setzte mich neben sie auf den Boden. Dann hielt ich ihr ein Bier hin und sagte: »Auf dein neues Leben. Auf die Selbstständigkeit.«

Sie nahm das Bier, sah mich mit mattem Blick an und sagte leise: »Prost.«

Wir stießen an und tranken.

»Schau nicht so betroffen, ich komm schon klar«, raunzte Una mich an und grinste wieder ein bisschen.

Das Telefon läutete.

Meine Mutter war dran, sie wollte wissen, ob Una und ich Weihnachten beide kommen würden.

Es war Ende April. Es schneite nicht, in den Schaufenstern standen keine Nikoläuse und die Menschen trugen keine Anoraks. Es war Frühling.

»Mami, es ist Ende April, können wir bitte erst ab Oktober über Weihnachtspläne sprechen?«, fragte ich.

Aber meine Mutter ließ sich nicht abbringen, sie wollte das zeitig geklärt haben. Jan und Bella hätten schon zugesagt, sagte sie, und zwar: mit den Kindern. Sie betonte das »mit den Kindern«, als ob es eine Alternative geben würde, als ob Jan und Bella die Kinder auch über Weihnachten zu ihren Nachbarn geben könnten. Meine Mutter wusste, dass dieses »mit den Kindern« ein Argument war.

Davon abgesehen war meine Mutter sowieso und ganz ernsthaft der Meinung, Paare ohne Kind hätten nicht das

Recht, Weihnachten zu zweit zu feiern. Egal, ob sie zusammenwohnten, arbeiteten, in den Urlaub fuhren, die Zukunft planten, heirateten oder ein Haus bauten. Das alleinige Weihnachtskriterium meiner Mutter war: Kinder. Ich als Kind ohne Kinder hatte an Weihnachten zu erscheinen.

»Mami, ich weiß es aber noch nicht, können wir da bitte wann anders reden?«, fragte ich.

Una stach mir kichernd mit dem Finger in die Seite. »Frag sie, was es zu essen gibt«, flüsterte sie. Jetzt musste ich auch lachen. Im letzten Jahr hatte meine Mutter frühzeitig angekündigt, an Weihnachten eine Gans braten zu wollen, »Gans isst du schon, oder?«, hatte sie gefragt. »Nein, Mami«, hatte ich gesagt, »ich esse keine Gans, weil eine Gans ein Tier ist und ich keine Tiere esse. Weil ich Vegetarier bin. Ein Spinner. Dein Sohn ist ein Spinner, vielleicht kannst du es dir so merken.«

An Weihnachten hatte meine Mutter mir dann ein großes Stück Gans auf den Teller gelegt und gesagt: »Gans isst du aber schon, oder?«

Beim Nachtisch hatte Jans Tochter Lisa gefragt, warum Vegetarier kein Fleisch essen dürften und woran man eigentlich merkte, dass man Vegetarier sei. »An den Zähnen«, hatte Jan ernst geantwortet, »wer scharfe und gute Zähne hat, darf Fleisch essen. Pers Zähne sind ein bisschen wacklig und faulig, die fallen leicht raus, deswegen darf er nur weiches Gemüse essen.«

»Warum lachst du auf einmal so, Per?«, fragte meine Mutter jetzt am Telefon.

»Ich musste an die Gans denken, die es letztes Jahr gab«, sagte ich. Una versuchte lautlos zu lachen und war kurz vor dem Ersticken.

»Und was ist daran so lustig? Hat sie dir nicht geschmeckt?«

»Doch, doch«, sagte ich, und Una rannte ins Bad, um laut lachen zu können, und ich freute mich, weil sie wieder lachte.

Ich versprach meiner Mutter, an Weihnachten zu kommen, und ich versprach, Una zu überreden. Ein bisschen Zeit war ja noch.

## Una

Mein letzter Tag bei Fiora. Das Schlimmste war überstanden. Ich hatte allen Tschüs gesagt und saß noch bei Liv im Atelier. In der Hand hatte ich eine Fiora-Tasche, in die mir die Kolleginnen aus dem Sekretariat ein paar Kleinigkeiten gesteckt hatten, das meiste davon Werbegeschenke: ein Fiora-Lipgloss, ein Fiora-Armband und ein Paar Fiora-Ohrenschützer, die im vorletzten Winter sehr angesagt waren. Na ja, die Geste zählte. Das einzig wirklich tolle Abschiedsgeschenk war ein selbst genähter Schal von Liv. Er rührte mich, mit seinen gestickten Vöglein und Blumen.

»Ach, ich werd dich vermissen«, sagte ich und umarmte sie.

»Du klingst, als wolltest du morgen nach Papua-Neuguinea abreisen.«

»Nein. Aber wir sehen uns jetzt nicht mehr jeden Tag, das finde ich schon traurig.«

Liv drückte meine Hand und band mir den Schal um den Hals. »Du gehst jetzt schön nach Hause, dort machste dir erst mal einen feinen Lenz. Und nächste Woche geht es dann los mit Una, der Modedesignerin.«

Sie hatte recht, es war Quatsch, traurig zu sein. Ich hatte mich entschieden zu kündigen und ich wusste, dass es die richtige Entscheidung war. Also brauchte ich jetzt auch nicht rumzuheulen. Ich umarmte Liv noch mal und machte mich auf den Heimweg. Ein letztes Mal.

Als ich nach Hause kam, fühlte ich mich etwas leichter. Meine letzten Arbeitstage waren ätzend gewesen, obwohl über das Thema Kündigung nicht gesprochen wurde, von niemandem. Aber ich hatte nicht mehr dazugehört, das hatte ich jede Minute gespürt. Für mich war sogar die letzte Konferenz tabu gewesen, ich solle die Zeit lieber nutzen, mit der Personalabteilung die letzten Sachen zu klären, hatte mir die Oberdiva erklärt.

Es war gut, dass ich gekündigt hatte – das redete ich mir das ganze Wochenende lang ein, und als der Montag kam und Per Richtung Arbeit verschwand, gab ich mir einen Tritt: Also los! Ich räumte unser Wohnzimmer um, um mir eine Ecke zu schaffen, in der ich arbeiten konnte. Am Dienstag zog ich mit meiner Arbeitsecke auf die andere Seite des Wohnzimmers um. Am Mittwoch verrückte ich noch die Bücherregale, wofür ich sie erst einmal aus- und anschließend wieder einräumen musste.

Meine ersten Tage als selbstständige Unternehmerin waren einfach nur anstrengend. Es war Mittwochnachmittag, ich hatte Muskelkater, öffnete mir ein Feierabendbier und setzte mich auf meinen Schreibtisch. Ich war nicht zufrieden. Überhaupt nicht. Was sollte das denn bitte sein – eine Designerin mit einem Nähtisch unter dem Wohnzimmerfenster? Ich ärgerte mich, dass ich mich nicht durchgesetzt hatte, als Per bei mir eingezogen war – dass ich nicht auf einem eigenen Zimmer bestanden hatte. Jetzt, im Wohnzimmer, würde ich jeden Abend meine Arbeit zusammenräumen müssen, Nähen kann raumgreifend sein. Aber gut, ich war so blöd gewesen, mich von getrennten Zimmern abbringen zu lassen. Selbst schuld. Ich nahm ein paar Schlucke aus der Bierflasche und schaute durchs Zimmer. Nee, so ging das nicht.

Per kam gegen acht nach Hause. Ich hatte mir mit dem Bier Mut angetrunken und rief ihn ins Wohnzimmer: »Per, ich will doch ein eigenes Zimmer!«

»Bitte was?! Du hast die letzten drei Tage jedes einzelne

Wohnzimmermöbel hin und her geschoben, hast du nicht genug vom Möbelrücken?«

»Aber das Wohnzimmer fühlt sich einfach nicht nach Arbeiten an. Wenn ich hier sitze, hab ich da links einen Fernseher stehen und auf der anderen Seite die Couch. Das ist eine klare Einladung zum Faulenzen. Quasi mit vorgehaltener Pistole.«

»Na komm, du wirst doch wohl ein bisschen Selbstdisziplin haben!«

»Danke, Mister Oberschlau. Aber ich hab noch nie in einem Wohnzimmer gearbeitet. Und du auch nicht. Brauchst gar nicht so superklug daherzureden.«

Per schloss genervt die Augen, atmete tief durch und sagte dann: »Aber wir können unsere Zimmer nicht mehr trennen. Wie soll das gehen? Wer soll die Couch in sein Zimmer stellen? Und wir haben nur ein Bett.«

»Das werden wir ja dann sehen. Lass es mich doch probieren.« Ich machte meinen Kleinmädchenbettelblick, den er nicht leiden konnte, und dann sagte ich ernst hinterher: »Es wird Tage geben, an denen ich auch abends noch lange nähen muss. Und wenn du dann Fußball schauen willst, wirst du mir dankbar sein, dass nicht zwei Meter neben dir eine Nähmaschine rattert.«

Per erhob die Hände zu einer Kapitulationsgeste. »Gut. Mach. Ich find's blöd und glaube nicht, dass es hinhaut. Aber wenn du keine anderen Pläne als Umräumen für diese Woche hast, bitte sehr.«

Am nächsten Tag schob ich die Möbel durch unsere Wohnung. Das Einzige, was sich keinen Zentimeter von der Stelle bewegte, war unsere Couch. Ich navigierte die anderen Dinge drum herum; ich schob meine Regale in unser bisheriges Schlafzimmer, von dort musste Pers Bett in sein neues Zimmer, und die beiden Sessel nahm ich aus dem Wohnzimmer mit zu mir, daneben stellte ich meinen Schreibtisch mit der Nähmaschine. Aus dem Keller hatte ich meine alte Schneiderpuppe geholt, die nun in meiner Arbeitsecke richtig gut aussah. Und am besten von allem gefiel mir meine Zimmertür. Die ich nun jederzeit würde schließen können. Wann immer ich wollte.

Das Einzige, was jetzt noch fehlte, war etwas Farbe in meinem Zimmer. Ich hatte ja sowieso nichts anderes zu tun, also rief ich am Nachmittag Liv an, ob sie nach der Arbeit bei mir zum Malern vorbeikommen konnte. Kurz vor halb sechs klingelte sie und stand mit einem Strauß Pinseln und einer Tasche voller bunter Farben vor der Tür.

»Was hast *du* denn vor? Eigentlich wollte ich nur ein bisschen Rot an die Wände um meinen Arbeitsplatz herum streichen.«

»Das ist mir zu langweilig. Dein Rot kannst du ja gerne malern, ich werde mich künstlerisch verewigen, wenn ich dir schon helfe.«

Puh. »Okay. Dann brauche ich aber erst mal was zu trinken, um mich deiner künstlerischen Verewigung mental zu öffnen.« Ich holte uns zwei Gläser mit Gin Tonic, prostete Liv zu und nahm einen großen Schluck. Dann mal los.

Die Arbeitsecke hatte ich wieder ausgeräumt und die Kanten sauber abgeklebt, jetzt tauchte ich die Malerrolle in das Rot und zog eine Bahn nach der anderen. Liv saß im Sessel, schaute mir zu und nippte an ihrem Getränk. Zwischendurch nickte sie immer wieder, und als die Farbe anfing zu trocknen, stand sie auf, öffnete eine Farbflasche nach der anderen und begann zu malen. Ich spickte immer mal wieder zu ihr hinüber und sah, dass sie Blumen und Vögel, na klar, kleine Insekten und Schmetterlinge malte. Sehr nett. Sehr Liv. Als ich fertig gestrichen hatte, nahm ich mir einen von Livs Pinseln, malte noch ein Ufo zwischen zwei Libellen: »Damit man auch weiß, woher die Künstlerin kommt.«

Fertig. Ich wischte mir die Hände ab und hob mein Glas mit dem letzten Schluck Gin Tonic. »Auf die Künstlerin!«, prostete ich Liv zu.

»Auf deine Zukunft als Designerin!«, antwortete sie.

Meine Zukunft als Designerin. Das klang so merkwürdig. Und ein bisschen aufregend. Eigentlich sehr aufregend. Ich sprach es seit meiner Kündigung immer wieder vor mich hin, um es vielleicht irgendwann auch zu glauben, dass ich nun eine Designerin sein sollte. An diesem Vormichhinsprechen war Per schuld. Als ich am Abend der Kündigung noch Nervenflattern hatte, weil ich ja nun ar-beits-los war, hatte er immer nur wieder den Kopf geschüttelt und gesagt: »Du bist jetzt nicht ar-beits-los, du bist De-si-gne-rin!«

Als De-si-gne-rin hatte ich in dieser Woche allerdings nur stundenweise gearbeitet. Wenn ich mal keine Möbel geschoben hatte, hatte ich herumtelefoniert. Ich hatte mit allen Mode machenden Menschen gesprochen, die ich kannte oder die Liv kannte oder die jemand kannte, den Liv oder ich kannten. Von all diesen Menschen hatte ich mir erzählen lassen, wie sie zurechtkamen, wie sie ihre Tage organisierten, wo sie sich Ideen holten, wie sie ihre Sachen verkauften. Manche schworen auf das Internet, weil ihre Onlineshops gut liefen, andere verachteten das Internet und meinten, nur Mode, die in *richtigen* Läden verkauft wird, sei auch *richtige* Mode. Ein paarmal wurden mir verschiedene Nachwuchsdesignerwettbewerbe empfohlen, einmal bekam ich panisch nahegelegt, so schnell wie möglich irgendwo eine Festanstellung zu finden, weil die Selbstständigkeit kaputtmache. Die einen früher. Die anderen später.

Kurz: In jedem Gespräch wurde mir ein anderes Lebens- und Arbeitskonzept empfohlen. Ich konnte alles machen, ich konnte aber auch alles sein lassen. Wie soll man sich für eine Sache entscheiden, wenn man bei dieser Entscheidung das Gefühl hat, fünfzig andere Sachen nicht zu machen, aber hätte machen können und die Entscheidung für eine der anderen fünfzig Sachen vielleicht die bessere gewesen wäre? Ich war erschöpft, schon nach einer Woche. Obwohl ich noch nicht mal angefangen hatte zu arbeiten.

Ich zwang mich zu einer Entscheidung. Wenigstens vorerst würde ich es erst mal mit dem Angebot eines Ehemaligen meiner Hochschule versuchen: Klaus war zwei Jahrgänge über mir abgegangen, wir kannten uns von irgendeinem Fest, mochten uns ganz gern, hatten uns aber in den vergangenen Jahren nicht mehr wirklich oft gesehen, nur mal auf irgendwelchen anderen Festen. Jedenfalls hatte Klaus nun einen kleinen Laden in der Stadt, der ganz gut lief und in dem er Sachen von sich und anderen jungen Modemachern anbot. Er sagte: »Entwirf mal so 15 Teile, wenn sie zu uns passen, nähst du sie und ich häng sie in den Laden. Dann schauen wir, wie sich das verkauft.«

Deswegen würde ich ab sofort an meinem neuen Tisch in meinem eigenen Zimmer sitzen und auf Inspiration warten.

»O Gott, ich bin gespannt, wie das alles wird«, sagte ich zu Liv und schnaufte tief durch.

»Super wird's! Aber ich muss los, heute Abend feiert Nähmaschine Nummer zwei ihren Geburtstag. Willst du nicht mitkommen? Sie hat gestern nach dir gefragt.«

»Lass mal. Ich glaube, ich will die ganzen Fiora-Leute erst mal nicht sehen.«

Liv packte Pinsel und Farben in ihre Tasche, drückte mir einen Kuss auf die Wange, warf noch einen Blick auf die frisch gestrichene Wand, »das hab ich richtig gut gemacht«, sagte sie und verschwand.

Als Per nach Hause kam, zog ich ihn – genau wie kurz nach Weihnachten – von der Wohnungstür Richtung Wohnzimmer beziehungsweise sein Zimmer und rief: »Tataaa!«

Per sah sich in seinem Zimmer um. Er schaute zwischen den gegenüberliegenden Ecken hin und her, wo in der einen das Sofa, der Fernseher und seine Bücherregale standen, in der anderen sein Bett.

»Was bitte hat das Laken an der Wand zu bedeuten?«

»Das ist dein Kleiderschrank.«

Per zog die Stirn kraus und schaute mich an.

»Also dort kommt dann dein neuer Kleiderschrank hin, den du dir kaufen musst.«

»Ich muss mir einen Kleiderschrank kaufen?«

»Du wirst ja nicht ewig deine Sachen bei mir reinquetschen wollen.«

Plötzlich hellte sich Pers Gesicht auf. »Ich habe doch einen Kleiderschrank. Ich werde mir keinen neuen kaufen, sondern meinen blauen Kleiderschrank aus dem Keller holen!«

O Gott. Der blaue Kleiderschrank. »Willst du dieses alte Ding wirklich in deinem Zimmer haben? Also, es geht mich ja nichts an, was *du* in *deinem* Zimmer machst, aber der Schrank ist nach fünf Monaten im Keller nicht unbedingt schöner geworden oder wohlriechender.«

Per grinste: »Du hast recht. Es geht dich nichts an.«

## Per

Mit schweren Beinen lief ich von der Dusche zurück in die Kabine. Es war Mai, und ich war noch nicht wirklich fit, weil ich wegen der Arbeit kaum gespielt hatte. Nun hatte unser Geschäftsführer endlich die dritte Stelle nachbesetzt und jetzt musste ich sehen, dass ich wieder in Form kam. Aber meine Laufschwäche war zumindest in diesem Spiel nicht entscheidend – die *Rasensprenger* hatten 5:2 gewonnen, trotz mir, sozusagen. Auf dem Gang kam mir die Nummer sieben entgegen, ein exzellenter Ballverteiler im Mittelfeld, schon fertig geduscht, umgezogen und die Tasche geschultert.

»Per, mach's gut, bis nächste Woche!«, sagte er und drängte sich eilig vorbei.

»Kein Bier mehr?«, rief ich ihm hinterher.

»Heute ist Donnerstag, und ich war noch keinen Abend in dieser Woche zu Hause. Meine Frau erschlägt mich, wenn ich mich nicht mal blicken lasse! Und zwar zu Recht!«, rief er lachend und war verschwunden. Außer Mittelfeldspieler war die Nummer sieben noch Anwalt und viel unterwegs.

In der Kabine zog sich der Rest unserer Mannschaft gerade an, ich war wie immer einer der Letzten. Auf dem Boden türmten sich die dreckigen Hemden, Hosen und Stutzen, es hatte am Nachmittag geregnet und ich war ziemlich froh, gerade erst mit Trikotwaschdienst dran gewesen zu sein. Verschlammte Trikots sind ekelhaft zu waschen: Weil nie alle auf einmal in die Waschmaschine passen, dampft der ungewaschene Rest über Nacht vor sich hin und am Morgen nach einem Spiel hat man den Fußballkabinengeruch im eigenen Bad: Schweiß, Rasen, Dreck.

»Ah, da ist der Per ja«, Tom, als Torwart die Nummer eins, grinste mich an. »Der Letzte wäscht die Trikots. Haben wir gerade ausgemacht ...« Die anderen lachten. Ich hob den Mittelfinger in die Runde.

»Ich war gerade erst dran.«

Die Nummer fünf, ein städtischer Angestellter mit Bauch und ein ziemlich untalentierter Stürmer, der meistens nur die letzten zwanzig Minuten mitspielte, sprühte sich Deo unter die Achseln und rief quer durch den Raum: »Aber deiner Freundin hat das Waschen und Ordnen doch so viel Spaß gemacht, die würde sich bestimmt freuen!«

Wieder lachten alle. Der Witz lief schon seit zwei Stunden durch: Weil ich die Trikots zu Hause sortiert von eins bis siebzehn in die Trikottasche gestapelt hatte – ich mag es nun mal, wenn Zahlen ihre Ordnung haben –, waren meine Mitspieler felsenfest davon überzeugt, dass Una die Sachen gewaschen haben musste. Alle waren sich einig: Das konnte kein Mann gemacht haben. Ich hatte ungefähr fünfmal erklärt, dass Una im besten Falle milde lächeln würde, wenn ich sie bitten würde, die verschwitzten Trikots meiner gesamten Fußballmannschaft zu waschen, aber alle hatten nur immer lauter gelacht. Da sie also sowieso nicht davon abzubringen waren, gab ich jetzt auf und spielte mit. Ich grinste und sagte gespielt verzweifelt: »Jungs, wie oft noch: Ich hab die selbst gewaschen, gefaltet und in die richtige Reihenfolge gebracht, warum glaubt ihr das denn nicht?«

Das Gelächter wurde noch lauter und die Nummer fünf schrie über die Köpfe hinweg: »Genau ... Und jetzt fährste heim und machst erst mal den Abwasch, ne? Und dann wischste noch kurz durch, was? Weil's so schön ist!«

Die Nummer zwei, Verteidiger und Assistenzarzt, rief:

»Sag uns mal lieber, wie du Una dazu bringst! Oder frag sie, ob sie mal unsere Frauen anrufen könnte?«

Ich grinste nur und mir fiel ein, dass die Nummer fünf gar nicht so unrecht hatte: Der Abwasch wartete tatsächlich auf mich.

Während ich mich abtrocknete, ging ich im Kopf noch einmal die entscheidenden Situationen des Spiels durch. Ein Kopfball von mir war gar nicht so schlecht gewesen. Auch wenn er nicht ins Tor ging.

»Per, bis gleich. Ich bestelle dir oben schon mal ein Bier. Denk an die Trikots, ja?« Die Nummer fünf zog die Kabinentür hinter sich zu und war raus.

Ich sah mich um. Außer mir war nur noch ein Riesenberg verschlammter Hosen und Hemden in der Kabine. Sehr witzig. Ich rubbelte meine Haare halb trocken, zog die Jacke über, warf all die nass-schmutzigen T-Shirts, Hosen und Stutzen in die Trikottasche und nahm sie mit nach oben, ins Vereinsheim. Dort grinsten alle, als ich damit ankam. Ich stellte die Tasche neben den Tisch und fragte:

»Also, wer von euch Affen nimmt sie?«

Nach den erwartbaren Witzen folgten mittelglaubhafte Entschuldigungen und Ausreden von allen Seiten, bis endlich die Nummer fünf die Hand hob. »Ich mach's.«

Tom nickte. »Aber nimm dir ein Vorbild an Pers Freundin: Die Trikots müssen schön ordentlich sein, schön durchnummeriert, damit keiner sein Trikot lang suchen muss und wir schneller umgezogen sind. Stimmt's, Per?«

Dann kam die Bedienung, es begann ein Bundesligaspiel auf der Leinwand und der Gag war durch. Nach einem Bier setzte ich mich aufs Rad und machte mich auf den Heimweg. Zu Hause war alles dunkel, Una schlief schon: in meinem Bett im bisherigen Wohnzimmer, das jetzt doch wieder mein Zimmer sein sollte. Mann, Mann, Mann. Mein

Zimmer – ihr Zimmer. Das war der größte Schwachsinn des Jahres.

Im Bad sah ich, dass Una wieder dreckige Wäsche gewaschen und aufgehängt und trockene zusammengelegt und zu Stapeln gehäuft hatte. Den Abwasch hatte sie auch gemacht. Früher hatte oft genug noch das Frühstücksgeschirr auf dem Küchentisch gestanden, wenn wir beide abends von der Arbeit zurückgekommen waren. Seit zehn Tagen betrat ich abends eine rundherum aufgeräumte, fast schon aseptische Wohnung und fand kaum mehr einen Handgriff zu tun für mich. Außer wenn wir mal wieder Möbel verrückten. Überhaupt lebten wir seit Unas letztem Arbeitstag einen seltsamen Alltag, als wären wir einem amerikanischen Gutelaunefilm aus den 50ern entsprungen:

Der Mann geht morgens nach Frühstück, Zeitungslektüre und Abschiedskuss zum Geldverdienen außer Haus, in die große Welt, gleichsam als Finanz- und Außenminister einer kleinen gesellschaftlichen Einheit: seiner Familie. Wenn er spätabends geschafft, aber fröhlich nach Hause kommt, schließt er hinter sich die Tür, lässt die Schlüssel auf die Kommode fallen und ruft: »Hallo! Ich bin's!« – in dem Wissen, dass die Frau zu Hause ist. Weil sie ja den ganzen Tag zu Hause ist. Wo sie im Übrigen weitestgehend damit beschäftigt ist, sich auf den Moment zu freuen, an dem ihr Gatte zurückkehrt.

Und tatsächlich sprang mir jeden Abend Una auf dem Gang unserer Wohnung entgegen, weil sie sich freute, dass ich nach Hause kam. Ich freute mich natürlich auch darauf, Una abends zu sehen. Aber irgendwie anders. Ich freute mich, weil ich den Abend gerne mit ihr verbrachte. Una freute sich, weil sie meistens den ganzen Tag keinen anderen Menschen gesehen hatte und endlich Ansprache bekam.

Ich ging ins Schlafzimmer, das jetzt Unas Zimmer war,

wo meine Anziehsachen in ihrem Schrank hingen, und zog mich um. Dann schlich ich mich ins Wohnzimmer, also in mein Zimmer, zog meinen Schlafanzug an und sah mich im Halbdunklen um. Das Zimmer sah mit der Couch, dem Schreibtisch, den Regalen und dem Bett – in dem Una lag – eigentümlich aus. Wie ein komisches WG-Zimmer mit viel zu groß geratener Couch für einen alleine.

Wenn Una unbedingt ihr eigenes Zimmer wollte, dann mussten wir eben umziehen, in eine Dreizimmerwohnung.

Ich schlich mich wieder aus dem Zimmer in die Küche, nahm mir den gelben Zettelblock.

5:2 gewonnen!

Wir müssen reden wegen der Zimmer.
Sonst hol ich den blauen Schrank nach oben.

Ich klebte die beiden Zettel an den Kühlschrank und legte mich zu Una in mein Bett, das im Wohnzimmer stand, das mein Zimmer war.

## Una

Seit fast einem Monat versuchte ich nun schon, was Klaus mir geraten hatte: Teile entwerfen. Es ging schleppend voran. Manches konnte ich aus meinen Entwürfen für die Fiora-Bewerbung übernehmen, aber insgesamt musste ich origineller, jünger werden. Bei Klaus kauften Leute ein, die nichts Durchschnittliches, Langweiliges wollten. Also musste ich Unlangweiliges entwerfen. Also musste ich gut nachdenken. Viel nachdenken.

Nachdenken konnte ich hervorragend beim Verrichten stupider Arbeiten: früher beim Aufräumen des Ateliers, jetzt beim Putzen der Wohnung, beim Blumengießen, beim Wäscheaufhängen oder -abnehmen, beim Bettenmachen, beim Staubsaugen, beim Einkaufen. Abwaschen fiel aus, wir hatten ja nun diese blöde Spülmaschine – dabei konnte ich beim Abwaschen am allerallerbesten nachdenken.

Was hatte ich also die letzten vier Wochen gemacht? Hausarbeit. Klar, zwischendurch hatte ich auch einige Entwürfe fertig bekommen, aber unsere Wohnung glänzte wie nie. In nur vier Wochen zum Putzteufel, Spitzenleistung, Una.

Anstatt zum neuen Modestar aufzusteigen, war ich der Star unseres Haushalts. Im Gegensatz zur Modewelt mussten die Wäsche- oder Geschirrberge nämlich nicht erobert werden; den Haushalt zu machen war einfach das Unanstrengendste, was mir in diesen Tagen einfiel. Und immerhin: Wenn alles schön aufgeräumt und sauber war, fühlte ich mich zufrieden. Ich hatte das Gefühl, etwas geschafft zu haben und gebraucht zu werden. Das, was sich jeder Mensch wünscht.

Und noch etwas trieb mich an, den Haushalt weitestgehend zu übernehmen: Ich brachte kein Geld nach Hause. Die Einkäufe der letzten Wochen hatte alle Per bezahlt. Mein schlechtes Gewissen darüber bekam ich vor allem in den Griff, indem ich mir einredete, mein Nulleinkommen mit mehr Hausarbeit ausgleichen zu können.

Per bedankte sich für die gewaschenen und zusammengelegten Sachen, die er morgens frisch aus dem Schrank nehmen konnte; er sagte immer wieder, wie gut ihm das Abendessen geschmeckt habe und all das. Das war schon nett und freute mich. Aber eigentlich wollte ich nicht für einen Eintopf, sondern für einen Einfall gelobt werden.

Die ganze Putzerei war nur ein Ablenkungsmanöver. Das mit den Entwürfen war nicht so einfach, wie ich es gehofft hatte. Diese Modelle sollten nicht nur Papier bleiben wie meine Bewerbungsmappe, sondern ich würde sie wirklich nähen müssen – und zwar, um sie zu verkaufen. Das machte mir Angst.

Deswegen drückte ich mich immer öfter um meine eigentliche Arbeit. Als ich eines Morgens nichts mehr zum Putzen fand, fing ich an, unsere Möbel wieder einmal durch die Wohnung zu schieben.

Das zu tun, war nur eine Frage der Zeit gewesen. Per hatte die ganzen zwei Wochen, die wir jeder ein eigenes Zimmer hatten, gemosert, er fände das die beknackteste Idee seit Erfindung der Wohnung – vor allem morgens, wenn er nach dem Aufstehen aus seinem Zimmer in mein Zimmer lief, um sich Klamotten für den Tag aus dem Kleiderschrank zu nehmen. Ob ich wieder umräumte, weil ich Langeweile hatte oder weil ich das Hin und Her genauso blöd fand wie Per, wusste ich selbst nicht. Ich tat es einfach.

Also trug ich nun zum dritten Mal in knapp sechs Monaten meine Bücher über den Flur von Zimmer zu Zimmer, schob meine Bücherregale hinterher und machte aus Pers Zimmer wieder das Wohnzimmer und aus meinem Zimmer unser Schlafzimmer. Meine Arbeitsecke ließ ich allerdings dort, wo sie war. Wo sie unbenutzt war. Was tat ich hier eigentlich? Was war aus der weltberühmten Designerin geworden, die ich doch werden wollte? Wieso sah ich sie nur noch zu Hause, mit einem Putzlappen in der Hand oder Möbel rückend?

Von ganz weit weg dämmerte mir – es war noch gar kein richtiger Gedanke, sondern noch ein unbestimmtes Gefühl –, dass irgendetwas ganz schön schieflief. Dass das nicht das Leben war, das ich wollte. Und dass das auch nicht die Beziehung war, die ich mir mal vorgestellt hatte – Una zu Hause, ohne eigenes Geld, ohne eine Aufgabe, die sie glücklich machte, jeden Abend auf Per wartend.

*Ein Dienstagabend Mitte Juni. Eine Küche. Eine Frau kniet verrenkt unter einem Tisch. Die Frau schrubbt energisch den Boden. Es ist Una. Ein Mann betritt die Szene. Es ist Per.*

Mann *(verdutzt)*: »Was tust du da?«

Die Frau schrubbt weiter.

Frau *(gereizt)*: »Wonach sieht es denn aus?«

Der Mann denkt kurz nach.

Mann: »Nach Schrubben?«

*Die Frau hört auf zu schrubben.*

Frau *(ihn nachäffend)*: »Nach Schrubben?«

Mann *(nun ebenfalls gereizt)*: »Oh, entschuldige! Ich kann auch wieder gehen!«

Frau *(wird laut)*: »Ja, genau, damit du dich schön um die Arbeit drückst.«

Mann *(ebenfalls lauter)*: »Ich hab jedenfalls keine Lust, mich von dir blöd anpampen zu lassen. Was willst du überhaupt?«

Frau: »Ich will …«

*Die Frau hebt ruckartig den Kopf und schlägt ihn sich mit lautem Krachen an der Tischplatte an.*

Frau *(nun endgültig rasend)*: »Au! Verdammte Scheiße! Ich putze deinen beschissenen Weinfleck von gestern Abend weg. Du lässt dich ja nicht dazu herab, auch mal einen Lappen in die Hand zu nehmen!«

Mann *(genervt)*: »Ich hätte das schon noch gemacht! Gestern Abend hatte ich eben keine Lust mehr. Na und? Dann ist da eben ein Fleck! Deswegen musst du ihn noch lange nicht wegmachen! Hast du nichts anderes zu tun?« *(Mitfühlend)* »Hast du dir wehgetan?«

*Die Frau hält sich den Kopf und windet sich umständlich unter dem Tisch hervor. Der Mann beugt sich zu ihr, die Frau dreht sich weg.*

Frau *(beleidigt)*: »Lass mich! Klar hab ich auch was anderes zu tun. Aber im Gegensatz zu dir muss ich den ganzen Tag in diesem Saustall verbringen!«

Mann *(schnippisch)*: »Was denn für ein Saustall? Spinnst du? Hier ist es absurd sauber, seit du zu Hause bist.«

Frau *(schrill)*: »Zu Hause arbeite!«

Mann *(genervt, laut)*: »Dann arbeite doch auch und putz nicht dauernd!«

Die Frau wirft den Lappen, den sie noch immer in der Hand hält, quer durch die Küche ans Fenster.

Frau *(brüllend)*: »Du machst es ja nicht. Du denkst dir ja, die dumme Alte hier macht alles freiwillig!«

Mann *(zurückbrüllend)*: »Wieso sollte ich denn auch? Es IST doch sauber! Du HAST doch immer schon alles geputzt!«

Frau *(mit sich überschlagender Stimme)*: »Du könntest ja wenigstens einmal anbieten zu putzen!«

Der Mann schweigt.

Frau *(immer noch sehr laut, jetzt aber wieder ohne Überschlag in der Stimme)*: »Oder mach mal die Wäsche oder kauf ein! Räum die Spülmaschine aus! Tu wenigstens IRGENDWAS!«

Der Mann schüttelt den Kopf und lacht höhnisch auf.

Mann *(betont vernünftig)*: »Mach dich nicht lächerlich. Ich räum genauso die Spülmaschine aus, ich häng genauso die Wäsche auf. Und außerdem: Wer bringt denn das Papier weg? Wer fährt denn die Flaschen zum Container? Wer ruft denn unseren Vermieter an, wenn die Heizung spinnt?«

Frau *(gespielt unterwürfig)*: »O du toller Mann, vielen, vielen Dank, dass du hier alles so toll organisierst.«

Der Mann schüttelt wieder den Kopf.

Mann: »Du spinnst einfach.«

Frau *(brüllend)*: »Und du kannst mich mal!«

Die Frau stürmt wütend am Mann vorbei aus der Küche und knallt die Tür hinter sich zu. Laut. Der Mann zuckt zusammen. Die Frau steht unentschlossen auf dem Flur.

Frau *(in Richtung Küche schreiend)*: »Und genau jetzt hätte ich gern mein eigenes Zimmer!«

## Una

Ende des Monats bekam ich beim Anblick meines Kontostandes Atemnot. Als letzter Zahlungseingang war da das Fiora-Honorar vom April verzeichnet. Seitdem war mein Guthaben einfach nur noch weggeschmolzen. Ich machte den Computer aus, um das Elend nicht länger sehen zu müssen. Wie sollte ich in der kommenden Woche die Hälfte der Miete für unsere Wohnung bezahlen? Konnte ich Per fragen, ob er mir was leiht? Wollte ich das?

Eigentlich nicht, eigentlich sogar auf keinen Fall! Ich wollte für mich selbst sorgen können und mich nicht von irgendjemandem aushalten lassen. Kein eigenes Geld zu haben, fühlte sich scheiße an.

Im Grunde war mir Geld egal. Im Detail allerdings war es mir überhaupt nicht egal. Das hieß: Auch wenn ich mit wenig sehr zufrieden sein konnte, beruhigte mich Geld doch irgendwie. Ich hatte zu lange mit ewig knapper Kasse gelebt – fast mein ganzes Studium –, als dass ich es anschließend nicht genossen hätte, plötzlich jeden Monat genug Geld auf dem Konto zu haben. Und es auszugeben, wofür immer ich wollte. Essen gehen. Ins Kino gehen. Oder in Ausstellungen. Übers Wochenende zu Freunden fahren. All so was. Wer sagt, ihm sei Geld nicht wichtig, der hat entweder zu viel davon oder keine Ahnung.

Geld bedeutete für mich vor allem: Freiheit. Allein schon die Freiheit, nicht sieben Tage in der Woche Nudeln oder Kartoffeln pur essen zu müssen oder Senfbrote, wie ich das im Studium oft getan hatte. Sondern mir Wurst, Käse, Tomaten oder einen Restaurantbesuch leisten zu können.

Ich würde es schon verkraften, mal wieder ein paar Wochen auf Senf als Brotaufstrich zurückzugreifen, aber ich lebte ja nun auch nicht mehr allein. Wie sollte das gehen: Per und ich würden beim Abendbrot sitzen und ich mir Senf aufs Brot streichen, während er den Biobauernkäse auf seine Scheibe legen würde? Natürlich dürfte ich weiterhin, auch ohne Einkommen, unseren Kühlschrank benutzen und bei allem mitessen – aber ich wäre eben ein Schmarotzer, der zum Erwerb des Kühlschrankinhalts nichts beigetragen hat. Und das fühlte sich mies an. Geld und Selbstwertgefühl hingen – und ich vermutete, nicht nur bei mir – sehr eng zusammen.

Klar, es würde, hoffentlich!, bald anders werden: Meine Entwürfe waren endlich fertig. Auch weil ich nach dem großen Krach mit Per das irre Putzen aufgegeben hatte. Als wir uns beide wieder beruhigt hatten und wieder ohne zu schreien miteinander kommunizieren konnten, hatten wir das Thema Haushalt noch einmal etwas ruhiger durchgesprochen. Das Ergebnis dieses überraschend vernünftigen Gesprächs: Ich würde mich in Zukunft nur noch um Küche und Schlafzimmer kümmern, Per um Bad und Wohnzimmer. »Und ich verbiete dir, dort in Zukunft noch irgendetwas aufzuräumen oder sauber zu machen«, hatte Per gesagt und dann auch noch gut sichtbar einen Notizzettel an den Kühlschrank geklebt:

Weg mit dem Staubsauger
aus dem Wohnzimmer!!!
Dein Per

Ich zeigte meine kleine Kollektion Klaus. Er blätterte durch die Zeichnungen, fragte mich ein paarmal, welche Stoffe ich mir vorstellte oder ob nicht vielleicht ein anderer Farbton passender wäre, dann klappte er die Mappe zu und sagte mit seiner gewohnt gespielt-großspurigen Art: »Wirf die Nähmaschine an, Baby! Das sieht bombastisch aus!« Ich war so glücklich – nach dieser wochenlangen Quälerei sooo glücklich –, dass ich Klaus um den Hals fiel und ihm einen Kuss auf die Wange drückte. Gott sei Dank hatte ich diesen Mann mit seinem Laden getroffen. Er mochte meine Entwürfe! Jetzt also würde es endlich losgehen.

Fröhlich rannte ich nach Hause. Ich konnte es gar nicht erwarten, die Schnitte zu machen und die ersten Stoffe zuzuschneiden. Zwei Tage lang arbeitete ich vom Aufstehen bis zum Schlafengehen, bevor ich eine Kaffeepause mit Liv einlegte. Ich wollte so schnell wie möglich die ersten Teile in Klaus' Laden bringen, um endlich wieder Geld zu verdienen. Aber bis dahin ... würde mir wohl nichts anderes übrig bleiben, als Per darum zu bitten, meine Julimiete erst mal mit zu übernehmen und unsere Einkäufe weiterhin allein zu bezahlen. Ich würde mich eben doch aushalten lassen müssen.

Im Café nahm ich dann die letzten Euro aus meinem Geldbeutel, vom Konto konnte ich nichts mehr abheben. Etwas zögerlich drückte ich sie der Bedienung in die Hand. Jetzt war ich offiziell pleite. Aber Liv hatte Geburtstag, ihren Kaffee zu bezahlen war das Mindeste, was ich tun musste, nachdem ich ihr als Geschenk gerade einen lausigen Gutschein geschenkt hatte. Für ein Teil ihrer Wahl aus meiner Kollektion. Liv freute sich darüber zwar riesig, aber mir war Gutscheinschenkerei schon immer extrem peinlich gewesen. Irgendwie hatte da die oder der Beschenkte einfach nichts Richtiges in der Hand.

Als ich nach Hause kam, war Per schon da. Er stand in der Küche vor unserem Kühlschrank, schüttelte den Kopf und brummte: »Irgendwie wird das langsam unübersichtlich hier.« Mittlerweile klebten um die dreißig Zettel an der Kühlschranktür. Gerade am Morgen hatte ich einen neuen dazugeklebt:

> »Der Lauf der Dinge ist ein
> hoffnungsloser Romantiker
> und eng befreundet mit
> der Bitterkeit.« Maack
> Merke: Für Hoffnung
> entscheiden. Täglich.

Es war ein Zitat aus einem Buch, *Die Welt ist ein Parkplatz und endet vor Disneyland,* das ich momentan las. Dieser Satz war mir entgegengesprungen und schien genau das zu beschreiben, was ich gerade jeden Morgen fühlte, wenn ich aufwachte und über meinen Job nachdachte: die Hoffnung auf eine große Karriere, die Angst vor dem Scheitern und davor, dass meine Leidenschaft für Mode irgendwann zu Hass mutieren würde, weil die Arbeit oft so frustrierend war – jetzt schon.

»Duhu, können wir mal über Geld reden?«, fing ich ungelenk an und gab Per einen Kuss. »Ich habe keins mehr. Ich kann keine Miete zahlen.«

»Dann zahl ich die Miete diesmal allein. Ist doch kein Ding.«

»Für mich aber schon. Ich komm mir dabei so blöd vor, so abhängig.«

»Es ist halt gerade so. Ich verdien halt momentan das Geld.«

»Klar, dass *du* dir super vorkommst, wenn du dein *und* mein Leben finanzierst.«

»So ein Quatsch! Wenn ich im Moment nichts verdienen würde, würdest du auch für mich einspringen. Wo ist dein Problem?«

»Mein Problem ist, dass ich mir total bescheuert vorkomme, kein Geld zu verdienen und dich unsere Haushaltskosten allein bestreiten zu lassen. Umgekehrt fände ich das auch nicht schlimm. Dann wäre ich ja die, die die Kohle nach Hause bringt.«

»Kann es sein, dass du der totale Macho bist?«, lachte Per plötzlich.

»Ja, bin ich.«

»Dann schluck dein Macho-Ego runter und lass mich die Miete zahlen.«

Hrmpf. Es war echt lächerlich. Per kannte mich empörend gut. Ja, es war so: Über jeden Mann, der darunter leidet, dass seine Frau mal die Rechnungen zahlt, hätte ich mich lustig gemacht. Und selbst war ich genauso.

Per fragte: »Und brauchst du so noch Geld? Soll ich meiner kleinen Frau ein bisschen Taschengeld geben?«

»Du Schwein.« Ich schubste ihn. »Fünfzig wären toll.« Per gab mir einen Kuss und dann zog er mein Hausfrauentaschengeld aus seinem Portemonnaie. Er hielt mir den Schein hin und fragte: »Und danach? Wie machen wir das in den nächsten Monaten? Du wirst ja mit dem Verkauf deiner Sachen nicht gleich so viel verdienen, wie ich jeden Monat vom Verlag bekomme. Es wäre doch ungerecht, wenn wir dann in Zukunft weiter alle Ausgaben halbe-halbe teilen.«

»Aber ich will die Hälfte zahlen.«

»Una! Du wirst es dir nicht leisten können, hier die Emanze zu spielen. Wir könnten uns doch ein gemeinsames Konto einrichten, von dem das Geld dann abgeht.«

»Nee, echt nicht. Ich fühl mich noch nicht alt genug für ein Haushaltskonto.«

»Mann, du bist so anstrengend. Wie dann?«

Ich dachte nach. »Hm, also bei den Überweisungen brauchen wir ja nur die Daueraufträge zu ändern. Und was wir für Lebensmittel und Haushalt ausgeben – da könnten wir doch die Kassenzettel aufheben und ab und zu Kassensturz machen.«

»Ist das nicht noch viel anstrengender als ein Konto?«

»Kein Konto. Und sobald ich wieder mehr verdiene, halbieren wir wieder alles!«

Per nickte.

Wir hatten es geschafft. Wir hatten über Geld geredet, ohne zu streiten, wie ich es in meiner früheren Beziehung so oft erlebt hatte. Und ich hatte meine Selbstwertschwäche in Sachen Geld erst mal beiseitegeschoben. Ich fühlte mich trotzdem kein bisschen leichter.

Im Gegenteil. Unser Kompromiss lag mir schwer im Bauch. Es fühlte sich an wie auf dem kleinen türkischen Dorfmarkt im Urlaub, als ich an einem Stand bei einigen Armreifen stehen geblieben war und einen von ihnen in meinen Händen gedreht hatte. Da hatte der Verkäufer Per gefragt, ob er mir den Armreifen kaufen wolle. Wir müssen beide ziemlich blöd geschaut haben, denn er wiederholte seine Frage: ›Silver bracelet for the lady?‹ Und dann hatte ich verstanden: Hier wurde ich nicht als Zielgruppe für Luxusgüter wie Armreifen wahrgenommen. An den anderen Ständen – an denen für Haushaltwaren, Lebensmittel und Stoffe –, da hatten die Verkäufer automatisch um *meine* Aufmerksamkeit gebuhlt. Denn sie waren davon ausgegangen, dass ich von uns beiden diejenige mit dem haushälterischen Sachverstand war. Doch hier ging es um etwas Teures – um etwas, für das Frauen in dieser Gegend entweder normalerweise nicht das Geld hatten, oder etwas, das hier ein Geschenk war, welches sich Frauen niemals selbst machten.

Ungefähr so fühlte ich mich jetzt: wie in eine andere Zeit oder in eine andere Kultur versetzt. So deplatziert. Bedürftig. Unselbstständig.

Gut, meine nächste Miete war bezahlt und danach würde ich mich wenigstens teilweise an unseren Kosten beteiligen, aber ich wollte so schnell wie nur irgendwie möglich wieder so viel verdienen wie Per – obwohl er, seitdem er Abteilungsleiter war, noch mal mehr als früher verdiente –, damit dieses verdammte Ungleichgewicht aus unserer Beziehung verschwand.

»Danke!« Ich küsste Per und umarmte ihn. »Ich liebe dich.«

Per grinste mich an und sagte: »Freut mich. Echt jetzt.«

»Ich will dir aber was nähen. Als Gegenleistung. Ich näh dir eine Hose; du meintest doch neulich, dass du eine neue brauchst.«

»Sehr gern. Wenn du dann eine berühmte Modedesignerin bist, hab ich eine ganz wertvolle Hose. Sollte ich dann mal in Geldschwierigkeiten sein, dann kann ich sie für 100 000 Euro als Sammlerstück verkaufen.« Per grinste.

»Mach das«, warf ich ihm schnippisch zurück. Es ging mir ein bisschen besser. Ich würde ihm die Hose nähen, um nicht einfach nur so Geld von ihm nehmen zu müssen. Er bekam ja was dafür. Auch wenn das eine sehr teure Hose war. Und schon das zweite Kleidungsstück, das ich nur deshalb nähen musste, weil ich pleite war. So schnell war ich in die Zeit der direkten Tauschwirtschaft zurückgekehrt.

# Per

»Wir lassen das krachen, hörst du? Das geht morgen richtig lo-hos!« Es war Anfang Juli, Leo war seit einer Woche zurück in der Stadt, sein halbes Jahr in London war um, und wir waren für diesen Samstagabend verabredet und er rief schon zum dritten Mal an diesem Tag an.

Ein Abend mit Leo begann im Grunde schon Tage zuvor. Seine Vorfreude ging ständig mit ihm durch, sodass er alle paar Stunden anrief oder eine SMS schickte. Entweder, um zum neunten Mal den sorgfältig ausgearbeiteten Plan durchzusprechen: »Grieche, *Trinkhalle,* Una-Modefuzzi-Hinterhofparty, wieder *Trinkhalle,* wieder Grieche. Kapiert?«, einen Befehl durchzugeben: »Also: Du bringst Kippen mit, alles klar?«, oder eine Planänderung zu verkünden: »Lass mal lieber mich Kippen holen, du kaufst ja doch nur diese Indianerstängel ohne Zusatzstoffe. Die schmecken nicht.«

Oder weil er nur noch einmal sagen wollte: »Alter, das geht lo-hos!«

Er sagte das gerne.

Der »Grieche« war unser Dönermann und führte den gleichnamigen Dönerimbiss *(»Dönermann«),* der seit Jahren *unser* Dönerstand war, weil er auch vegetarisch konnte. Leo nannte den Dönermann »Grieche«, obwohl er nachweislich Türke war und das auch jedes einzelne Mal wieder klarstellte. Und genau deswegen blieb er für Leo der »Grieche«, aus Prinzip: »Mich nervt das, dass Griechen und Türken einen auf Feindschaft machen. Solang der sich ärgert, dass ich Grieche zu ihm sag, so lang sag ich Grieche zu ihm. Fertig.« Es war gewissermaßen sein Aufruf zur Toleranz.

Die *Trinkhalle* auf Leos Plan war eine Kneipe um die Ecke und die Una-Modefuzzi-Hinterhofparty eine Party des Modeladens, in dem seit einigen Wochen Unas Sachen hingen.

Der Abstecher dorthin war meine Idee. Ich hatte die letzten Wochen fast immer abgesagt, wenn Una mich gefragt hatte, ob ich zu einer Party, einem Abendessen oder einer Modenschau einer ihrer Modefreunde mitkommen wollte. Ich fand die Modeleute nicht alle grundsätzlich daneben, aber ich fühlte mich unter szenigen Menschen immer unwohl, irgendwie gröber, trampeliger als sonst. Erst recht neben Klaus, dem Besitzer des Ladens. Er war alles, was ich nicht war: extrovertiert in jeder Hinsicht, immer ausgefallen gekleidet, immer charmant, immer ein selbstbewusstes Grinsen. Wenn ich neben ihm stand, wurde aus mir jedenfalls ein farbloser, unsicherer Tölpel, der tagsüber mit Zahlen und Statistiken hantierte.

Er war genau der Typ Mann, gegen den ich nie auch nur eine Chance hätte bei Frauen, und mit ihm hatte Una jetzt jeden Tag zu tun. Aber ich konnte es ihr ja schlecht verbieten. Ich hätte nur ab und zu gerne von ihr gehört, dass sie ihn durchschaute, dass sie wusste, dass er ein Angeber ist, ein Blender.

Wie auch immer.

Ich wollte Una den Gefallen tun, dort vorbeizukommen, auch wenn ich keine Lust hatte, und Leo tat mir den Gefallen, ohne großes Gemaule mitzugehen.

Fünfzehn Minuten bevor ich beim Dönermann sein sollte, gerade als ich den Laptop herunterfahren wollte, schaute ich noch kurz in die Büromails und sah eine Mail vom späten Freitagabend. Der Leiter unseres Archivs schrieb, der Chefredakteur eines Finanzmagazins aus unserem Verlag hätte sich über mich beschwert, weil ich seit Tagen eine Mail-Anfrage ignoriere und noch immer keine Zahlen über die Krise der südkoreanischen Werften geliefert hätte. Jetzt wollte der Chefredakteur die Zahlen vom Archiv, dafür sei aber nicht das Archiv, also er, sondern Statistiken & Schaubilder, also ich, zuständig, das sollte ich doch bitte erledigen, und zwar wie gewünscht bis Montag acht Uhr. Die Mail ging in cc auch an den besagten Chefredakteur und den Geschäftsführer. Das kotzte mich an.

Ich wusste, dass in Korea Schiffe gebaut wurden, aber niemand hatte von mir je Zahlen darüber haben wollen. Erst recht nicht dieser Finanzheftcheftyp, der mich seit Wochen mit seinen viel zu späten und umso eiligeren Recherche-Anfragen nervte. Und der andere, der Archivleiter, war mir *nicht vorgesetzt*. Er war *gleichrangig*. Er hatte mir nichts zu sagen. Er tat aber so, und das ärgerte mich besonders, weil ich seit ein paar Wochen wusste, dass er meine Statistiken-&-Schaubilder-Abteilung *tatsächlich* seinem Archiv unterstellt haben wollte und deswegen schon beim Geschäftsführer vorstellig geworden war. Außerdem mailte er mir demonstrativ immer erst weit nach 19 Uhr, zu einer Uhrzeit also, zu der ich mittlerweile meistens schon zu Hause war oder wenigstens auf dem Weg dorthin. Während er noch arbeitete, oder zumindest so tat. Ich beschloss, die Sache allein schon deswegen am Montag persönlich und während der Arbeitszeit zu klären, und machte den Laptop aus.

Ich kam mit einer Riesenwut zum Dönermann.

Leo kam betrunken.

Er hatte sich am Telefon mit seiner Freundin in London gestritten. Sie hatte nicht einsehen wollen, dass sie ihren neuen schwedischen Mitbewohner rauswerfen sollte, nur weil Leo das Gefühl hatte, er wäre hinter ihr her. Und Leo – zum ersten Mal seit langer Zeit wirklich verliebt – war ehrlich verzweifelt. In seiner Hilflosigkeit hatte er schon am Nachmittag mit Bier angefangen.

»Mann, Per, die *will* mich nicht verstehen. Der Schweden-Fritze hat sich doch schon an sie rangeschmissen, als ich noch da war! Alles klar? Was wird der wohl jetzt tun, hm?«

Wir bestellten und Leo schimpfte, wir tranken und Leo schimpfte, wir aßen und Leo schimpfte und trank schneller. Ich erzählte ihm irgendwas davon, dass er ihr vertrauen musste, wenn er sie wirklich liebte (auch wenn Vertrauen statistisch gesehen natürlich Unsinn war, sogar grober Unsinn, weil rund vierzig Prozent der Männer und Frauen weltweit ihre Partner betrogen. Während die anderen sechzig Prozent ihnen vertrauten). Außerdem sagte ich ihm, dass der Schwede doch nie und nimmer so gut aussehend, lustig und was-weiß-ich-noch sein konnte wie Leo, und dachte gerade, er hätte sich beruhigt, als er plötzlich den Mund verzog, um nicht weinen zu müssen. Seine Nase bebte. Die Augen wurden feucht. Der Dönermann sah peinlich berührt zur Seite und fing an, Sachen in Schränken hin und her zu räumen.

Leo schluckte und holte tief Luft.

»Weißt du, Per, ich vermiss sie jetzt schon so. Nach einer Woche. Mich kotzt das an.«

»Ja, ich weiß, aber nächstes Wochenende besuchst du sie eben.«

Leo schlug auf den Tisch. »Ich will sie aber nicht besuchen, ich will mit ihr leben, verstehst du? Du hast ja leicht reden, du und Una, ihr wohnt zusammen, ihr müsst keine Flieger buchen und so 'n Scheiß. Du weißt immer, wo sie ist. Herrgott, ihr wacht zusammen auf, jeden Tag!«

Jetzt legte Leo den Kopf auf die Arme und schluchzte leise. Der Dönermann drehte das Radio lauter und begann, die Spülmaschine auszuräumen.

Das Problem war: Leos Freundin war noch mitten in ihrer

Ausbildung zur Polizistin, sie konnte nicht weg aus London. Also müsste er seinen Job hier aufgeben, eine ziemlich gut bezahlte Stelle bei einer großen Zeitung, die er erst seit zwei Wochen hatte, und zurück nach London gehen. Und sich dort etwas suchen.

Ich wusste wirklich nicht, was ich ihm raten sollte. Geh nach London? Einfach so, ohne Sicherheit? Eher nicht.

Aber irgendetwas musste ich ja sagen. Er war mein Freund. »Schau mal, Fernbeziehungen haben auch ihren Vorteil. Du bist viel freier. Du musst nicht dauernd jemandem erklären, was du gerade tust, wohin du gehst, mit wem du telefonierst. Wann du heimkommst, mit wem du was trinken gehst. Mich nervt das, auch jetzt noch.«

Leo sah mich verständnislos an. Ich redete weiter: »Man gibt schon einen Teil von sich auf, wenn man mit jemandem zusammenzieht.«

Leo schüttelte den Kopf und trank aus. »Per, halt lieber dein Maul, bevor du so Scheiße laberst, ja? Was hast du denn schon aufgegeben? Hhm?«

Er stand auf, nahm seine Jacke vom Stuhl und schob sich zum Tresen.

»Hör ma, Grieche, wir drei trinken jetzt einen Schnaps. Dann gehen wir und kommen später wieder. Dann zahlen wir. Kapiert?«

Der Dönermann nickte ergeben und verzichtete sogar darauf, den »Griechen« zurückzuweisen. Er stellte eine Flasche Jägermeister auf den Tisch und drei Gläser und schenkte ein. Wir stießen an, tranken und gingen.

In der *Trinkhalle* blieb ich weiter beim Bier, während Leo Bier mit Schnaps bestellte.

Gegen eins hatte sich Leo einigermaßen beruhigt, den Schweden seit einer halben Stunde nicht mehr erwähnt und sich fest vorgenommen, seiner Freundin zu vertrauen. Oder es zumindest zu versuchen. Und wir beschlossen, zu der Hinterhof-Modefuzzi-Party zu wechseln.

Die Party war ein einziges Gedränge, Geschiebe und Geschubse, schon in der Hofeinfahrt drückten sich die Menschen aneinander, laute Rapmusik dröhnte über die Köpfe. Leo und ich beschlossen, dass einer erst mal Bier holen sollte, bevor wir in der Menschenmenge nach Una suchten. Wir spielten Stein, Schere, Papier, ich verlor und machte mich auf den Weg.

Einmal durch die Menge über den ganzen Hof zur Bar: drei Minuten.

Anstehen, bis ich dran war: fünf Minuten.

Warten, bis der überforderte Barkeeper genug Wechselgeld zusammenhatte, um mir auf einen Fünfziger rauszugeben: noch mal fünf Minuten.

Dreizehn Minuten für zwei Bier. Was für ein Witz. In mir stieg schlechte Laune auf und wohl deswegen fielen mir die südkoreanischen Werften wieder ein und der Archivleiter. Dieser Penner.

Auf dem Rückweg über den Hof ging es dann plötzlich gar nicht mehr voran. Vor mir stand dicht an dicht eine Gruppe affektiert lachender Frauen, hinter mir drängten ein paar Jungs, die wie ich von der Bar durch den Hof wollten. Aber ich kam nicht weiter. Vor mir nur Rücken. Ich versuchte vorbeizukommen, aber ich hätte sie schon richtig wegschieben müssen. Also rief ich in Richtung zweier verschwitzter Frauenrücken: »Entschuldigung, ich würde gerne durch!« Die Rücken reagierten nicht. Ich versuchte es noch mal, mit gleichem Ergebnis. Hinter mir schob jemand und nölte: »Was ist denn jetzt, gehst du mal weiter?« Sehr witzig. Genervt tippte ich einen Rücken an, ich tippte einen anderen Rücken an. Keine Reaktion. »HALLO, ich muss hier durch!«, schrie ich dem nächsten Rücken über die Schulter, und von dort schallte es prompt zurück: »Geht nicht, siehst du doch!«

Ich war sprachlos. Wütend. Eingeklemmt. Ich nahm die zwei Bierflaschen in die linke Hand, hob sie auf Kopfhöhe und drängte mich mit Gewalt seitwärts in die Rücken hinein. Nicht besonders höflich, aber anders ging es wohl nicht. Hinter mir schob jemand nach, ich stolperte und rummste an einen der Rücken. Der dazugehörige Mensch kippte einfach weg. Als wär's ein Pappaufsteller. Glas klirrte, ein paar Frauen schrien, ich drehte mich um und sah gerade noch die zum Rücken gehörige Frau der Länge nach auf den Boden fallen.

Aber auch selbst schuld, dachte ich. Irgendjemand half der Frau auf.

Irgendjemand war Una. Der gestürzte Rücken gehörte Liv.

Sie blitzte mich zornig an. Neben ihr standen die anderen Frauenrücken und Klaus. Er trug einen schmalen dunkelgrünen Anzug und einen orangefarbenen Seidenschal. Was für ein Affe.

»Tut mir leid, die hinter mir haben geschoben«, sagte ich und deutete mit den zwei Bierflaschen hinter mich. Wo jetzt niemand mehr war. Ein gähnend leerer Fleck inmitten des Gedränges. »Hallo, Una, Tag, Klaus«, sagte ich dann und merkte, dass ich ein wenig lallte, »Liv, das tut mir sehr leid, ich wollte das nicht!«

Liv versuchte mich anzulächeln. Sie war mir nicht böse. Oder nur ein bisschen. Was ich verstand.

Dafür beachtete Una mich nicht und klopfte Livs Rücken ab, der voller Dreck und Bier war – oder woraus auch immer die Lache hier bestand, in der die Zigarettenstummel schwammen. Klaus grinste mich an. »Na, schon vorglühen gewesen?«, fragte er. Wie immer bei ihm wusste ich nicht, ob er mich hochnehmen oder einfach nur kumpelhaft sein wollte. Vielleicht fand er vorglühen gut?

Ich nickte unsicher. »Ein bisschen, nicht viel.«

Er lachte. »Nicht eher: ein bisschen viel?«

Ein paar Rücken lachten.

Ich schüttelte den Kopf. Arschloch. Sagte ich aber nicht. Una zuliebe.

Dann schob sich von links Leo ins Bild, an mir vorbei und Una um den Hals. »He, Una, ich find das so schön, dass ich dich sehe, aber ich bin so unglücklich.« Leo lallte mal so richtig. Una machte ihn sich vom Hals und sagte: »Leo, schön, dass du da bist. Ich muss kurz Liv hier helfen, die hat dein Freund Per leider in eine Bierpfütze gestoßen.«

Ich wurde langsam sauer auf Una. Was sollte das denn bitte? Einen Dreck hatte ich sie gestoßen, ich war ein kleines bisschen an sie rangekommen, sie war hingefallen und ich hatte mich entschuldigt. Aber bevor ich irgendwas sagen konnte, waren Una und Liv verschwunden. Wahrscheinlich aufs Klo, die Flecken rauswaschen.

»Wo wart ihr zwei Süßen denn vorher? An der Tanke?«, fragte Klaus, dessen Grinsen immer breiter wurde. Die verbliebenen Frauen um ihn herum kicherten. Ich sagte nichts. Ignorieren, das war der Plan.

Nicht für Leo, er sah Klaus in ehrlich betrunkener Verwunderung an und schüttelte den Kopf. »Nee, wer geht denn zur Tanke? Wir waren beim Dönermann drüben und dann in der Trinkhalle.«

»Beim Dönermann und in der Trinkhalle«, wiederholte Klaus gespielt verständnisvoll, »oh, das ist natürlich was anderes.«

Leo nickte bekräftigend, genauso war es.

Dann wandte er sich mir zu. »Per, wosn mein Bier? Das hat vielleicht gedauert, ich hab Durst von hier bis London!«

Jetzt begann Klaus laut zu prusten. »Und wo haste das Trinken angefangen? Kapstadt?«, rief er.

Es reichte mir jetzt. Ich nahm Leo an der Schulter. »Lass uns das Bier draußen trinken.«

Aber Leo stierte den sich schüttelnden Klaus an. »Was lacht der Affe denn so dumm?«, stieß er dann hervor. Klaus lachte weiter, etwas verhaltener, aber weiter.

Leo riss sich los und ging ein paar Schritte auf Klaus zu, im gleichen Moment schoben Una und Liv sich wieder in den Kreis und sahen Leo sich vor Klaus aufbauen. Er war erheblich größer und breiter als der zierliche Modemensch. Leo stand also da und sagte: »Was is jetzt? Is was?«

Klaus hörte auf zu lachen, machte eine ernste Miene und sagte: »Nichts ist. Ist nichts.« Er lächelte boshaft, selbstgewiss.

Leo stieß ihn – noch ganz sanft – mit der Bierflasche auf die Brust. »Dann grins nich so blöd!«

»Hey! Schluss jetzt!« Una drängte zwischen mich und Leo, packte mich am Oberarm und zischte mir zu: »Nimm *deinen* besoffenen Leo und verschwinde hier, ich habe keine Lust, dass der hier Streit anfängt.«

Ich schüttelte den Kopf. »Der hat nicht angefangen, *dein* Klaus nimmt ihn hier hoch wegen …«

»Ist mir scheißegal, was Klaus gesagt hat. Es ist sein Fest, kapiert? Ihr seid peinlich!«

Was hatte dieser Klaus eigentlich gesagt? Egal. Er hatte Leo verarscht. Er war ein arroganter Widerling, der so tat, als könnten wir nicht bis fünf zählen.

Leo drehte sich langsam zu mir. »Wenn der Affe nicht aufhört zu grinsen, stopf ich ihm seinen Scheißseidenschal ins Maul«, sagte er. Ziemlich laut.

Das war jetzt echt zu viel. Ich nahm ihn und schob ihn dem Ausgang entgegen. Aber: Wie lächerlich von Una war das denn bitte, sich auf die Seite dieses Typen zu schlagen? Ich war ihr Freund. Und ich war stinksauer. Wie sie ihn anhimmelte, wie sie und ihre Freundinnen zu sechst um ihn herum gestanden und ihn bewundert hatten, die sechs grazilen Rücken und ihr Modestar. Lachhaft war das.

Ich drängte Leo durch den Hof hinaus auf die Straße und wir setzten uns auf den Bürgersteig. Ich war meiner Freundin also peinlich. Dabei war das Einzige, was wirklich peinlich war, Unas absurde Huldigung an diesen Klaus. Ich hätte nicht kommen sollen.

Ich drückte Leo sein Bier in die Hand. »Prost!«

Er trank, dann setzte er ab und sagte: »'tschuldigung wegen eben. Aber der Affe hat nicht aufgehört zu lachen. Der hält sich für was Besseres.«

Ich nickte. Gut beobachtet.

Leo sah mich nachdenklich an. »Und die Frauen stehen auch noch auf so Typen mit Schal und mächtig die Klappe auf und so.«

Ich nickte wieder und trank einen Schluck Bier.

»Ja, scheint so.«

Wir schwiegen.

Dann stand Leo plötzlich auf. »Ich geh heim.« Er machte zwei Schritte auf die Straße. »Taxi!« Ich sprang auf und wollte ihn gerade vor kommenden Autos retten, da hielt tatsächlich ein Taxi vor ihm, er fiel hinein, winkte mir noch einmal und war weg.

Dafür stand Una plötzlich neben mir. Sie sah nicht sehr freundlich aus. »Toller Auftritt von euch. Super.«

Ich wollte sie umarmen, aber sie schob mich weg. »Was sollte das denn? Erst schubst du Liv in eine Pfütze und dann fangt ihr Streit mit Klaus an!«

»Una, das mit Liv tut mir leid, aber Klaus ist selbst schuld, er hat Leo *ausgelacht*.«

Una verzog das Gesicht. »*Dein* Leo war auch zum Auslachen.«

»Sag nicht immer *dein* Leo, ich sag auch nicht *dein* Klaus.« Ich hörte mich diesen Satz sagen und es hörte sich ziemlich laut und betrunken an. Außerdem. Hatte ich nicht vorhin *dein* Klaus – egal.

»Leo ist aber halt mal *dein* Freund.«

Jetzt reichte es. »Dafür ist *dein* Klaus ein echtes Arschloch. Und du hältst auch noch zu ihm!«

Una schüttelte den Kopf. »Du bist betrunken. Ich geh jetzt wieder zu Liv und den anderen. Wir sehen uns zu Hause.«

Weg war sie.

Spitzenstreit. Top-Abend. Warum merkte Una eigentlich nicht, dass der Typ ein Idiot war? Natürlich gefiel er ihr, da konnte sie zehnmal das Gegenteil behaupten! Und die vergangenen Wochen waren ein regelrechtes Klaus-Festival gewesen. Dort eine Vernissage mit Klaus, hier eine abendliche Besprechung mit Klaus, da eine Feier, dort ein Kaffeetrinken. Und natürlich waren die beiden Freunde auf Facebook.

Vielleicht ja mehr? Vielleicht sollte ich da wieder reingehen und Una mit nach Hause nehmen? Immerhin war sie jetzt richtig sauer auf mich, so etwas riechen Typen wie Klaus, sie riechen doch die Gelegenheit, oder?

Andererseits. Wenn sie meinte. Dann konnte sie mich auch mal.

Ich blieb noch ein bisschen sitzen und trank mein Bier aus. Schade, dass Leo nach Hause war. Dann fiel mir ein, dass wir dem Dönermann noch Geld schuldeten.

Plötzlich wurde es dunkel.

Jemand hielt mir von hinten die Augen zu. Jemand mit zarten, zierlichen Fingern. Es tat Una also doch leid.

Ich stand auf und drehte mich um. Julie stand vor mir und grinste.

»Mein Chef hockt betrunken in der Gosse, haha!«

»Hi, Julie, was machst du denn hier?«

»Ach, ich war auf einer Geburtstagsfeier und dann kam mein Exfreund und jetzt bin ich da nicht mehr. Und du? Verbringst du den Rest der Nacht hier auf dem Bürgersteig?«

»Nein, ich geh gerade zum Griechen. Ein Dönerladen. Der beste der Stadt.«

»Boah, ein Döner wäre jetzt Wahnsinn. Was dagegen, wenn ich mitkomme?«

Ich schüttelte den Kopf. »Gar nicht. Ist auch nicht weit.«

»Na dann, los!« Julie lachte und hakte sich unter. Ich sah mich noch kurz um. Una war nicht zu sehen.

Beim Dönermann war nichts los, nur am hintersten Tisch rauchte eine Zigarette in einem Aschenbecher vor sich hin, neben dem Aschenbecher stand ein volles Bier und ein Viergewinnt-Spiel und dahinter schlief Leo, mit dem Gesicht auf dem Tisch.

Ich hatte mich schon mal mehr gefreut, ihn zu sehen.

»Dein Kumpel wollte unbedingt Vier gewinnt spielen«, sagte der Grieche achselzuckend, »er hat einen Stein reingetan und ist eingepennt.«

Wir bestellten Bier, Julie Döner und ich Falafel, dann schob Julie das Vier gewinnt zwischen uns und grinste mich an. »Oder hast du Angst vor mir?«

»Quatsch«, sagte ich und mir fiel zum ersten Mal dieses Grübchen auf, das sie hatte, wenn sie lächelte. Wie jetzt.

Wir spielten und ich verlor meistens. Julie warf mir vor, ich würde mich nicht richtig anstrengen.

»Wenn du das Nächste gewinnst, kriegst du einen Kuss«, sagte sie und grinste. Aber nicht anzüglich, eher nett.

Na ja. Vielleicht ein bisschen anzüglich.

Das ganze Spiel musste ich an den Kuss denken, tatsächlich war ich in diesem Spiel weit weniger bei der Sache als die ganzen Spiele davor. Wie sich ihre Lippen wohl anfühlten?

Trotzdem gewann ich das Spiel.

Julie küsste mich, nicht lang und nicht mit Zunge. Aber auch nicht kurz. Ein bisschen eben, und ihre Lippen fühlten sich gut an, weich und samtig. Danach grinste sie.

»Man muss dich nur motivieren.«

Die nächsten zwei Spiele verlor ich, weil ich dauernd an ihre Lippen denken musste, und an einiges anderes auch.

»Geht das schon wieder los? Okay, die Kussprämie steht wieder.«

Ich gewann. Sie rückte heran und küsste mich, einmal, kurz. Dann legte sie ihre Arme um mich und wir küssten uns richtig, mit Zunge, mit schwerem Atem, mit Händen im Haar.

»Ich wohne nicht weit von hier«, flüsterte sie.

Dann schnaufte Leo laut auf. Ich rückte oder besser: zuckte von Julie weg und wischte mir mit der Serviette über den Mund. Julie strich sich die Haare zurecht.

Leo hob den Kopf und öffnete die Augen. »Per. Du bist ja doch da. Und du auch, unbekanntes hübsches Wesen neben Per.«

»Du wirst doch Julie wiedererkennen, meine Kollegin?« Ich versuchte normal zu klingen und es klang furchtbar gestellt. Und gestammelt. Aber Leo war sehr betrunken.

Er blinzelte Julie an und nickte. »Die süße Julie, die süße.« Dann stand er urplötzlich auf. »Ich muss ins Bett. Teilen wir uns ein Taxi?«

»Top-Idee, ich bin auch saumüde. Was ist mit dir, Julie?«

Julie sah mich komisch an. »Nein danke, wie gesagt: Ich hab's nicht weit.«

Ich nickte, wir zahlten und gingen. Draußen stand schon

das Taxi. Es war mittlerweile hell. Julie und ich umarmten uns zum Abschied flüchtig.

Zu Hause warf ich im Bad den vollen Wäscheständer um und der Lärm weckte Una. Sie war immer noch sauer. Ich auch. Außerdem war mir unwohl. Ich nahm mein Bettzeug und schwankte ins Wohnzimmer. Das heute Nacht ganz allein mein Zimmer war. Ich fiel auf die Couch.

Was für ein Abend. Die südkoreanischen Werften. Die Angeber-Party. Das Arschloch mit Seidenschal. Ein blöder Streit. Und Julie.

Ich wischte mir mit der Hand noch mal über den Mund und kontrollierte. Kein Lippenstift.

In vierzig Prozent der Beziehungen betrogen die Partner einander. So, so.

## Una

Es wurde August. »Bleiben übrig: Fünfhundertachtundsechzig Euro«, sagte Klaus und schrieb die Zahl auf einen Zettel. So sah also mein erstes Monatsgehalt als selbstständige Designerin aus, nach zwei Monaten ganz ohne Einkommen. Nicht sehr viel. Dabei verkauften sich die Klamotten eigentlich ganz gut. Zwei Röcke und eines der Kleider waren sogar schon in der ersten Woche weggegangen. In einem Monat hatte ich sechs Teile verkauft; sechs Menschen hatten jetzt etwas an, was ich, Una, entworfen und genäht hatte!

Aber leben konnte ich davon noch lange nicht. Vermutlich war es einfach naiv von mir gewesen zu glauben, es könnte reichen, meine Sachen in einem einzigen Laden zu verkaufen. Ich würde stattdessen nach einem oder besser mehreren weiteren Läden suchen müssen, die meine Entwürfe ins Fenster hängten. Ich sollte mich etwas mehr in der Modeszene umschauen, andere Designer treffen, Ladenbesitzer ansprechen – ich würde mich »vermarkten« müssen, wie es uns an der Modehochschule im Marketingseminar eingebläut worden war.

Bisher war ich nur mal auf irgendwelchen Festen gewesen, zu denen Klaus mich eingeladen hatte. Dann nahm ich Liv mit. Denn Per hatte meistens keine Lust. Vor Kurzem war er zum allerersten Mal bei einer Party dabei gewesen und hatte sich mit Leo zusammen fürchterlich benommen.

Ich fand diese neue Welt spannend, aber Per tat so, als seien alle in der Branche dumm wie Brot und eitel bis zum Anschlag. Eigentlich hätte ich mir das anders gewünscht, nämlich dass ich *alles* mit Per teilen könnte. Andererseits:

Mein Exfreund war damals wie ich Modedesignstudent und wir waren immer zusammen in dieser Welt unterwegs gewesen. Und trotzdem hatten wir uns getrennt.

Nur machte es mir manchmal leise Sorgen, wenn ich darüber nachdachte, was Per und ich denn in unserem Leben überhaupt miteinander teilten. Außer unserer Wohnung und den in letzter Zeit sehr selten gewordenen Kinobesuchen war das wenig. Von Anfang an, schon ab dem Tag, an dem wir uns kennengelernt hatten, wussten wir vor allem eines voneinander: dass wir jeweils das Gegenteil von dem mochten, was der andere mochte.

Herbst vor 1 ½ Jahren. Ich hatte gerade die Wohnungstür von Livs Kumpel geöffnet. Da stand ein Typ mit einem Fahrrad auf der Schulter, im dritten Stock! Er machte ein Gesicht, als wollte er in die Wohnung, um dort jemanden umzubringen. Die Falte zwischen seinen Augen kündigte Ärger an, schlimmen Ärger für irgendwen da drin. Aber Amokläufer tragen normalerweise keine Fahrräder mit sich herum, deswegen sah dieser Mann auch ein bisschen albern aus – ein alberner Psychopath. Ich streckte ihm meine Hand hin. »Una.« Er starrte meine Hand an und wusste offensichtlich nicht, was ich von ihm wollte. Also von vorn: »Ich bin Una.«

So hatten wir uns kennengelernt. Durch einen Zufall; den Zufall, dass er seine Schlüssel zu Hause vergessen hatte und Liv mit dem Bruder der Freundin seines Mitbewohners zur Schule gegangen war. Ich kannte auf dem Fest niemanden. Das war okay, denn Liv und ich wollten einfach nur tanzen und quatschen. Doch kaum hatten wir die Wohnung betreten, war sie zwischen den hundert anderen Gästen verschwunden. Also holte ich mir erst mal was zu trinken aus der Küche – keine Liv dort –, wurde langsam wieder Richtung Ausgang gespült und blieb da kleben, direkt neben der

Eingangstür. Ich hatte meine Sorge, den Abend allein in der Flurecke zu verbringen, noch gar nicht zu Ende gedacht, da klingelte es und ich machte reflexartig die Tür auf. Und da stand dann Per.

Liv sah ich an dem Abend nur noch einmal, als sie mit einem Bier in den Hausflur kam. »Ah, hier bist du, ich hab schon nach dir gesucht. Warum hast du ein Fahrrad in der Hand?«

»Das gehört Per.«

»Alles klar. Ich meine: Wer ist Per?«

»Der Typ mit dem Fahrrad.«

»Una!«

»Im Ernst, da kam gerade ein Typ an, mit dem Fahrrad hier, der musste kurz rein und jemanden suchen, der kommt aber gleich wieder und so lange passe ich auf sein Rad auf.«

»Einfach so?«

»Ja.«

»Dieser Per sieht gut aus, oder? Deswegen spielst du hier den Fahrradsitter.«

Ich musste grinsen.

»Weißte was, Una, dann kriegste hier das Bier, das ich dir besorgt habe, ich lass dich mal mit dem schönen Per allein und wir sehen uns später.«

»Okay. Viel Spaß da drin.«

»Werde ich haben«, flötete Liv beim Gehen und winkte mir über die Schulter zu. In dem Augenblick steuerte Per knapp an ihr vorbei, auf mich zu, und als er an Liv vorüber war, drehte sie sich noch einmal zu mir um: mit spitzem Grinsen und einer hochgezogenen Augenbraue. Eine Liv-Geste, die hieß: »Na, wen haben wir denn da? Gute Wahl.« Ich ignorierte sie und fragte Per, ob er gefunden hat, was er suchte, und drückte ihm das Bier in die Hand.

So fing das alles an.

Per stellte sich schnell als viel weniger irre heraus, als er auf den ersten Blick gewirkt hatte. Ich fand diesen Per gut. Ich konnte mir das gar nicht richtig erklären, versuchte es auf den Alkohol zu schieben, aber drei Bier waren ja nun wirklich keine Menge zum Menschenschönsaufen. Ja, er sah gut aus mit seinen grauen Augen und den blonden Haaren, die von seinem Kopf wegstanden – aber nicht so schnöselig-gut, sondern freundlich-offen-gut. Vielleicht sah er für mich auch nur gut aus, weil er so lustig war und selbst viel lachte. Das mochte ich gern an Männern. Wenn ich zum Beispiel im Kino saß, war ich jedes Mal nach ein paar Minuten in den Typen verknallt, der in dem Film die Späße machte.

Kino war wichtig. Ich ging viel ins Kino, eigentlich jede Woche. Und zu Hause stapelten sich die DVDs. Filme und Bücher – dieses In-anderen-Leben-Verschwinden fand ich einfach großartig. Und Per auch. Also war es logisch, dass wir uns fürs Kino am übernächsten Tag verabredeten.

Warum wir uns dann geküsst hatten, wusste ich gar nicht mehr so genau. Aus irgendeinem Grund war ich mitgegangen, lag eigentlich gar nicht auf meinem Nachhauseweg von der Party, aber irgendwas war mit seinem Mitbewohner gewesen. Ich wusste nur noch, dass ich Per plötzlich ganz dringend küssen musste und es dann auch einfach getan hatte. Oder hatte er mich geküsst? Nein, ich hatte ihn geküsst. Und dann waren wir ein Paar.

Ein Paar, das nun mittlerweile gar keine gemeinsamen Interessen mehr hatte. Nach der Arbeit war Per meistens zu müde, um ins Kino zu gehen, deswegen ging ich manchmal allein in die Nachmittagsvorstellung, um überhaupt noch ein paar Filme zu sehen.

Vielleicht erwartete ich aber auch zu viel. Schließlich

interessierte mich Pers Zahlenjob auch nur mäßig. Aber mein neuer Job – das war doch spannend! Wieso sah er das nicht? Ich wollte ihn vor allem dabeihaben, weil ich es manchmal selbst nicht glauben konnte, dass ich jetzt als Designerin arbeitete. Wenn Per mir das bestätigt hätte, wäre es irgendwie realer gewesen. Ich musste mir selbst immer wieder gut zureden, dass ich jetzt wirklich Modedesignerin war. ›Die Beweise tragen sechs Menschen in dieser Stadt an ihrem Körper spazieren!‹, wiederholte ich in Gedanken.

Meistens fühlte ich mich dann als richtige Designerin, wenn ich in Klaus' Laden war und mit ihm neue Ideen besprach oder er mir ein bisschen Branchenklatsch erzählte. Er behandelte mich einfach wie eine. Er tat nicht überrascht, wenn ihm einer meiner Entwürfe gefiel, und er kritisierte mich auf eine Art, durch die ich mich ernst genommen fühlte. Auf Augenhöhe. Außerdem hatte Klaus, was ich auch irgendwann haben wollte: einen funktionierenden kleinen Laden. In den die Leute kamen, weil sie die Klamotten liebten. Allerdings würde ich dafür noch eine ganze Weile arbeiten müssen. Mehr verkaufen. Mehr verdienen. Zur Motivation klebte ich mir am Abend Klaus' »Abrechnung« an den Kühlschrank:

2 Kleider (99,– & 109,–)
2 Röcke (2 x 85,–)
1 Hose (115,–)
1 Bluse (75,–)

---

568,– €

## Una

An einem Mittwoch Mitte August war es schon kurz vor drei, als ich immer noch im Schlafanzug durch die Wohnung lief. Ich hatte den Vormittag vertrödelt und wollte mich gerade anziehen, um doch noch etwas aus dem Tag zu machen, da klingelte das Telefon. Klaus fragte, ob ich mit zur »Fashionata« nach Amsterdam fahren wollte.

Wie jetzt? Ich? Ja, und wie! Ich sagte sofort zu. Eigentlich wollte er mit einer befreundeten Designerin auf diese Modemesse fahren, mit der er ein neues Label gegründet hatte. Aber sie war krank geworden und Klaus wollte ihre Anmeldung nicht verfallen lassen. Er sagte: »Pack dir ein paar hübsche Klamotten ein. Morgen früh halb acht geht unser Zug. Sei pünktlich. Ciao.«

Das war die Gelegenheit: lauter Modeleute, die ich kennenlernen konnte; ich würde meine Mappe verteilen und Trends und Ideen mitnehmen. Ich – unter hunderten Modemachern!

Nach dem Anruf von Klaus setzte ich mich an den Computer und machte mir Visitenkarten. Ich druckte Bilder meiner Entwürfe aus und ordnete sie zu Mappen zusammen. Ich suchte auf der Fashionata-Webseite die Namen aller angekündigten Designer und Labels heraus und schrieb mir kleine Notizkarten, um nicht ganz ahnungslos durch diese drei Tage zu stolpern. Und ich wühlte in meinem Kleiderschrank nach passenden Klamotten. Kurz: Ich war schon seit ein paar Stunden tief in die Planung meiner Zukunft vertieft, die nach der Messe auf mich wartete, als Per nach Hause kam.

Er stand in der Schlafzimmertür und starrte mich verwirrt an. »Was tust du da? Wieso türmst du Klamotten auf deinem Bett auf? Und das im Schlafanzug?«

Ich lief auf ihn zu, umarmte ihn und sagte stolz: »Ich fahre weg.«

Er machte sich los. »Ach so? Und wohin?«

»Ich fahre nach Amsterdam. Auf eine Modemesse. Mit Klaus.«

»Mit Klaus.«

»Ja, wir fahren morgen früh los, Sonntagabend bin ich wieder da.«

»Warte mal. Langsam. Ihr fahrt also zusammen nach Amsterdam. Kommt da noch jemand mit oder seid ihr allein? Und wo übernachtet ihr?«

Was sollte das denn jetzt? »Per, entspann dich. Ja: Wir fahren zusammen. Ja: Da ist niemand weiter dabei. Aber auf der Messe werden hunderte andere Leute sein. Und nein: Wir werden abends nicht zusammen in ein gemeinsames Hotelzimmer gehen und im selben Bett schlafen. Spinnst du eigentlich? War das die Frage?«

»Nein, das war nicht die Frage. Ist ja gut.«

Ich war genervt von seiner Eifersucht. »Also: Ich bin am Sonntag wieder da. Und wenn das Wochenende gut läuft, kenne ich anschließend vielleicht ein paar wichtige Leute und kann vielleicht mehr Klamotten verkaufen und verdiene dann vielleicht bald wieder richtig Geld. Dann musst du mich nicht mehr durchfüttern. Das wär doch was.«

»Hm.« Per brummte, ich küsste ihn, er brummte noch ein paarmal, ich küsste ihn mehr und das Brummen wurde versöhnlicher.

Und so fuhr ich am nächsten Morgen mit Klaus nach Amsterdam. Per hatte noch geschlafen und ich hatte ihm nur ein »Bis Sonntag« zugeflüstert und ihm eine Nachricht hinterlassen:

Ick führn jetz na Amsterdam
Unn lass dir en Küsseken
heer.
Deine Una

Im Zug fragte ich Klaus aus, wen wir treffen würden, auf welchen Schauen wir dabei wären und welche Abendeinladungen wir schon hatten. Nach und nach stellte sich heraus, dass Klaus mich als eine Art Assistentin mitgenommen hatte und nicht etwa als Designerin, der er ein paar Türen öffnen wollte. An diesem Wochenende würde ich vor allem dafür zuständig sein, *seine* Visitenkarten weiterzureichen sowie *seine* Mappen mit den Klamotten *seines* neuen Labels. Ich würde dafür da sein, ihm Kaffee und Wasser zu bringen, *seine* Termine zu koordinieren und ansonsten *seinen* Kram durch die Gegend zu schleppen. Ich kam mir selten dämlich vor. Andererseits: Ich würde ja trotzdem auf den Partys, Meetings, Schauen und Sektempfängen sein.

Bei all diesen Gelegenheiten stand ich dann also stets brav neben Klaus, hielt Stift und Block bereit, falls ich für ihn etwas notieren sollte, und lächelte, wenn er mit anderen Designern und Vermarktern wichtig daherredete. Meine schwierigste Aufgabe war, nicht so genervt auszusehen wie ich war. Anderthalb Tage lang idiotisches Rumstehen, den halben Donnerstag und den ganzen Freitag.

Am Freitagabend rief Per an, als ich gerade auf einer Party war, bei der ich niemanden kannte. Manchmal war Per echt merkwürdig. Rief an und wollte dann gar nicht richtig sprechen. Wir telefonierten nicht mal zwei Minuten, dann sagten wir Tschüs und legten wieder auf. Dabei hätte ich gern ein bisschen mit ihm gequatscht, hätte gern ein paar Geschichten von zu Hause gehört. Ich vermisste zu Hause. Und das nach nur zwei Tagen in Amsterdam.

Vielleicht würde ja der Samstag besser werden.

Tatsächlich gab mir Klaus am Samstagmorgen für zwei Stunden frei und ich schaute mich auf der Messe um. Außerdem würde ich später mit meiner Teilnehmerkarte wieder auf die Modenschauen gehen dürfen. Schon am Vorabend hatten wir eine besucht, meine erste große Modenschau. Auch wenn es vor Ort viel unglamouröser gewesen war, als ich es mir als kleines Mädchen immer vorgestellt hatte. Damals, mit sechs, sieben Jahren, als das mit der Schwärmerei für die Mode angefangen hatte, setzte ich fast jeden Abend meine Stofftiere als Publikum links und rechts neben einen Papierlaufsteg und ließ dann meine Puppen diesen Laufsteg entlangmarschieren. Aus zerschnittenen alten Kinderklamotten und Geschenkband hatte ich ihnen Kleider und Capes zusammengetackert, später dann auch genäht, und ließ das Publikum jubeln, als sei es schier wahnsinnig vor Begeisterung.

In echt war das alles sehr viel nüchterner abgelaufen – wer an der Modenschau beteiligt gewesen war, erstickte in Stress, und wer im Publikum saß, konkurrierte mit den Sitznachbarn um den coolsten Gesichtsausdruck.

Ich schrieb Per eine SMS:

> Guten Morgen! Wo steckst du?
> Ich könnte ein Gespräch mit einem
> normalen Menschen vertragen.
> Kuss von deiner Una

Es kam keine Antwort. Vermutlich stand er schon auf dem Rasen, mit seiner Mannschaft. Ich schickte im Laufe des Tages noch zwei SMS hinterher, mit kleinen Notizen von der Messe. Er antwortete nicht. Wenn ich anrief, ging nur seine Mailbox ran. War er so sauer, dass ich gefahren war? War er deshalb auch am Telefon so komisch gewesen? Ich schob den Gedanken weg. Wenn da was war, konnten Per und ich auch am nächsten Abend noch darüber sprechen.

Am Samstagabend nahm mich Klaus auf seinen letzten Termin des Tages mit, ein Dinner, das sich »Master And Servant« nannte und bei dem sich laut Ankündigung alte und junge Modemacher, -vermarkter, -kritiker kennenlernen sollten. Ich hoffte, Klaus würde mir ein paar der etablierten Älteren vorstellen, aber er vertiefte sich sofort in ein Gespräch mit einer prätentiösen Dame neben ihm. Klaus saß links von mir, ich versuchte, mich so weit vorzubeugen, dass ich noch nicht mit den Haaren in seiner Suppe hing und trotzdem hören konnte, worüber die beiden redeten. Ich setzte mein schönstes Lächeln auf und nickte eifrig, als würde ich irgendeinen der Namen kennen, mit denen sie um sich warfen. Sehr bald fing mein Nacken an zu schmerzen und ich kam mir nur noch lächerlich vor mit dem ewigen Nicken, also lehnte ich mich auf meinem Stuhl zurück und starrte in die Suppe vor mir. Von rechts lächelte mich ein zerknautschter älterer Herr mit Halbglatze unsicher an und sagte: »Sie sehen etwas unglücklich aus.« »Ja«, seufzte ich und ließ meine angespannten Schultern sinken. »Der Lauf der Dinge ist ein hoffnungsloser Romantiker und eng befreundet mit der Bitterkeit.«

»Wie bitte?«

»Ach, ein Satz, den ich neulich gelesen habe und der vieles ganz gut trifft. Er ist von Benjamin Maack.«

»Wusste ich doch, dass mir das bekannt vorkommt.« Der Mann beugte sich zu mir rüber.

»Sie kennen das Buch?«

»Ja, ein wunderbarer Erzählband. Ich bin übrigens Vinz.«

»Ich bin Una. Schön, Sie kennenzulernen.« Wir schüttelten uns ganz formell die Hand und waren uns der Albernheit dieser Förmlichkeit bewusst. Wir mussten beide lachen.

Und dann berichtete der Halbglatzenmann, wie und von wem *er* im letzten Jahr das Buch geschenkt bekommen hatte. Es war eine lange Geschichte und sie hatte erstaunlicherweise mit einem Eisbären zu tun und mit einer Reise nach Nairobi. Sie zog sich fast über den ganzen Abend hin, denn er schweifte immer wieder ab und erzählte zwischendurch von anderen Büchern, wir sprachen über unsere Lieblingsromane und darüber, wie schwer es ihm fiel, Bücher wegzugeben, und wie gern ich dagegen Bücher weiterschenkte. Weil ich oft gleich beim Lesen an eine Freundin oder einen Freund denken musste, der oder dem das Buch ganz sicher gefallen würde. Den ganzen Abend redeten und lachten wir und wurden immer betrunkener. Der Halbglatzenmann sah schon bald noch zerknautschter aus und war der beste Tischnachbar, den ich mir für diesen Abend hatte wünschen können. Kurz nach eins, als ich, schon etwas schwankend, den Tisch verließ, ergriff er meine Hand, küsste sie und sagte: »Es war mir ein Vergnügen.« Ich musste wieder lachen, sagte Gute Nacht und verabschiedete mich noch von Klaus. Der war ans andere Tischende umgezogen und ins Gespräch vertieft und murmelte nur kurz: »Ja, alles klar.« Die frische Luft auf dem Weg zurück ins Hotel spülte wild Gedanken durch meinen Kopf: Ich wusste überhaupt nicht, was der Halbglatzenmann beruflich machte. Wie hatte er gleich noch geheißen – Viktor? Oh, die Luft hier draußen war gut.

Klaus war nicht so toll, wie ich bisher gedacht hatte. Ich konnte jetzt noch vier? Fünf? Fünfeinhalb Stunden schlafen. Ich vermisste Per. Ich freute mich auf zu Hause. Mist, ein Tomatenfleck auf meinem gelben Kleid. Oh, dieses Haus da ist aber hübsch. Guten Abend, Herr Portier.

Im Hotel angekommen, wurde ich wieder nüchterner und begann meine Tasche zu packen. Am nächsten Morgen würde es nur noch irgendeinen langweiligen Marketingtermin geben und ich würde noch ein bisschen neben Klaus rumstehen und Bedienstete spielen, am Abend wäre ich dann endlich wieder zu Hause.

Auf meinem Nachttisch lagen meine Mappen vollzählig und exakt so drapiert, wie ich sie kurz nach meiner Ankunft dort hingelegt hatte. Ich würde sie also alle wieder mit nach Hause nehmen. Ich schob den schmalen Stapel in die Seitentasche meines Koffers, zögerte kurz, nahm sie wieder heraus, ging hinunter zur Rezeption und bat um einen Stift. Ich wusste, dass fast alle »Fashionata«-Teilnehmer in diesem Hotel schliefen, Klaus hatte es mir erzählt, über den Weg gelaufen war mir in den letzten beiden Tagen aber erstaunlicherweise kaum einer – vielleicht schliefen sie einfach nicht. Ich schrieb ein paar der Namen, an die ich mich erinnern konnte, auf die Mappen und bat die Rezeptionistin, sie für die entsprechenden Damen und Herren zu hinterlegen. Auch wenn alle Designer meine Entwürfe sofort in den Müll werfen sollten: Einen Versuch war es wert.

Eine letzte Mappe hatte ich noch. Die wollte ich als kleinen Gruß meinem zerknautschten Tischnachbarn zukommen lassen. Ich zögerte. »Sagen Sie, jetzt ist mir doch glatt ein Name entfallen von dem kleinen Herrn mit der Halbglatze, sieht ein bisschen zerknautscht aus und ist sehr witzig. Wie heißt der noch gleich? Volker?« Die Rezeptionistin lachte. »Ach, Herr Blume. Vinz Blume. Er ist jedes Jahr hier.« Klar!

Vinz war es gewesen. Herr Blume. Wie nett. Also schrieb ich auf die letzte Mappe:

Lieber Vinz,
vielen Dank für den
wunderbaren Abend.
Es war auch mir ein Vergnügen
hre Una

Ich reichte die Mappe der Rezeptionistin zum Weiterleiten, sagte Danke und Gute Nacht.

Ich putzte mir die Zähne und schickte Per noch eine SMS:

> Falls du dein Handy mal anhast: Schlaf
> gut, ich geh ins Bett. Der Tag war
> lang & anstrengend. Freu mich auf
> dich! Gute Nacht, deine Una

Und dann schlief ich fünf tiefe Stunden.

Der Sonntagmorgen war grell und meine müden Augen taten weh. Auf meinem Handy war ein Anruf von Per; ich würde ihn später zurückrufen. Er war ganz sicher noch nicht wach. Mein Magen war ja noch nicht mal wirklich wach. Ich frühstückte einen Schluck aus dem Hotelwasserhahn und machte mich auf zu diesem Marketingtermin, wo Klaus noch ein paar Leute treffen wollte. Ich erledigte meinen Job, nämlich ein letztes Mal Rumstehen und Lächeln. Anschließend entließ Klaus mich nach Hause; er war noch mit ein paar Kollegen zum Mittagessen verabredet und brauchte mich dafür nicht mehr. Ich konnte also früher heim!

Ich holte meinen Koffer aus dem Hotel und rannte zum Bahnhof. Erleichtert fiel ich zwanzig Minuten später in meinen Sitz – endlich war dieses bekloppte Wochenende vorbei! – und steckte mir Kopfhörer in die Ohren. Ich schrieb eine letzte SMS an Per:

> Ich sitze schon im Zug – bin am frühen Nachmittag wieder da! Endlich. Deine Una.

Ich schlief die Fahrt nach Hause durch.

## Per

Ohne die Augen vom Bildschirm abzuwenden, fragte Leo: »Wo ist Una noch mal das Wochenende?«

»Zum dritten Mal: auf einer Modemesse in Amsterdam.«

Leo nickte anerkennend. »Cool. Alleine?«

»Nein«, sagte ich, »mit Klaus.«

Jetzt sah er mich an. »Und dir ist das egal?«

»Nein, aber was soll ich machen?«

»Na ja, ist deine Sache.«

Er zuckte die Achseln und wandte sich wieder dem Fernseher zu. Dort lief das Freitagabend-Bundesligaspiel, Borussia Dortmund gegen den Hamburger SV. Es war nämlich so: Ich hatte beschlossen, dass mir Unas Ausflug mit Klaus vollkommen egal war, und mir ein Ablenkungsprogramm für das Wochenende erstellt, das im Grunde nur aus einer einzigen Sache bestand: Fußball. Ein guter Plan für ein gutes Wochenende alleine.

Wobei ich jetzt nicht falsch verstanden werden will: Auch wenn Una da war, spielte ich Fußball, schaute ich Fußball, redete ich über Fußball. Aber eben in Grenzen. Und die *Sportschau* am Samstag sah sich Una sogar mit an, auch wenn sie meistens nebenbei irgendwelche Dinge erledigte. Online-Banking, Mails schreiben, solche Sachen.

Natürlich fände ich mehr Fußball besser, so ganz grundsätzlich, aber »is Ehe halt immä Kompresmüss«. Einer der Kompromisse meiner inzwischen eineinhalbjährigen eheähnlichen Beziehung bestand darin, dass ich nur dann völlig im Fußballdelirium unterging, wenn Una nicht da war. Und das war auch okay.

Weniger okay war dieses Spiel: Es war eine Frechheit. Die Spieler beider Mannschaften traten neunzig Minuten lustlos den Ball umher und liefen nur das Nötigste, bis in der Nachspielzeit eine abgefälschte Flanke den Weg in das Hamburger Tor fand. Kein großer Abend.

Außerdem war Leo nicht wirklich bei der Sache, obwohl auch er Dortmund-Fan war. Er wartete auf einen Anruf aus London, seine Freundin hatte sich seit zwei Tagen nicht gemeldet.

Ich dachte an Julie, mit der ich seit dem Abend im Griechen nur ein paar dürre, verlegene Worte gewechselt hatte, sobald uns der Bürogesprächsstoff ausgegangen war. Immerhin hatten wir zu zweit unsere Abteilung in der Sache koreanische Werften erfolgreich gegen den Archivleiter verteidigt.

Ich dachte an Una und dass sie mit diesem Typen unterwegs war, der das genaue Gegenstück von mir war, kreativ, lässig, charmant, und vor allem weit weniger langweilig.

Kurz nach Mitternacht machte ich mich auf den Heimweg. In der Straßenbahn knutschten neben mir zwei verliebte 16-Jährige. Wenn Una sich in Klaus verlieben würde, wäre ich wieder allein.

Als ich unsere dunkle, stille Wohnung betrat, streifte ich meine Schuhe ab, ging ohne Licht anzumachen ins Wohnzimmer und ließ mich auf die Couch fallen. Ich tat mir leid. Vor ein paar Monaten hatte ich noch Panik gehabt, Una könnte die falsche Frau sein, oder die letzte Frau, oder eine Frau, die sofort nach dem Zusammenziehen auf Familie machen und mir die Reste meiner Freiheit nehmen wollte.

Und jetzt hätte ich am liebsten Una angerufen und ihr gesagt, dass sie bei mir bleiben soll und dass dieser Klaus ein Idiot war. Und dass Julie zwar hübsch, nett, cool und so weiter war, aber nicht mit ihr mithalten konnte. Und dass der Kuss nichts mit alldem zu tun hatte, höchstens mit meiner Wut an diesem Abend, und mit Lust, das schon.

Aber das alles konnte ich Una nicht sagen.

Ich wählte trotzdem ihre Nummer.

Es klingelte ein paarmal, bis sie abnahm.

»Hallo, Per!«

Ich hörte ihre Stimme gerne. Sie klang fröhlich, um sie herum waren viele Stimmen.

»Hi, Una!«

»Na, wie war's bei Leo? Habt ihr gewonnen?«

»Wer?«

»Na: Dortmund!«

Dortmund hatte ich schon vergessen. »Ach so. Ja, 1:0.«

»Na, dann hat dein Fußballwochenende ja gut angefangen.«

»Ja, stimmt.« Ich wusste nicht, was ich noch sagen sollte. Ich hatte keine Lust über Fußball zu sprechen. Aber jetzt über die Liebe zu sprechen, schien mir auch ziemlich idiotisch.

»Per, alles in Ordnung? Wolltest du nur Gute Nacht sagen oder quatschen? Ist irgendwas?«

Ich schüttelte den Kopf. Nein, es war nichts.

»Per? Hallo? Bist du noch da?«

»Ja, noch da und alles gut. Ich bin nur müde. Und ich liebe dich, klar?«

Sie lachte. »Klar. Also: Tschühüs!«

»Tschüs.«

Ich legte auf.

Una sagte mir am Telefon nie, dass sie mich liebte, wenn ihr jemand zuhörte. Sie fand das albern, vor allem dieses »Ich dich auch, Schatz!«.

Heute fand ich das scheiße, weil ich gewollt hätte, dass

Klaus es mitbekommt. Eigentlich hatte ich nur angerufen, damit er wusste, dass es mich noch gab.

War noch irgendwas mit Fußball im Fernsehen?

Ich fand eine Zusammenfassung aller Spiele der vier großen europäischen Ligen vom vergangenen Wochenende auf Eurosport. Spanien, Italien und England bekam ich noch halbwegs mit, auch wenn ich immer wieder einnickte. Als Frankreich an der Reihe war, ging ich ins Bett.

Der Samstag begann erfreulich: Meine *Rasensprenger* gewannen. Und auch wenn ich keines der drei Tore zum 3:1 beitrug, hatte ich doch auch auf dem Platz gestanden. Immerhin. Nach dem Spiel setzten sich die meisten von uns noch zusammen in den Garten eines nahen Gasthauses, wo wir in der Sonne Nudeln aßen und Bier tranken. Das Bier so früh am Tag und die pralle Sonne schafften eine angenehme Dumpfheit in meinem Schädel, keinen Rausch, sondern die Art von träger Zufriedenheit, die einen nicht weiter denken lässt als bis zur Tischmitte. In dieser Verfassung stieg ich irgendwann in Toms Auto und fuhr mit ihm zum *Städtischen Stadion*. Bundesliga schauen. Obwohl Dortmund schon am Vortag gespielt hatte.

Ein richtiges Fußballwochenende bedeutete, dass man sich treiben ließ – ohne je das Gefühl zu haben, irgendwo anders sein zu sollen oder zu wollen. Alles Ambitionierte war wie weggewischt, auch das Problematische nicht mehr zu erkennen, man war ganz bei sich und dem Fußball. Warum heimfahren? Warum aufhören zu sitzen? Warum auch nur darüber nachdenken?

»Hast du heute ausnahmsweise Ausgang bekommen von deiner Chefin zu Hause?«, begrüßte mich einer der Tresenstammgäste, als ich im *Städtischen Stadion* erschien. Er kannte mich von früher, aus Vor-Una-Zeiten, als ich noch öfter hier war. In meinem Bier und Sonne geschuldeten friedlichen Dämmerzustand lachte ich einfach mit und klopfte ihm auf die Schulter. Tatsache war nun mal, dass die Abwendung von extremem Fußballkonsum sehr oft begleitet, unterstützt oder zumindest motiviert von einer neuen Beziehung war. Was die Frage aufwarf, ob Fußballfans alleine mit ihrer Zeit nichts Sinnvolleres oder Wichtigeres anzufangen wussten, als Fußball zu schauen.

Die Antwort war einfach: Nein.

Das Bundesligator des Tages, das Siegtor für den FC Bayern, schoss Miroslav Klose. Ich sah es sieben Mal im *Städtischen Stadion*: einmal live, viermal in der Wiederholung und zweimal in Zeitlupe.

Kurz nach sechs verabschiedete ich mich im *Stadion* wie früher mit einem nebensächlichen »Bis morgen dann« – der besagte Tresenstammgast rief mir hinterher: »Was? Du darfst morgen schon wieder raus? Ist deine Alte im Urlaub?« – und verabredete mich mit Tom und den verbliebenen vier *Rasensprengern* für halb neun in einer Kneipe bei mir um die Ecke, holte mir auf dem Heimweg eine Pizza und aß sie während der Sportschau vor dem Fernseher. Ich sah Klose weitere zwei Male sein Tor schießen, und dann noch mal, am Ende der Tagesschau. Danach stieß ich zu Tom und den anderen in der Kneipe, trank vier Bier, lief kurz nach halb zwei nach Hause, kam pünktlich zur *ZDF-Sportstudio*-Wiederholung um 1:45 Uhr auf 3sat, legte mich vor den Fernseher und alles war wunderbar. Dann fiel mir mein Handy ein. Ich fand es im Schlafzimmer, wo ich es am Abend zuvor hingelegt hatte. Als ich es anmachte, piepte es viermal. Vier SMS von Una. Drei Anrufe in Abwesenheit, auch von Una. Ich versuchte zurückzurufen, aber jetzt war ihr Handy aus.

Irgendwann schlief ich vor dem Fernseher ein. Kurz nachdem ich das Tor von Miroslav Klose zum zwölften Mal an diesem Tag gesehen hatte. Ich träumte wirr: Tom war in meinem Traum Manager und Torwart von Borussia Dortmund und reaktivierte Andi Möller und plötzlich war auch Klaus mittendrin, weil er und Una die neuen Dortmund-Trikots entworfen hatten. Die Hosen waren orangefarben, die Hemden waren grün und an den Krägen waren orange-grüne Schals angenäht, die beim Laufen flatterten. Und alle außer mir fanden das großartig.

Am Sonntag wachte ich auf und hatte schlechte Laune. Eine Mischung aus Fußball-Kater und einer erst mal nicht näher definierbaren Wut auf Una. Oder eher auf unsere Beziehung. Vielleicht auch auf mich.

Jedenfalls lief irgendetwas falsch:

Una war drei Nächte weg, und schon sah es in der Wohnung aus, als hätte ich drei Wochen hier gewütet. Auf dem Wohnzimmertisch warteten zwei schmutzige Teller und ein Pizzakarton darauf, weggeräumt zu werden, im Schlafzimmer ein Haufen dreckiger Wäsche, in der Küche stand noch immer das Frühstücksgeschirr von Freitag, neben einer Tasse mit eingetrockneten Kaffeeresten lag eine ausgetrocknete Brötchenhälfte und eine leere Käseverpackung, die Zeitungen von zwei Tagen hatte ich in der Küche auf Tisch, Stühlen und Boden verteilt. Ich hatte nicht ein einziges Mal selbst gekocht, die Spülmaschine nicht eingeräumt, keinen Waschgang angeworfen, den Tisch nicht abgewischt und den Müll nicht runtergebracht.

Ich lief durch unsere Wohnung, sammelte Teller, Müll und Kleidung ein und schämte mich. Ich war ein Schwein. Als die Wohnung wieder halbwegs normal aussah und ich frühstücken wollte, stellte ich fest, dass das Brot alle war und in der Milchtüte nur noch ein Rest. Eingekauft hatte ich auch nicht. Ich schüttete mir ein paar Cornflakes in eine Schüssel, goss den Schluck Milch darüber und füllte mit Wasser auf.

Für all das konnte Una nichts. Natürlich nicht. Aber warum war ich wie ausgewechselt, sobald sie weg war? Verstellte ich mich die ganze Zeit? War das nicht ich, der in der Wohnung aufräumte, putzte und kochte, solange Una hier war? Wollte ich im Grunde etwas ganz anderes?

Zurück auf null: Vermisste ich mein Singleleben?

Vielleicht. Ein bisschen. Wer tat das nicht?

Hatte ich deswegen Julie geküsst?

Eher nicht.

Engte Una mich ein?

Natürlich. Aber jeder Mensch, mit dem ich in derselben Wohnung leben müsste, würde mich einengen. Einfach, weil er da wäre.

Nahm mir unser Zusammensein Freiheiten?

Ja, auch das. Ich hörte den Tresenstammgast rufen: »Hat deine Alte Urlaub?« Nein, hatte sie nicht, aber sie war weg. Wahrscheinlich würden die Jungs von den *Rasensprengern* nächste Woche eine Stunde nach dem Spiel sagen: »Per? Nee, der ist schon nach Hause. Seine Freundin ist doch wieder da.«

Ich ärgerte mich über mich, ich hasste es, wenn jemand dachte, ich wäre nicht mein eigener Herr. Auch wenn es mir egal sein sollte, was andere dachten.

Ich setzte mich mit meinen jämmerlich wässrigen Cornflakes vor den Fernseher. Es war Zeit für den *DSF-Doppelpass,* den Fußball-Fernseh-Stammtisch. Nur: Das behagliche Gefühl vom Vortag, das Gefühl, in jedem Moment das absolut Richtige zu tun, wollte sich nicht mehr einstellen. Nach einer halben Stunde schaltete ich den Fernseher aus. Der Moderator der Sendung war unerträglich jovial, die Experten wichtigtuerisch und das Gequatsche schwachsinnig. Das hieß aber: Die Sendung war wie immer. Deswegen hieß sie ja Fußball-Stammtisch und nicht Fußball-Vorlesung.

Und normalerweise gefiel mir das.

Ich fand einfach nicht zurück ins Fußball-Wochenende, weil ich ein schlechtes Gewissen hatte – und zwar mir gegenüber: Ich wollte diesen Tag nicht auch einfach so dahingehen lassen. So sinnlos. Und ich hatte auch keine Lust auf *Städtisches Stadion* am Nachmittag. Noch weniger auf »Hey, ausgemacht war ausgemacht«-Anrufe. Ich schaltete das Handy aus. In mir hatte sich das Gefühl breitgemacht, ich könnte Besseres mit dem freien Tag anstellen. Irgendetwas *tun,* das Fahrrad putzen, ein Buch lesen, meine CDs sortieren. *Irgendetwas* tun.

Als Erstes warf ich die Waschmaschine an und ließ die Spülmaschine laufen – Una musste ja nicht mitbekommen, wie ich gehaust hatte –, dann setzte ich mich auf die Couch. Ich blätterte die Magazine durch, die seit Wochen neben der Couch zu einem immer größeren Stapel anwuchsen, und klebte Post-its als Einmerker in alle Hefte, in denen Artikel waren, die ich noch lesen wollte. Irgendwann. Jetzt konnte ich mich darauf nicht konzentrieren.

Stattdessen nahm ich mir einen Eimer, schüttete Wasser und Putzmittel hinein, steckte einen Lappen ein und ging hinunter zu meinem Fahrrad. Ich putzte es sorgfältigst. Und weil ich schon dabei war, putzte ich Unas Rad gleich mit.

Als ich fertig war und gerade das dreckige Wasser in den Gully im Hof schüttete, kam Una um die Ecke und in den Hof. Sie ließ den Koffer fallen, sprang auf mich zu und schlang die Arme um meinen Hals. Wir küssten uns und ich merkte, wie erleichtert ich war, dass sie wieder da war.

»Na, hat Klaus dich früher nach Hause geschickt?«, fragte ich.

»Ja. Hat er. Und er hat gesagt, ich muss dich jetzt und hier und sofort knutschen!«

Wir sahen uns an und wir küssten uns. Langsam. Lang.

»Hast du meine SMS nicht bekommen, die, in der stand, dass ich eher komme?«, fragte Una dann.

»Nein, mein Handy ist aus. Weil mir die Fußball-Irren sonst keine Ruhe lassen. Ich hatte keine Lust, auch noch den ganzen Sonntag Fußball zu sehen.«

Una grinste und legte mir ihre Hand auf die Stirn. »Keine Lust, Fußball zu sehen? Bist du krank?«

## Una

An einem Samstagabend Ende August – Per und ich waren gerade aus dem Kino gekommen – saßen wir noch mit einem Glas Wein auf unserem Sofa. Beziehungsweise: Per erklärte mir ausführlich, wer dieser Conor Oberst war, dessen neues Album er gerade einlegte. Dann setzte er sich zu mir auf die Couch und wir schwiegen uns an.

Ich hätte meine Periode am Freitag letzter Woche bekommen müssen, vor einer Woche. Das wussten wir beide und nun lag dieses Thema hier zwischen uns auf dem Sofa. Hatten wir uns irgendwie verzählt und Sex ohne Kondom an einem gefährlichen Tag gehabt? So sagte man das doch: gefährlicher Tag. Wobei mir unser Sex gar nicht *so* gefährlich vorkam.

Ganz grundsätzlich konnte ich mir ein Kind mit Per durchaus vorstellen. Ich liebte ihn, er mochte Kinder und ich mochte Kinder. Schon mal keine schlechten Voraussetzungen. Wir waren nette Menschen, also sicher auch nette Eltern. Oder nicht? Es gab jedenfalls ganz bestimmt blödere Eltern als uns.

Aber jetzt schon ein Kind? Klar, ich war fast dreißig und es hieß immer, falsch sei jeder Moment. Aber dies wäre der absolut falscheste Moment! Würde ich jetzt schwanger, wüsste die Modewelt noch überhaupt nicht, was ich eigentlich konnte und wollte. Ich könnte meine beruflichen Pläne abheften unter: War mal eine gute Idee, geht jetzt aber nicht mehr. Ich wollte aber Una, die große Modedesignerin werden – und dieser Wunsch würde sich bei einem positiven Schwangerschaftstest nicht schlagartig in Luft auflösen. Außerdem konnte ich noch nicht mal meinen eigenen Lebensunterhalt bestreiten. So ein Kind hieße bei diesen Startbedingungen doch automatisch: Ich würde erst mal nicht mehr arbeiten, während Per das Geld nach Hause bringen würde. Na schönen Dank auch – das war, wovor meine Mutter mich immer gewarnt hatte: von einem Mann finanziell abhängig zu sein.

Trotzdem: Wäre der Schwangerschaftstest, den wir gleich am Montag kaufen wollten, positiv, müsste ich mich mit dem Gedanken, Mutter zu werden, anfreunden. Eine Abtreibung kam für mich nicht in Frage.

Ich sah Per an. Er starrte abwesend vor sich hin. Ich stubste ihn an und lächelte schief: »Schöne CD.«

## Per

Am nächsten Abend streckte Bella ihren Kopf noch einmal zur Wohnzimmertür herein: »Ehemann und Schwager: Ich wünsche einen schönen Männerabend …« Bella malte die Anführungszeichen vor und nach *Männerabend* zwar nicht in die Luft, aber sie sprach sie deutlich hörbar mit. Jan winkte ihr ohne aufzusehen mit einer freien Hand, er kniete vor seinem Receiver und versuchte den Sender besser einzustellen, ich saß auf der Couch und hob mein Bierglas: »Viel Spaß im Konzert, ich hoffe, die Band kann was!«

Jan und ich hatten seine drei Kinder ins Bett gebracht, während Bella sich umgezogen hatte. Jetzt zog sie auf ein Indiekonzert, wir wollten einen Film ansehen, einen düsteren schwedischen Krimi. Aber Jan und Bella sahen nicht oft fern, und die Kinder hatten irgendwie den Sender verstellt.

»Jan, stopp, Bild ist da! Nichts mehr anrühren!«, rief ich.

Er stand auf und setzte sich neben mich. »Na also.«

Wir hatten Bruderabend abgemacht, und an diesem Tag freute ich mich besonders darüber, weil ich so Una entkommen konnte.

Die saß zu Hause und schwieg. Weil ihre Tage nicht kamen.

Den Tag über war sie gefühlte elf Mal Pinkeln gegangen und jedes Mal mit noch verkniffenerer Miene zurückgekommen: »Wieder nichts.« Dann hatte sie sich wieder hinter ihrem Buch auf dem Sofa verschanzt.

Und ich hatte keine Ahnung, wie ich mich verhalten sollte. »Wird schon werden?« »Macht doch nichts?«

Das Beste war Flucht.

Als die wortkarge schwedische Kommissarin von der Werbung verdrängt wurde, drehte Jan den Ton leiser und fragte:

»Sag mal, Bella hat doch bald Geburtstag, und ich habe überlegt, ihr was von Una zu kaufen. Wär doch lustig.«

»Klar, mach.«

»Was ist das denn für ein Laden, in dem ihre Sachen hängen?«

Ich sah Klaus vor mir und hatte sofort keine Lust mehr, darüber zu reden. »Ach, irgendwie so von Designern.«

»Wie ›Irgendwie so von Designern‹? Du scheinst dich ja sehr für die Arbeit deiner Freundin zu begeistern.« Jan sah mich tadelnd an. Der ältere Bruder.

»Nerv nicht, Jan. Ich mag einfach den Typen nicht, dem der Laden gehört.«

»Und warum nicht?«

»Ach, weiß auch nicht. Der ist ein Angeber und ein Arsch. Und er will was von Una.«

Jan lachte auf. »Als Angeber und Arsch dürfte er aber schlechte Karten bei ihr haben, oder?«

»Na, sie findet ihn ja toll.«

Jan rüttelte mich mit einer Hand an der Schulter. »Du machst dir nicht wirklich Sorgen, oder?«

Machte ich mir Sorgen? »Weißt du, der ist so ein Typ Mann-Mann.«

»Was ist denn bitte ein Mann-Mann?«

»Na, eben so einer, der gut aussieht und bis oben voll mit Testosteron ist, der charmant ist, der nie alleine nach Hause geht. Kennt man doch, solche Männer.«

»Per, glaub mir, auf Dauer finden Frauen an so Typen nichts. Weil das dieselben sind, die sich später vor jeder Verantwortung drücken.«

Mann Jan. »Alter, was faselst du da zusammen? Ich habe ja nicht gesagt, dass Una mit ihm Kinder großziehen will. Aber er gefällt ihr. Das merke ich. Soll ich da verständnisvoll danebenstehen und sagen: Ach, sie wird irgendwann schon merken, dass er ein Luftikus ist?«

»Per, krieg dich wieder ein, ist ja gut. Una fängt schon mit dem nichts an. Apropos. Was macht Una denn heute?«

»Die wartet.«

Jan lachte. »Auf dich?«

»Nee, auf ihre Tage.«

Jan lachte nicht mehr.

»Una ist acht Tage drüber.«

»Im Ernst?«

»Klar im Ernst.«

»Schon mal davon gehört, dass es Schwangerschaftstests gibt?«

Sehr lustig. »Ja. Genau so was machen wir morgen.«

»Und was wenn?«

»Na, dann kriegen wir ein Kind. Das müsstest du doch eigentlich wissen.«

»Idiot.«

Jan nervte mich. Ich hatte keine Lust darüber nachdenken. Rein statistisch war bei acht Tagen drüber eine Schwangerschaft wahrscheinlicher als keine Schwangerschaft. Andererseits hatten wir verhütet, auch wenn Una behauptete, wir hätten vielleicht an einem falschen Tag Sex ohne Kondom gehabt. Hatten wir nicht. Ich verzähle mich nicht.

Jetzt hatte Jan so ein dämliches Brudergegrinse drauf.

»Was grinst du so?«

»Ach, ich denk nur. Mein kleiner Bruder zieht mit seiner Freundin zusammen, jetzt kriegen die beiden vielleicht ein Kind. Du wirst erwachsen.«

»Und du bist ein Penner, der mir schon seit 30 Jahren auf die Nerven geht.«

Mein Handy brummte. Leo schrieb, dass Dortmund im Sonntagsspiel 4:0 gegen Bochum gewonnen hatte.

Ich sprang auf. »Yeeeees!!!«

Jan zischte mich an: »Hallo? Die Kinder schlafen! Was war das denn?«

Ich setzte mich wieder. »Oh, vergessen. Tut mir leid. Dortmund hat gewonnen, 4:0. Aber dir ist das ja egal.«

Jan interessierte sich nicht für die Bundesliga, und für Fußball auch nur, wenn er selbst ab und zu spielte.

Wir lauschten ein wenig nach oben, hörten aber nichts. Die Kinder waren nicht aufgewacht.

Der Film ging weiter, Jan stellte wieder lauter und wir sahen der Kommissarin zu, wie sie mit gezogener Waffe über eine neblige schwedische Wiese rannte. Plötzlich schaltete Jan den Ton aus und zeigte nach oben. Ich sah ihn fragend an. Er hob nur den Finger an die Lippen. Jetzt hörte ich es auch: ein Wimmern. Finn, Jans zweijähriger Sohn, war doch aufgewacht.

Jan lehnte sich zurück und griff nach seinem Bier. »Du gehst.«

Ich ging. Ich öffnete die Tür zu Finns Zimmer und schlich auf Zehenspitzen an sein Bett, ohne das Licht anzumachen. Durch die Vorhänge drang gerade so viel Licht, dass ich die Umrisse von Finns kleinem Körper erkennen konnte, der sich hin und her wälzte und dabei stöhnte. Ich fühlte vorsichtig, ob er seinen Schnuller noch im Mund hatte. Hatte er. Lag seine Schmusedecke im Arm? Sie lag. Finn stöhnte noch einmal, fing dann an zu weinen und setzte sich in seinem Bettchen auf. Vielleicht war er einfach erschrocken, weil er aufgewacht war und nicht wieder einschlief? Oder er hatte Durst? Ich streichelte seinen Kopf. »Ist gut, ist alles gut«, flüsterte ich, »ich bin's, Per, und unten ist der Papi.« Nach einer Weile Flüstern und Streicheln hörte Finn auf zu weinen. Jetzt saß er da und sah durch die Dunkelheit hoch zu mir. Ein kleiner Mensch. Ich spürte etwas Dickes im Hals. So einen kleinen Menschen wollte ich auch. Irgendwann.

Aber nicht jetzt. Ich war ja nicht wahnsinnig.

Finn warf sich nach hinten, und zwar sehr plötzlich, mit einem Ruck, als hätte er sich gerade dafür entschieden, wieder schlafen zu wollen. Ich streichelte weiter und flüsterte ihm Sachen zu, die ihn beruhigen sollten. Auch wenn er wahrscheinlich eher nicht verstand, warum es gut war, dass Dortmund gewonnen hatte. Irgendwann schlief er wieder ein. Ich hörte noch ein bisschen seinem Atem zu und schlich mich wieder hinunter.

Jan deutete auf den Fernseher. »Noch zwei Tote. Einer im Fluss, der andere in einer Lagerhalle.«

Ich zuckte mit den Schultern und trank einen Schluck Bier.

»Jan. Woher hast du gewusst, dass Bella die Richtige war? Also die, mit der du Kinder haben wolltest?«

Jan zog die Augenbrauen hoch. »Wow. Woher kommt das denn jetzt?«

»Ist doch egal. Jetzt sag einfach.«

»Okay. Das mit den Kindern hat wahrscheinlich einfach damit zu tun, dass Bella und ich eben in dem Alter ein Paar waren, in dem wir uns beide Kinder vorstellen konnten. Erinnerst du dich an Nele?«

Ich nickte. Klar. Nele war Jans erste Freundin, und für mich als sein kleiner Bruder war seine erste Freundin etwas Unerhörtes gewesen, etwas Unvorstellbares. Sie war hübsch gewesen, kurze blonde Haare, blaue Augen, eine große Nase und vor allem: Brüste. Echte Brüste. Ich war 14 Jahre alt und so neidisch wie nie zuvor und nie danach auf irgendetwas oder irgendjemanden.

»Na, mit Nele war ich fünf Jahre zusammen. Von 16 bis 21. Wenn ich vor sieben Jahren statt Bella Nele kennengelernt hätte, dann hätte ich jetzt wohl mit Nele Kinder. Also, wenn sie auch gewollt hätte. Verstehst du, was ich meine?«

Nein. Ich verstand nicht. »Dann wäre ja jede irgendwie die Richtige?«

»Na ja, jede großartige Frau. Du musst dir schon sicher sein, dass sie großartig ist.«

Das verstand ich. Una war großartig. Una war meine Freundin. Also war Una die Richtige für ein Kind. Richtig? Nur wann?

Wenn ich mir sicher war, dass ich wirklich wollte? Mir-sicher-sein war nicht gerade meine Stärke, das konnte dauern. Aber wenn Una sich auch nicht sicher war?

Letztens hatte ich für ein Frauenmagazin recherchiert, dass Österreich so ziemlich das einzige Land war, in dem Männer laut Statistik früher Kinder wollten als die Frauen und ihre Partnerinnen überredeten. Denen blieben allerdings die Umstände: Nur 3,5 Prozent der österreichischen Väter kümmerten sich in Elternzeit um ihre Kinder. In Deutschland nahmen immerhin siebzehn Prozent der Männer Elternzeit, die meisten allerdings nur zwei Monate. Die neueste Studie dazu hieß »Das geheime Leben der Lattemacchiato-Väter«. Der Tenor der Untersuchung: Solange das mit den Kindern nicht zu kompliziert und die Karriere nicht gefährdet wurde, waren die Väter dafür zu haben. Wenn Frauen ähnlich dächten, könnte die Regierung das mühsam zusammengesparte Budget für Kinderkrippen doch wieder in eine Abwrackprämie, den Autobahnausbau, den Transrapid oder anderen Unsinn stecken.

Weil Krippen ohne Kinder irgendwie unsinnig wären.

Guter Vätermonate-Gag für jeden Männerstammtisch übrigens: In Island gingen 2007 unfassbare 90 Prozent der Väter zeitweise in Elternzeit.

Ein Jahr später war Island pleite. Höhö. Prost!

Island, Una, Kind. Ich. Bier. Ich trank noch eins. Die Kommissarin fand derweil heraus, dass die Toten zu einer evangelikalen Sekte gehört hatten und aussteigen wollten. Das hatte das Sektenoberhaupt vermutlich nicht ertragen und seinen Jüngern befohlen, die beiden umzubringen. Am Ende tranken fast alle Sektenmitglieder Gift, und ich stand auf und verabschiedete mich von Jan. Es war fast Mitternacht.

»Viel Glück morgen beim Test, wie auch immer«, sagte Jan in der Tür, »ändern kannst du jetzt sowieso nichts mehr.«

Da hatte er mal recht.

## Una

Am Montagmorgen stapelte Per den Einkauf fürs Frühstück auf den Küchentisch. Zum Schluss legte er einen Schwangerschaftstest neben die Butter. Unseren Schwangerschaftstest. Den er gerade gekauft hatte und den wir noch vor der Arbeit machen würden. Weil ich dafür gleich einen ordentlichen Mittelstrahl brauchte, bestand mein Frühstück vor allem aus Getränken: Kaffee, Orangensaft, Wasser. Essen konnte ich eh nichts; mein Magen war noch nervöser als ich.

»Sollen wir?«, fragte ich Per nach dem letzten Schluck Kaffee. Mir war schlecht.

»Okay, los!«, sagte er und schien eher neugierig als ängstlich. War ihm klar, worum es hier ging?

»Dann geh ich jetzt ins Bad.«

»Mach das. Bis gleich.«

Meine Blase drückte schon schmerzhaft. Seit dem Aufstehen war ich nicht zur Toilette gewesen; zehn Sekunden auf ein Stäbchen zu pinkeln, erschienen mir unnatürlich lang für einen normalen Toilettengang. Also los. Eins Mississippi, zwei Mississippi, drei Mississippi, vier Mississippi ... ich schaffte die zehn Sekunden locker, meine Blase überraschte mich mit ihrem Fassungsvermögen. Aber am Ende hatte ich einen Krampf im Oberschenkel, weil ich mich nicht hingesetzt hatte, sondern meinen Hintern über der Klobrille balancierte, um dieses verdammte Stäbchen auch an die richtige Stelle zu halten. Ich wollte nichts falsch machen, war aber auch nicht wirklich scharf darauf, mir auf die Hand zu pinkeln.

Dann lief die Zeit. Drei Minuten. Ich steckte die Kappe

wieder auf die Spitze des Tests, zog meine Hose hoch, wusch mir lange die Hände.

Per klopfte. »Una, darf ich reinkommen? Bist du fertig?« Ich machte ihm auf, ließ die Tür einen Spaltbreit offen stehen und setzte mich auf den Badewannenrand. Per sah verwirrt erst mich an, dann den Schwangerschaftstest am Waschbecken. »Was ist? Schwanger??«

Ich schüttelte den Kopf. »Nein, wir müssen noch warten. Mir ist nur grad schwummrig.«

Per setzte sich neben mich und nahm meine Hand. »Wird schon gut gehen.«

»Hm.«

Per beugte sich alle paar Sekunden zum Waschbecken rüber und probierte sich als Schwangerschaftstest-Reporter:

»Kein Strich.« – »Kein Strich.« – »Kein Strich.« – »Jetzt ist da ein Strich.«

»Nur einer?«

»Ja. Was heißt das??«

»Dass der Test funktioniert.«

»Aha.«

Per sah wieder nach. »Immer noch ein Strich. In dem einen Kästchen. In dem anderen Kästchen ist kein Strich.«

»Das heißt: nicht schwanger. Drei Minuten sind aber noch nicht um.«

»Dann warten wir«, sagte Per.

Es kam kein zweiter Strich.

Ich war nicht schwanger.

Ich warf den Test in den Mülleimer und sah Per an. Er kam ganz langsam auf mich zu, streckte seine Arme aus und umarmte mich so fest, dass ich kaum atmen konnte. Er drückte die Luft aus meinem Körper, drückte und drückte, und weil keine Luft mehr in mir war, kamen Tränen. Er quetschte sie einfach so aus mir heraus. Die Tränen liefen eine nach der anderen meine Wangen hinunter, dabei wusste ich noch nicht einmal, ob ich weinte, weil ich erleichtert oder weil ich traurig war.

Ich hätte doch eh kein Kind gewollt. Oder doch? Nein, so ein Quatsch, ich hätte es nicht gewollt. Gewollt. Nicht gewollt. Ach, was wusste denn ich. Aber jetzt war da gar kein Kind. Nie gewesen.

Nach einer Ewigkeit ließen wir uns los, Per küsste mich und sagte leise: »Wir müssen. Die Arbeit ruft.«

## Per

Wieder einmal fiel mir erst im Hausgang vor der zugeworfenen Wohnungstür ein, dass ich etwas vergessen hatte. Ich wollte doch noch mal ins Bad. Una lachte nur, als sie mich wieder reinkommen sah, winkte und ging in die Küche. Ich klappte im Bad geräuschvoll den Klodeckel hoch, wartete ein wenig und zog dann den Schwangerschaftstest aus dem Mülleimer. Ich wollte noch mal draufschauen. Falls der zweite Streifen einfach länger gebraucht hätte. Hatte er aber nicht. Immer noch kein zweiter Streifen, immer noch negativ. Das hieß zu fast 99 Prozent, dass Una nicht schwanger war. Die Dinger waren ziemlich sicher, da gab es Hunderte Studien. Ich warf ihn zurück in den Eimer, klappte den Klodeckel wieder herunter, drückte die Spülung, drehte kurz den Wasserhahn auf und rubbelte meine trockenen Hände ins Handtuch. Warum auch immer. Händewaschen simulieren hatte ich mir als Sechsjähriger beigebracht und nie verlernt. Allerdings hatte diese Fähigkeit seit Längerem brachgelegen.

Dann sprang ich aus dem Bad, rief nochmals »Tschüs« in Richtung Una und war draußen. Hastig sprang ich die Treppen herunter, meine Straßenbahn fuhr gleich.

Ich bekam die Straßenbahn noch, dank eines dramatischen Schlussspurts. Ich schwitzte. Und ich war enttäuscht. Irgendwie. Dabei war alles in bester Ordnung. In allerbester Ordnung. Aber die Aufregung rund um den Test, mein innerer Aufruhr, weil auf einmal eine radikale Veränderung in meinem Leben möglich schien, und zwar eine, die ich nicht mehr hätte verhindern können – irgendwie war das spannend gewesen. Spannender als das meiste, was in den letzten Jahren in meinem Leben passiert war. Ich versuchte ja auch, dafür zu sorgen, dass es da wenig unkontrollierte Wendungen gab. Weil Neues, Unerwartetes oft negativ war: Man denke nur an Kündigungen, Unfälle, Krankheiten, Morde und Joghurtsorten wie Bratapfel.

Küsse beim Griechen.

Als wir auf das Testergebnis gewartet hatten, hatte ich plötzlich ein bisschen auf einen zweiten Streifen gehofft. Aber wohl nicht, weil ich auf einmal ein Kind gewollt hätte. Ich hatte mich vielleicht einfach nach mehr Aufregung in meinem Leben gesehnt. Und ich wusste, dass Aufregung von außen kommen musste, ungeplant.

Una hatte nach dem Test geweint. Dabei weinte sie eigentlich nicht, wenn sie erleichtert war, dann sprang sie wild herum oder haute mir auf den Rücken.

Vielleicht war es wegen der Anspannung. Oder der Hormone. Das sagte sich bei Frauen immer einfach. Manche Frauen weinen ja sogar nach dem Sex, eine von Leos Ex-Freundinnen zum Beispiel. Er hatte damit nicht besonders gut umgehen können, genauer gesagt: gar nicht. Er hatte einfach so lange nicht mehr mit ihr geschlafen, bis sie Schluss gemacht hatte. Auch eine Lösung. Egal. Im Mülleimer unseres Badezimmers lag ein negativer Test. Und ich war jetzt im Büro.

Es klopfte und Julie steckte ihren Kopf herein.

»Wie war das Wochenende?«

»Gut, und deins?«

»Ach, okay.« Sie zögerte kurz, kam dann herein und zog die Tür hinter sich zu. Sie lächelte vorsichtig, ich eher unbeholfen.

»Hast du es deiner Freundin erzählt?«

»Una? Nein.« Ich schüttelte den Kopf.

Julie nickte. »Wollen wir es einfach vergessen?«

»Fände ich gut.«

Julie schnitt eine Grimasse. »Dann bis später.«

Sie schloss die Tür hinter sich. Und machte sie wieder auf. »Was nicht heißt, dass es mir nicht gefallen hätte.« Jetzt grinste sie.

Ich grinste zurück. Irgendwie.

## Una

Anfang September bekam ich eine Mail aus London:

> Liebe Una,
> vielleicht erinnern Sie sich noch an unser Gespräch in Amsterdam. Sie haben mir Ihre Mappe zukommen lassen und ich muss sagen, Ihre Entwürfe gefallen mir außerordentlich gut. Sie passen sehr zu Ihnen und sie würden hervorragend zu uns passen.
> Ich betreibe hier in London zusammen mit meinem Lebensgefährten das Label »Thousand Stitches«. Wir vergrößern uns gerade, deswegen suche ich auch eine neue Designerin. Könnten Sie sich denn vorstellen, mal nach London zu kommen, damit wir uns etwas besser kennenlernen und Sie sich T.S. anschauen?
> Ich freue mich, von Ihnen zu hören.
> Schöne Grüße, Ihr Vinz

Thousand Stitches. Blume? Blume! Vinz. Der verknautschte Halbglatzenmann aus Amsterdam! Der kleine, lustige Mann mit wenig Haaren und gutem Literaturgeschmack hatte eine eigene Modemarke. In London.

London! Er wollte, dass ich nach London kam!

Er hatte bei unserem gemeinsamen Abendessen überhaupt nichts gesagt von einer Firma. Sympathisch eigentlich. Und wir hatten uns gut verstanden.

»Ich würde Sie sehr gern in London treffen«, schrieb ich

zurück. Die Antwort kam prompt: Ich solle so schnell wie möglich kommen, weil die Stelle schon ab November frei würde. Wenn ich Zeit hätte, würde er mir einen Flug schon für die nächste Woche buchen.

Ich hatte Zeit. Und ob ich Zeit hatte. Wenn ich irgendetwas hatte seit meiner Kündigung, dann Zeit.

Ich klickte gerade auf den Senden-Button meiner Antwortmail, als Per nach Hause kam. Ich stürmte ihm entgegen: »Ich fahr nach London! Ich soll da arbeiten!!« Per küsste mich und fragte ganz stirnverrunzelt: »Was heißt das denn, du sollst in London arbeiten?«

Ich zappelte aufgeregt herum, während Per sich Schuhe und Jacke auszog.

»Vinz Blume hat mir einen Job angeboten, als Designerin. Ich soll hinkommen und mir das alles mal anschauen, und sie wollen mich besser kennenlernen. Ein Vorstellungsbesuch.«

Per sah mich immer noch verständnislos an. »Halt. Stopp. Warte mal einen Moment, ich versteh kein Wort. Wer ist denn zum Beispiel Vinz?«

»Den hab ich in Amsterdam kennengelernt. Ein unfassbar netter und, wenn es dich beruhigt, absolut homosexueller Mensch. Ich wusste überhaupt nicht, dass der ein eigenes Label hat. Irgendwie haben wir den ganzen Abend lang über alles außer Mode gequatscht.«

»Und was sollst du da arbeiten? Machen die eine Veranstaltung oder was?«

»Nein, richtig dort arbeiten, ab November!«

Jetzt sah Per mich entsetzt an. »Aber. Aber das geht nicht. Dann wärst du ja in London.«

Guter Punkt. »Ja, schon. Ich weiß. Aber ich will mir das alles mal anschauen.«

»Und bis wann musst du dich entscheiden?«

»Bald.« Ich zog Per an mich und gab ihm einen Kuss. »London! Stell dir das mal vor!«

»O Mann.« Pers Stirnrunzeln waren weniger geworden. Dafür sah er jetzt ängstlich aus.

Ich wollte, konnte, musste jetzt noch nicht darüber nachdenken, was dieser Job bedeuten würde, für mich, für uns, fürs Zusammenleben. Ich wollte mich erst einmal nur freuen, dass ich ihn angeboten bekommen hatte. Nächste Woche würde ich nach London fliegen und dann: mal sehen.

Aber natürlich dachte ich trotzdem die ganze Zeit daran, was wohl wäre, wenn es mir in London gefallen sollte. Würde ich pendeln wollen? Oder auch mal ein paar Wochen durcharbeiten, ohne Per zu sehen? Oder würde er vielleicht mit nach England gehen? All das ging mir durch den Kopf. Und zwar beinahe ununterbrochen.

Ich hatte doch hier gerade erst angefangen, mich in meinem neuen Leben ein wenig einzurichten. Also auch beruflich. Ich hatte im letzten Monat ganz gut verkauft, musste sogar noch mal zwei Röcke nachliefern, weil eine Kundin danach gefragt hatte. Ich konnte doch nicht im Ernst darüber nachdenken, nach London zu gehen. Oder konnte ich?

Am nächsten Morgen, dem Samstag, wachte ich auf und stellte erst fest, dass Per nicht neben mir lag, und dann, dass es gar nicht mehr Morgen war, sondern schon Mittag. Per war beim Fußballspielen. Ich kochte mir eine Kanne Tee und nahm sie samt Zeichenblock, Stiften und einer Büchse Kekse mit an den Schreibtisch.

Ich zeichnete für London. Kritzelte immer wieder Modelle, warf die Blätter beiseite, fing neue an, überarbeitete alte noch mal und versuchte so etwas wie Entwürfe daraus zu machen. Mein Plan war, eine dicke Mappe voller Ideen nach London mitzunehmen. Ich wollte Vinz Blume beeindrucken. Ich wollte, dass er mir den Job gab. Und immer wieder dachte ich: Gott sei Dank war der Schwangerschaftstest negativ.

Gegen drei klingelte es an der Tür.

Liv! Die hatte ich ja ganz vergessen. Am Vorabend hatte sie nur ins Telefon gerufen: »Ich komme vorbei! Ich muss alles über London wissen und über deinen Herrn Blume! Du scheinst mir ja einiges verschwiegen zu haben, was in Amsterdam so passiert ist.« Also erzählte ich ihr das Wenige, das es da überhaupt zu erzählen gab. Liv stellte immer noch eine Frage und war so aufgeregt, als ginge es um einen Job für sie.

Nach einer Weile allerdings verkündete sie: »Jetzt bin ich dran! Ich muss dir vom Süßen erzählen.«

»Oookay. Dann fang doch mal bei folgender Frage an: Wer ist eigentlich ›Der Süße‹?«

»Will ich doch gerade erzählen. Den hab ich vor ein paar Tagen kennengelernt, auf einer Ausstellungseröffnung. Er ist Künstler! Aus Bulgarien. Lebt aber hier.« Und dann erzählte mir Liv von ihrer neuesten Eroberung, Er sehe fantastisch aus, sei charmant, klug und witzig. Offenbar hatte sich Liv Superman als neuen Freund geangelt.

Und dann sprang sie auf und eilte Richtung Küche: »Wir müssen was essen!«, rief sie in meine Richtung. »Ich mach uns eine Suppe, die ich vom Süßen gelernt habe! So was Wahnsinniges hast du überhaupt noch nie gegessen, wirst sehen«, rief Liv. Ich folgte ihr in die Küche, wo sie Lebensmittel aus ihrer Tasche räumte. Ich warf einen zweifelnden Blick auf die Mischung der Zutaten, die sie da neben dem Herd aufstapelte: Sauerkraut, Zwiebeln, Tomatenmark, Rosinen und Würstchen. Interessante Mischung. Sie erzählte weiter von ihrem Bulgaren und schwärmte von der Suppe, die er ihr gekocht hatte, deren Namen sie allerdings schon wieder vergessen hatte – während sie Zwiebeln anbriet, Brühe mit Tomatenmark verrührte und anschließend Sauerkraut, Rosinen und klein geschnittene Wurst mit beiden Händen hineinwarf.

Mit zwei vollen Suppenschüsseln setzten wir uns aufs Sofa, ich nahm einen großen Löffel von der Suppe und wurde für einen kurzen Moment in meine Kindheit befördert. »Heißt deine Wahnsinnigen-Suppe vielleicht ›Soljanka‹?«, fragte ich Liv.

»Ja, genau! So hieß die. Woher weißt du das?«

»Na ja, meine Oma im Osten hatte ziemlich ähnliche Kochgewohnheiten wie dein Bulgare. Wow, ich hab seit bestimmt zwanzig Jahren keine Soljanka gegessen.«

Wir löffelten die Soljanka, dann klingelte das Telefon. Per war dran.

»Hey, wie war dein Spiel?«

»Blöd. Wir haben verloren. Wir waren heute echt mal schlecht. Ich wollt aber eigentlich nur sagen, dass ich mit den Jungs noch Bundesliga schauen gehe, und essen wollen wir auch noch zusammen. Und trinken. Also rechne erst mal nicht mit mir. Okay?«

»Ähm, ja, klar. Ist okay. Viel Spaß.«

Nach dem Auflegen blieb ich mit dem Telefon in der Hand im Zimmer stehen.

»Was ist los?«, fragte Liv.

»Ach, nichts eigentlich. Wir haben sturmfreie Bude, Per kommt nicht heim.«

Liv machte große Augen. »Wie? Gar nicht mehr?«

»Nee, Quatsch. Nur heute.«

»Gibt's Krach bei euch?«

Hm, hatten wir Krach? Das gestern war doch kein Krach gewesen. Oder war es doch? »Ich weiß es nicht. Ich glaube, er findet die London-Sache nicht ganz so super wie ich.«

»Aber sie *ist* super! Die Klamotten von Thousand Stitches sind einfach geil. Ich hoffe sehr, dass du dann Mitarbeiterrabatt kriegst. Also für mich dann auch! Ich hab übrigens was mitgebracht …«, und dann kramte Liv aus ihrer Tasche einen Stapel Papier. »Hier, Artikel über Thousand Stitches. Und schau hier auf der Karte, hier ist deren Atelier. Sehr nette Gegend. Hat mal eine Freundin von mir während eines Praktikums in London gewohnt.«

Liv war wieder in ihrem Element und riss mich mit. Wir verbrachten den Rest des Tages damit, dass sie mir aus den Artikeln, die sie im Internet rausgesucht hatte, vorlas, ich an meinen Entwürfen weiterzeichnete, und dann beschlossen wir, auch den Abend zusammen zu verbringen, mit ein paar DVDs und noch mehr Wahnsinnigensuppe. Wir holten gemeinsam die Gästematratze aus dem Keller und Liv blieb über Nacht – »der Süße ist auf Heimaturlaub. Weiberabend!«.

Liebe Una, wenn du nicht nach London gehst,
putz ich morgen die Fenster.

Wenn ich hierbleibe, putzt du ab jetzt
jedes Jahr die Fenster, kapiert?! Und
zwar nackt.

Wenn du bleibst, darfst du ab sofort
dein Fleisch auch neben meinen Tofu
legen.

Wenn ich hierbleibe, fängst du
endlich an wie ein normaler Mensch
zu essen. Also auch Fleisch.

Dann geh ich zu Amnesty.

Grüß schön!

Wenn wir nach London gehen,
mache ich mich jeden Tag hübsch.
Nur für dich!

Wenn ich nach London muss,
wäre mir ein Sky-Abo eigentlich lieber.

Wenn ich hierbleibe, suchen wir uns
eine größere Wohnung, in der jeder
ein eigenes Zimmer hat.

Eine große Wohnung hier kostet weniger als eine
Abstellkammer in London.

Wenn wir nach London gehen, darfst
du die Spülmaschine mitnehmen.

Wenn wir nach London gehen,
bleibt die Spülmaschine hier. Und du
wäschst ab. Jeden Tag.

## Una

Es war der 24. September. Mein Geburtstag, meine Geburtstagsparty. In einer Stunde sollten die ersten Gäste kommen. Ich war jetzt dreißig.

Ich war ein bisschen aufgeregt und freute mich schon den ganzen Tag auf die Party. Ich freue mich immer auf meinen Geburtstag. Als ich noch ganz klein war, fing die Vorfreude schon Wochen vorher an, später dann nur noch ein paar Tage vor dem 24. September. Ich hatte dann stundenlanges Bauchkribbeln, konnte nicht mehr schlafen und fragte mich ununterbrochen, was ich wohl geschenkt kriegen würde. Seit ich erwachsen war und nicht mehr zu Hause wohnte, und das waren immerhin schon mehr als zehn Jahre, kam das Bauchkribbeln erst am Vorabend meines Geburtstags. Aber in diesem Augenblick freute ich mich immer noch wie die sechsjährige Una. Geburtstag! Schokoladenkuchen von Oma! Jedes Jahr ein selbst gedichtetes Lied von Mama! Letztes Jahr ein Ausflug aufs Land von Per!

Und an diesem dreißigsten Geburtstag hatte ich besonders gute Laune. Seit zwei Tagen wusste ich nämlich: Ich könnte die Stelle bei Thousand Stitches wirklich haben. Mein Besuch in London war richtig gut gelaufen: Alle waren unheimlich freundlich gewesen; ich hatte mich gefreut, Herrn Blume, Vinz, meinen Halbglatzenmann wiederzusehen; die anderen Designer waren ein schlaksiger Brite und eine kühle Französin; das Atelier lag in einer alten Fabrik in Hackney, direkt am Regent's Canal. Dieses Jobangebot bescherte mir ein breites Geburtstagslächeln.

Ich rührte im Kartoffelsalat und ließ Butter in der Pfanne

schmelzen. Ein paar Minuten später brutzelten dreißig kleine Hackbällchen darin und Per riss das Küchenfenster auf. »Boah, riecht das hier nach totem Tier!«

»Besser als deine Kompostreste«, stänkerte ich zurück und wedelte ihm ein bisschen Bratenduft zu. Pers Kollegin Julie behauptete, Vegetarier und Fleischfresser würden generell nicht zusammenpassen. Also: so ganz grundsätzlich. Wie Per und ich: Ich Fleisch, Per Tofu. Ich Salz, Per Chili. Manchmal fürchtete ich mich davor, dass wir es tatsächlich eines Tages nicht mehr witzig finden würden, so sehr das Gegenteil des anderen zu sein, und plötzlich feststellten, dass wir einfach nicht zusammenpassten.

Ich umarmte Per. »Du Vegetarier-Heini. Hoffentlich werden unsere Kinder Fleischfresser, dann können wir dich bei der Essensplanung immer überstimmen.«

Per grinste. »Hoffentlich werden unsere Kinder sensible Menschen, die es nicht in Ordnung finden, nur für den eigenen Genuss andere Lebewesen umbringen zu lassen.«

»Oh, Mist, die Hackbällchen brennen an!« Ich riss mich von Per los, schaltete schnell den Herd aus und fischte die Hackbällchen aus der Pfanne. Per lief zum Fenster, um dort wie wild mit den Armen zu rudern – Luft umwälzen, wie er das nannte. Die Hackbällchen waren kross, aber noch nicht total verbrannt. Mit etwas Ketchup ging das schon. Ich stellte den Kartoffelsalat in den Kühlschrank, das Bier war schon drin. Im Wohnzimmer und in der Küche hatte ich ein bisschen aufgeräumt.

Früher, zu WG-Zeiten, mussten immer alle Zimmer halbwegs betretbar sein. Die ganze Wohnung war Partyzone gewesen. Jetzt war das Schlafzimmer tabu. Ich kannte kein Pärchen, dass auch im Schlafzimmer feiern ließ. Komisch eigentlich, einen richtigen Grund konnte ich dafür nicht sehen. Ging es um Sex? Sex fand doch in WG-Betten genauso statt. Vielleicht sollte ich Per mal fragen, ob er eine Statistik für dieses Phänomen kannte. Aber klar war: Hätten Per und ich jetzt jeder ein eigenes Zimmer, hätten wir mehr Leute einladen können.

Ich stellte noch ein paar Kerzen und Aschenbecher auf den Küchentisch. Dann war alles fertig. Nur noch duschen und zurechtmachen.

Als ich aus der Dusche stieg, klingelte es an der Tür. Es war Liv. Sie setzte sich zu mir ins Bad, während ich mir ein bisschen Farbe ins Gesicht pinselte. Grauen Lidschatten, Wimperntusche, ein bisschen Lippenstift.

»Schick siehst du aus!«, sagte sie.

»Vielen Dank!«, antwortete ich knicksend und stellte den Fön auf die oberste Stufe. Die Haare mussten schnell trocken werden, in ein paar Minuten würden die Gäste kommen.

»Ich sollte mich viel öfter zurechtmachen«, brüllte ich Liv zu. »Macht ja eigentlich Spaß. Ich bin nur meistens zu faul. Wenn ich zu Hause nähe und keine Verabredungen habe, schlurf ich den ganzen Tag in einer alten Cordhose und T-Shirt rum.«

Liv brüllte irgendetwas zurück, durch das Fönbrausen kam bei mir nur an: »… geht allen so …«

Vermutlich hatte sie recht. Aber es hieß doch immer – jedenfalls in Frauenzeitschriften –, man solle sich Mühe geben, auch nach Jahren für den anderen attraktiv zu bleiben. Ich musste mir eingestehen, dass ich mir nicht wirklich Mühe gab. Vielleicht hing das ja damit zusammen, dass ich die meisten Frauenzeitschriften dämlich fand? Ich machte mich jedenfalls nur schick, wenn wir ausgingen – und also ja nur dann, wenn wir andere Menschen trafen. Aber schminkte sich jemand wirklich nur für den Partner? Oder zog ein hübsches Kleid nur fürs Abendbrot zu Hause an? Ich konnte es mir gar nicht vorstellen, andererseits sollte ich es vielleicht mal ausprobieren. Per sollte nicht denken, ich würde mich nur für meine Freunde und die Modeleute schön machen.

Endlich waren die Haare trocken. Ich stellte den Fön ab.

»Was ist jetzt mit London?«, fragte Liv. Nicht schon wieder diese Frage – ich wusste es einfach nicht. Dass Per nicht nach London wollte, bedeutete: Fernbeziehung. Und ich hatte auf nichts so wenig Lust wie darauf, wochenends zu pendeln, ständig zwischen zwei Wohnungen hin und her zu gondeln, zwischen zwei Leben. Ich wäre weder in England richtig zu Hause, noch in Deutschland. Überall immer nur ein bisschen. Letztlich würde uns dann all das wieder auf die Nerven gehen, was wir mit dem Zusammenziehen beendet hatten: zwei getrennte Wohnungen, zu Hause vergessene Ladekabel, zwei Mal einkaufen, zwei Mal putzen und aufräumen, das ständige Hin und Her.

Natürlich: Viele Menschen nahmen das in Kauf, ich kannte eine ganze Reihe von Paaren, die Fernbeziehungen hatten. Aber für uns konnte ich es mir einfach nicht wirklich vorstellen.

Andererseits konnte ich mir ganz hervorragend vorstellen, in London zu arbeiten.

»Ach Liv, ich werde wohl hierbleiben, ganz einfach.«

Sie sah mich erstaunt an. »Also, nach ›ganz einfach‹ klingst du aber nicht. Du willst doch den Job. Oder?«

»Ja, klar will ich den Job. Aber Per will nicht nach London. Ich will keine Fernbeziehung. Also: Was bleibt mir anderes übrig, als abzusagen?«

»Na ja, du könntest zusagen. Und Per klarmachen, wie sehr du den Job willst. So eine Chance kriegst du nicht wieder.«

Ich nickte. Sie hatte ja recht. Eigentlich. Andererseits hatte sie auch nicht recht. Wie oft regte ich mich über die

Menschen auf, die immer nur Job-Job-Job dachten und ihr Privatleben, ihre Leidenschaften vernachlässigten. Ich wollte nicht so ein Mensch werden. Wieso konnte ich nicht beides haben? Wieso konnte der verdammte Job nicht hier sein? Wieso konnte Per nicht jemand sein, der es aufregend fand, ins Blaue hinein in ein anderes Land zu gehen? Ich wollte so gern wieder in einer Firma mit anderen zusammenarbeiten. Zu Hause zu nähen und nur ein paarmal in der Woche andere Menschen zum Essen zu treffen, war eremitischer, als ich mir mein tolles Designerleben vorgestellt hatte. Die Aussicht auf Kollegen und lustige Mittagessen und gemeinsame Ideen machte es mir noch schwerer, den Job bei Thousand Stitches abzusagen.

»Es ist ja allein schon toll, ein solches Angebot gekriegt zu haben. Weißt du, gut fürs Selbstbewusstsein.«

Liv zog die Augenbrauen hoch. »Was ist das denn bitte für eine Einstellung? Du musst doch nicht dankbar dafür sein, dass dich jemand für talentiert hält. Du solltest dich selbst für talentiert halten, sogar für die talentierteste von allen – nur so wird das was mit der Karriere als Designerin.«

»Gnja. Ich weiß. Schon gut.«

Es klingelte an der Tür. Die Party ging los.

Ich begrüßte meine Freunde, holte mir Küsse und Geburtstagsumarmungen von ihnen ab, wickelte Geschenke aus, verteilte kaltes Bier und Sektgläser, ich empfahl Fleischbällchen, küsste Per, wurde etwas betrunken – und vergaß London erst einmal.

Kurz nach elf kam Leo. Er klopfte Per zur Begrüßung auf die Schulter, der bei Klaus und einer Rothaarigen stand. Ich konnte es kurz gar nicht glauben, dass sich die beiden wirklich unterhielten. Aber Pers gute Laune und Aufgeschlossenheit Klaus gegenüber schien an der sehr rothaarigen, sehr langbeinigen Frau zu liegen – Klaus' neuer Freundin.

Leo zog Per von den beiden weg und nuschelte ihm zu: »Alter, was machst du denn da mit dem Modeaffen? Bist du schon besoffen oder was?« Dann begrüßte er mich mit einem Geburtstagskuss auf die Wange, »hey, ich hab gehört, du gehst nach London. Das finde ich einwandfrei«. Und dann fing er an, von London zu schwärmen. Ich müsse mir dieses oder jenes unbedingt anschauen und solle nicht verpassen, hierhin und dorthin zu fahren. Eine gute halbe Stunde plapperte er in Pers und meine Richtung, allerdings ohne irgendeine Erwiderung von uns ab- oder überhaupt zu erwarten. Leo war London-high. Und mir unangenehm. Weil ich sah, wie sich Pers Miene mehr und mehr verdunkelte.

Ich musste Leo stoppen. Jetzt. »Leo, tolle Tipps. Das werde ich alles machen, versprochen!«

In diesem Moment implodierte Pers Gesicht vollständig. Er warf mir einen so wütenden Blick zu, wie ich ihn von ihm überhaupt noch nie gesehen hatte, drehte sich um und verschwand.

Ich schaute ihm verwundert hinterher. Leo griff meine Schulter, als ich Per hinterherwollte: »Aber ich habe dir noch gar nicht von der unglaublichen Royal Albert Hall erzählt!«

»Leo, lass mal. Über die Royal Albert Hall sprechen wir ein andermal, okay?« Ich ging Per suchen.

Per war nicht in der Küche, nicht im Flur, er versteckte sich auch nicht im Bad oder im Schlafzimmer. Zurück im Flur fragte ich Klaus, der mit seiner großen Rothaarigen knutschend an der Wohnungstür lehnte, ob Per rausgegangen sei. »Ja, und es sah ziemlich eilig aus«, sagte Klaus. »Nikotinmangel?«

»Per raucht doch nicht«, sagte ich, mehr zu mir selbst. Ich drängte mich an den beiden vorbei und schaute vor die Wohnungstür, ob Per vielleicht schmollend auf der Treppe saß – aber dort war er auch nicht. Ich suchte nach meinem Handy, fand es in meiner Jackentasche an der Garderobe, rief Per an, doch es klingelte nur seine Jackentasche an der Garderobe.

Er war weg. Weglaufen passte gar nicht zu ihm. Und es nervte mich.

Sollte er doch draußen rumlaufen. Mir egal. Ich hatte immerhin Geburtstag!

Es war kurz vor zwei, die Party war zu Ende, ich lief mit einem Kasten durch die Wohnung und sammelte Bierflaschen ein, als Pers Schlüssel im Schloss ging.

»Wo warst du denn?«

»Ist doch egal.«

»Was war denn los?«

»Nichts. Nur schön, dass du dich schon für London entschieden hast, ohne mir was davon zu sagen.«

»Ich hab mich doch überhaupt nicht …«

»Ich geh ins Bett. Gute Nacht.«

»Aber Per, ich hab doch gar nicht …« Er knallte mir die Schlafzimmertür vor der Nase zu. Ich hatte doch überhaupt nicht gesagt, dass ich nach London gehe! Wieso dachte er das, verdammt noch mal? Blöder Per! Das hier war mein Abend gewesen, mein dreißigster Geburtstag. Ich hatte überhaupt nichts gemacht und er flippte aus und ruinierte mir das Fest.

Ich räumte die Wohnung auf und reagierte meine Wut beim Putzen ab. Ich räumte nicht nur den Müll zusammen, sondern wischte noch das Wohnzimmer, die Küche und räumte gleich noch die durchgelaufene Spülmaschine wieder aus. Um vier Uhr morgens sah die Wohnung aus, als hätte es nie eine Party gegeben. Trotzdem: Ich war immer noch wütend. So ein Idiot! Per konnte mich mal.

Ich schlich ins Schlafzimmer, wo Per vor sich hin schnorchelte, nahm mein Bettzeug und machte es mir im Wohnzimmer auf der Couch gemütlich.

Ich schaltete noch mal meinen Computer an, im Posteingang war eine neue Nachricht von Vinz:

> Liebe Una,
> ich hoffe, Sie haben sich schon entschieden – natürlich dafür, zu uns zu kommen. Gerade haben wir Ihren Schreibtisch in unseren neuen Teil des Ateliers gestellt: mit Blick auf den Kanal. Sobald Sie kommen, werden wir uns außerdem alle an die Entwürfe für die Fashion Week setzen – auf die Sie als Designerin von T. S. natürlich mitkommen würden. Ich hoffe also sehr, Ende der Woche ein ›Ja‹ von Ihnen zu hören!
> Schöne Grüße, Vinz

Liv hatte recht: Ich müsste schon total irre sein, diesen Job abzusagen. Was hielt mich denn beruflich noch hier? Hier schleppte ich mich von einem verkauften Rock zum nächsten, in London dagegen würde ich einen Rock entwerfen, der dann hunderte Male genäht werden würde. Ich war jetzt dreißig Jahre alt. Zeit, das mit der Mode richtig ernst zu nehmen.

Ich würde nach London gehen.

Es war halb fünf, als ich endlich Computer und Licht ausschaltete. Im Zimmer war es ruhig, kein schnorchelnder Per. Was für ein dreißigster Geburtstag.

## Per

Während ich mein Rad an der Straßenbahnhaltestelle vorm Zoo abschloss, wo ich an diesem Samstagnachmittag mit Jan verabredet war, dachte ich darüber nach, was mein Vater gerade am Telefon gesagt hatte. Ich hatte ihm von Unas Angebot aus London erzählt, und er hatte gefragt: »Und? Geht ihr oder hat Una abgesagt?«

Als ob es keine Option gewesen wäre, dass sie ging und ich hierblieb. Als ob dann alles aus wäre. Als ob alle Paare sich trennen würden, sobald einer beruflich in eine andere Stadt musste. Dann gäbe es bald nur noch Singles in unserer top-flexiblen Arbeitswelt.

Julie dagegen hatte gestern beim Mittagessen boshaft gegrinst und gesagt: »Ach du Scheiße. Fernbeziehung, was?«

Tatsächlich hatte ich früher eine Zeit lang gedacht, dass eine Fernbeziehung die ideale Beziehungsform für mich wäre: viel Freiheit die ganze Woche über. Jeden Tag so lange arbeiten, wie man wollte, ohne dass jemand sauer war. Jeden zweiten Abend mit Kollegen oder Freunden etwas trinken gehen, zweimal die Woche abends Fußball spielen und dafür an jedem Wochenende oder an jedem zweiten geballte Zeit mit der Freundin verbringen. Kein Alltag. Keine gemeinsame Langeweile. Immer erfreut, einander zu sehen.

Nur war ich mangels Freundinnen in anderen Städten nie dazu gekommen, das Modell Fernbeziehung zu testen. Und jetzt vermisste ich Una schon, wenn sie nur drei Tage in Amsterdam war.

Leo hatte ich lieber nicht befragt. Seine Londoner Freundin hatte ihn gerade verlassen. Allerdings nicht, weil sie mit ihrem schwedischen Mitbewohner etwas angefangen hätte, sondern weil sie sich beim Tennisspielen in ihren Doppelpartner verliebt hatte. Damit hatte sie Leo nachhaltig verwirrt, »Tennis, Tennis, was ist das denn, ich meine: Wer spielt denn heute überhaupt noch Tennis?«, hatte er immer wieder vor sich hin gesagt, als ich mit ihm Kummertrinken war. Auf Unas Dreißigsten hatte er mir erst dringend empfohlen, mit Una nach London zu gehen – »Lass dir meinen Fehler eine Lehre sein, in London gibt es jede Menge Typen, denen du so was von egal bist. Spielt Una eigentlich Tennis?!« –, und danach hatte er mit Una über nichts anderes geredet als darüber, wie großartig es in London werden würde.

Una hatte begeistert zugehört, und beide hatten so getan, als sei London zumindest für Una längst beschlossene Sache und als wäre es geradezu hirnrissig von mir, nicht mitzukommen. Und so waberte die ganze Zeit die Frage durch die Wohnung: Warum geht Per eigentlich nicht einfach mit?

Irgendwann hatte ich genug und ging tatsächlich. Zum Griechen – auch wenn das vielleicht ein wenig kindisch war.

Aber was sollte ich auch sagen, wenn mich jemand fragte, warum ich nicht mit nach London wollte?

Weil. Weil was? Weil hier meine Freunde waren, mein Job, in dem es gut lief, meine Fußballmannschaft? Weil ich in London neu anfangen müsste?

Weil ich nicht wollte. Fertig.

Auch wenn das niemand zu verstehen schien.

Aus der nächsten Straßenbahn stieg Jan aus, am linken Arm hingen Lisa und Paula, unter demselben Arm hatte er einen Kinderwagen klemmen und auf dem rechten Arm saß Finn. Lisa heulte. Paula grinste dafür umso breiter und verkündete schon aus fünf Meter Entfernung: »Lisa hat Angst vor den Löben! Aber wir gehen trotzdem hin, und jetzt flennt sie deswegen!«

Jan sah sie genervt an. »Du musst darauf jetzt nicht herumreiten, Paula, lass Lisa einfach in Ruhe. Außerdem heißt es Löwe und nicht Löbe. We, nicht Be. Und jetzt lasst mal meinen Arm los. Hallo, Per.«

Ich umarmte seine Töchter. Als ich Finn zur Begrüßung über die dunklen Haare strich, sah er mich mit weit aufgerissenen Augen an und deutete wild hinter mich: »Löö-be!«

Ich musste lachen. »Genau, die schauen wir uns an, und Lisa kann sich hinter mir verstecken.«

Schon nach den ersten Ziegen und Lamas hatte Lisa sich beruhigt und die beiden Mädchen rannten begeistert voraus, warteten vor dem jeweils nächsten Gehege auf uns, um die Panther, Eulen oder Schlangen kurz gemeinsam zu besprechen, dann rannten sie wieder weiter.

Nach ein bisschen »Und, alles gut?«-Geplänkel erzählte ich Jan, dass Una vielleicht nach London ging, weil sie ein tolles Angebot eines internationalen Designers hatte.

Jan blieb stehen und kratzte sich am Ohr. »Oh. London.«

Er sah mich ernst an und sagte: »London, wow.«

Dann tat Jan etwas, das ich hoffentlich nie tun werde, wenn ich einmal Vater sein sollte, er sprach mit seinem Kind und über sein Kind zu mir. Er beugte sich zu Finn im Kinderwagen hinunter, zupfte dessen Mütze zurecht und sagte: »Dein Onkel ist vielleicht bald ziemlich weit weg. Dann ist es vorbei mit schnell mal in den Zoo mit ihm.«

Ich schüttelte den Kopf. »Jan, ich habe gesagt, dass *Una* nach London gehen kann. Nicht dass *wir* gehen.«

Er sah mich mit seinem kritischen Großer-Bruder-Blick an und ging mir schon allein damit auf die Nerven. »Und du? Du bleibst dann hier?«

»Ja. Nein. Weiß ich noch nicht. Ich weiß ja noch nicht mal, ob Una wirklich geht.«

»Wieso sollte sie denn nicht? Damit du es hier mit ihr bequemer hast?«

»So ein Schwachsinn! Wenn Una will, macht sie das. Aber ich habe eben hier einen Job.«

Jan nickte. »Genau, das ist der Punkt. Du hast hier einen Job. Sie hat eine Chance. Verstehst du den Unterschied? Aber du Autist hast wahrscheinlich noch gar nicht darüber nachgedacht, dass du vielleicht deinen Arsch aus deinem weichen Bürosessel heben könntest, oder? Ich würde sofort nach London gehen, aber auf der Stelle. Nur ist das mit drei Kindern eben nicht drin.«

Jan sah mich wütend an und nickte sich bestätigend zu. Dann schob er Finn und den Kinderwagen seinen beiden Töchtern hinterher, die begeistert vor dem Nashornkäfig auf und ab hüpften.

Ich war sprachlos. Was wollte er von mir? Ich hatte ihn noch nicht einmal um Rat gefragt. Aber der tolle große Bruder wusste natürlich alles besser. Und zur Hölle, ich hatte *natürlich* darüber nachgedacht, mit Una nach London zu gehen, und mein verwegenes Ich, das ich meistens ganz gut im Griff hatte, hatte ganz laut »Ich will nach London! Ich will Abenteuer!« geschrien. Dann hatte mein normales Ich die Kontrolle zurückerobert und ich als Per hatte den Gedanken beiseitegelegt.

Ich wollte nicht weg. Was sollte ich denn in London? Ich hatte hier einen guten Job, einen festen Job, niemand konnte mich einfach so vor die Tür setzen. Krise hin, Krise her. Und meinen Job, die eigentümliche Mischung aus Grafik und Recherche, gab es schon in Deutschland in keinem anderen Verlag, in London wäre ich also lediglich einer von hunderttausend Menschen, die beruflich irgendwas mit Grafik zu tun hatten. Nur dass ich von all diesen Menschen mit Abstand am schlechtesten Englisch sprach.

Und London war einfach zu teuer für zwei Menschen mit nur einem Gehalt. London war keine gute Idee für mich. Ich hatte stichhaltige Argumente. Vernünftige Erwägungen waren das.

Also hatte ich Una gegenüber die Möglichkeit, mitzukommen, lieber gar nicht erwähnt. Und war heilfroh, dass Una es bisher genauso gehalten hatte. Ich wollte keine schlafenden Hunde wecken, besonders wenn diese Hunde mich vielleicht aus unserer Wohnung und meinem sorgsam eingerichteten Leben beißen könnten.

Auch wenn das ein bisschen lebensfeig war: Ich wollte einfach, dass alles so blieb. Weil es mir gefiel, wie es war. Ich war eben anders als Jan. Der große Jan, der für seine Familie die Karriere geopfert hatte.

Als er vor fünf Jahren erfahren hatte, dass Bella schwanger war, hatte er seinen hochdotierten Job als Firmenjurist eines Konzerns aufgegeben und eine deutlich schlechter bezahlte Stelle in einer Anwaltskanzlei angenommen. Als Bella vor drei Jahren ihre Promotion begonnen hatte, verbunden mit einem Drei-Tage-Job als Sportdozentin an der Uni, war Jan ein Dreivierteljahr ganz zu Hause geblieben, und für Finn hatte er acht Vatermonate genommen. Und nicht nur beruflich hatte Jan sich umgestellt: Als die beiden noch kinderlos und sehr gut verdienend waren, hatten sie oft Ski- und Snowboardferien in Kanada und den USA gemacht, außerdem waren sie fast jedes freie Wochenende mit ihren Mountainbikes unterwegs gewesen. Jetzt standen die Mountainbikes seit Jahren nahezu ungenutzt im Keller, neben den verstaubten Skilatten und Snowboards.

Jan, der Märtyrer.

Ich lief Jan nach und holte ihn bei den Giraffen ein.

»Was sollte das denn bitte gerade?«

»Per, tut mir leid. Geht mich ja eigentlich nichts an, wie ihr eure Beziehung verhandelt.« Aus der Art, wie er an mir vorbeisah, wusste ich, dass ihm seine Bemerkung überhaupt gar nicht leidtat. Er hatte immer noch den gleichen gelangweilten trotzigen Blick, mit dem er vor zwanzig Jahren auf Geheiß unserer Mutter verlogene Entschuldigungssätze gesagt hatte wie: »Per, tut mir leid, dass ich deinen liebsten Fußball in den Fluss geworfen habe und er jetzt weg ist.«

Von wegen.

Jan hob die Mütze auf, die Finn vor sich auf einen Laubhaufen geworfen hatte.

»Weißt du, Per, ich glaube nicht an Fernbeziehungen. Und ich hatte vorhin einfach das Gefühl, du denkst, ›Una wird schon hierbleiben, wenn ich mich nicht rühre‹. Und das fände ich scheiße. Aber wahrscheinlich ist es ganz anders, und selbst wenn nicht, ist es ja deine Sache. Eure Sache.«

»So ist es. Es ist ganz genau unsere Sache.«

Den Rest des Zoobesuchs sprachen wir nicht mehr über London. Aber ich konnte auch nicht mehr richtig mit Finn über die Tiere staunen, ich hatte den Rest der Zeit im Zoo ein dummes Gefühl. Natürlich hoffte ich, dass Una sich mir zuliebe gegen London entschied. Und? War das sooo schlimm? Is Ehe halt immä Kompresmüss!

Ich bekam den Gedanken nicht aus dem Kopf, dass verpaarte Menschen früher solche Ängste nicht zu haben brauchten, bevor die Welt weit und die Möglichkeiten endlos wurden. Weil beide im selben Dorf blieben. Wo sie sich liebten bis ans Ende ihrer Tage, falls nicht vorher einer dem anderen den Schädel einschlug. Oder Gift in den Tee tat.

Als wir den Gorillas zusahen, nahm ich mir vor, Una anzubieten, nach London mitzugehen. Und fühlte mich ein bisschen wie vor meinem ersten Entschluss, *irgendwann* zu *versuchen*, mit dem Rauchen aufzuhören. Heldenhaft mutig und trotzdem beruhigt. Musste ja nicht morgen sein.

Vielleicht übermorgen. Irgendwann halt.

***Ein paar Tage später.*** *Ein Wohnzimmer. Eine Frau sitzt auf einem großen dunkelroten Sofa. Es ist Una. Ein Mann fuchtelt mit einer Buchungsbestätigung in der Luft herum. Es ist Per.*

Mann *(laut)*: »Du hast einfach so entschieden, dass du nach London gehst? Das … das ist das Letzte. Hab ich nichts mehr mitzureden, was unsere Beziehung angeht?«

Frau *(betont ruhig)*: »Ich habe tausendmal versucht, mit dir darüber zu reden. Aber du wolltest ja noch nicht mal darüber *nachdenken*, ob wir zusammen nach London gehen könnten.«

*Der Mann wirft das Papier auf den Tisch, holt tief Luft und schüttelt den Kopf.*

Mann *(aggressiv):* »Du weißt genau, dass ich nicht mitkann. Ich kann da nicht arbeiten!«

Frau: »Du könntest es wenigstens versuchen! Du könntest dich einmal im Leben aufraffen, etwas zu tun, das mit einem Hauch von Risiko verbunden ist. Für mich, deine Freundin! London kann ich nicht absagen.«

*Der Mann geht hektisch im Zimmer umher.*

Mann *(brüllend)*: »Und dass das bedeutet, dass wir nicht mehr zusammenleben, ist dir egal?«

Frau *(steht auf und brüllt zurück)*: »Als ob du alles dafür tun würdest, dass wir zusammenleben, zum Beispiel in London! Du bist so egoistisch, dass du nicht mal auf die Idee kommst, eine andere Vorstellung vom Leben als deine könnte existieren!«

Mann *(höhnisch)*: »Wieso bin *ich* jetzt egoistisch? *Du*

willst doch alles aufgeben hier! Schon vergessen: Wir wollten hier zusammenleben!«

*Die Frau und der Mann stehen sich jetzt direkt gegenüber, angespannt. Sie schweigen. Dann dreht die Frau sich weg. Der Mann lässt sich auf das Sofa fallen und boxt in ein Kissen.*

Mann *(leiser, enttäuscht)*: »Wir haben uns sogar dieses verdammte Sofa zusammen gekauft. Und zwar nicht, damit du mich anschließend verlässt.«

*Die Frau setzt sich neben den Mann. Sie holt etwas genervt tief Luft.*

Frau: »Ich verlasse dich nicht. Ich will diesen Job unbedingt. Ich *musste* einfach zusagen. Ich würde mich ein Leben lang ärgern, wenn ich nicht nach London gehen würde.«

*Die Frau verschränkt ihre Arme.*

Frau *(murmelnd)*: »Und: Ich hatte gehofft, du würdest das verstehen.«

*Der Mann schaut sie an und schüttelt den Kopf.*

Mann: »*Du. Du. Du.*«

Frau *(verzieht das Gesicht)*: »Das sagt der Richtige.«

Mann: »Wieso? Ich geh ja nicht weg.«

Frau *(genervt)*: »Dann bleib halt da.«

**Buchungsbestätigung**
Sehr geehrte Dame, sehr geehrter Herr,
vielen Dank, dass Sie sich für einen Flug mit British Airways entschieden haben.
Sie haben einen Einfachflug gebucht.
Ihr Sitzplatz: 4D
Ihre Flugdaten für Flug BA216:
ab 14.11.2008 16:40 Uhr
an 14.11.2008 17:25 Uhr
Wir wünschen Ihnen einen angenehmen Flug.
Ihr British-Airways-Team

Liebe Una,
Vinz hat mir Ihre E-Mail-Adresse gegeben, ich bin eine alte Freundin von ihm, auch aus Deutschland, 43 Jahre alt, Restauratorin. Vinz sagte mir, Sie suchen ein Zimmer in London. Ich hätte eines zur Untermiete frei, in Dalston, 20 Minuten Fußweg von Thousand Stitches entfernt.
Wenn Sie also möchten, lassen Sie uns doch mal telefonieren. Meine Telefonnummer ist die 0044.20.5523101. Kurz zur Wohnung noch: Es sind drei Zimmer, zwei haben Mimi the cat und ich in Beschlag genommen, das dritte wäre Ihres. Hinter der Küche gibt es einen kleinen Garten, die Miete für das Zimmer beträgt 130 Pfund pro Woche.
Aber alles Weitere können wir gern am Telefon besprechen,
all the best, Kira

Lieber Per, habe gerade mit meiner neuen Mitbewohnerin telefoniert. (Katze und Kräutergarten hinterm Haus!) Viel Spaß beim Fußball, sehen uns im Bett, deine Una

Liebe Una, übermorgen fliegst du schon nach London. (Buuuh!) Deswegen müssen wir uns unbedingt morgen noch mal sehen! Kuss, deine Liv

London ist nicht Papua-Neuguinea. Flugzeit: 80 Minuten

**Online-Check-in-Bestätigung**
Sehr geehrte Dame, sehr geehrter Herr,
Sie haben gerade für Ihren Flug BA216 eingecheckt.
Bitte drucken Sie sich Ihre Boardkarte aus.
Ihr Flug geht um 16:40 Uhr, das Boarding beginnt 30 Minuten vor Abflug. Für Ihr Reisegepäck steht ab 2 Std. vor Abflug der Check-in-Drop-off-Point am Flughafen zur Verfügung.
Wir wünschen Ihnen einen angenehmen Flug.
Ihr British-Airways-Team

## Una

Ich war in London angekommen und hatte gerade meine neue Mitbewohnerin kennengelernt. »Also, bis später.« Kira zog meine Zimmertür zu. Jetzt war ich allein, in meinem neuen Zuhause. In London! Ich war jetzt wirklich in London, hatte tatsächlich ein kleines Zimmer, einen Schlüssel zu meiner neuen Wohnung, und meine neue Mitbewohnerin schien eine nette Frau mit einem Spleen für Afrika zu sein. Die ganze Wohnung war in einem dunklen Rotton gehalten und es roch angenehm holzig. Auch Mimi the cat hatte ich schon gesehen, allerdings nur von hinten, als sie durch die Katzentür in den Garten verschwand.

In meinem Zimmer standen ein Bett, ein Kleiderschrank, ein Schreibtisch, darauf ein Radio und daneben ein großer roter Sessel, der so aussah, als sei er das kleine Geschwisterkind unseres Sofas zu Hause. Ach, zu Hause! Was Per wohl gerade machte? Es war Sonntagmittag, vermutlich stand er noch auf dem Fußballplatz; nachdem er mich zum Flughafen gebracht hatte, war er direkt weiter zu einem Spiel gefahren.

Ich hievte den großen Seemannskoffer, ein Riesending, das ich von meinem Großvater geschenkt bekommen hatte, aufs Bett und fing an, meine Sachen auszupacken. Die Klamotten legte ich in den Schrank, den Schlüssel von zu Hause neben den Schlüssel von hier, also auch irgendwie zu Hause, also ... Konnte man überhaupt zwei Zuhause haben?

Ich packte Livs Schal aus, musste lachen, weil wir diesmal beim Abschied beide geheult hatten und nicht nur ich, wie bei meinem Weggang von Fiora. Wir hatten uns gegenseitig ausgelacht, weil wir so sentimental waren, und Liv hatte versprochen, einen Flug nach London für in vier Wochen zu buchen. Ich klappte den Koffer zu, legte ihn als Beistelltisch neben den Sessel und breitete den Vöglein-und-Blümchen-Schal darauf aus. Es wurde langsam wohnlich in meinem Zimmer.

Ha! Da war noch was: In meinem Rucksack kramte ich nach meiner Notizkladde – darin: eine lange, sehr lange Liste von Leo, mit all den Dingen, von denen er auf meiner Party geschwärmt hatte. Ich klebte sie über den Schreibtisch. Und die Postkarte von zu Hause, auf der hinter dem Main Frankfurts Skyline zu sehen war, pinnte ich übers Bett. Als ich die Kladde zuklappte und auf den Schreibtisch legte, fand ich auf der Rückseite einen Klebezettel, den ich unter die Postkarte klebte:

**Immer mal an mich denken, bitte**

Per. Verdammt, wieso kam er nicht mit nach London! Oder, wenn wir bei der Fernbeziehung blieben, sollte er wenigstens nicht mehr so schweigsam sein wie in den letzten Wochen. So ein verstockter Per war nur schwer zu ertragen. Und er machte mich unsicher, wie unsere gemeinsame Zukunft nun aussah. Bisher war das Bild immer ganz klar gewesen: Per war da und ich und wir beide in unserer Wohnung und da gab es einen interessanten Job und unsere Freunde. Aber jetzt war das Bild verschwunden und noch kein neues aufgetaucht. Ich wusste nicht mehr, wie unsere Zukunft aussah.

Draußen miaute Mimi the cat und Kira klopfte an meine Tür. »Hast du Lust auf Pfeffersuppe?«, rief sie. Was auch immer Pfeffersuppe sein mochte, ich hatte Hunger.

Wir verbrachten zusammen einen netten Sonntag: Kira führte mich im Stadtteil herum, zeigte mir, wo der Bus fuhr, wo jeden Tag Markt war – »hier kriegst du vor allem karibisches Zeug, sehr gut alles« –, wo ein Briefkasten stand und eine Apotheke. Am Abend kannte ich mein neues Viertel, war k. o. wegen all der Eindrücke, telefonierte nur sehr kurz mit Per und schlief schon um neun ein.

Am nächsten Morgen wachte ich ausgeschlafen auf und wurde aufgeregt, als ich merkte, wo ich war. In London. Und zwar in einem eigenen Bett – was für ein Luxus: kein schnorchelnder Per und Platz für Bücher, Zeitschriften und Kekspackungen in Griffnähe, auf der Per-Seite. Vielleicht könnte ich mich an so eine Fernbeziehung doch gewöhnen.

Und dann fing mein erster Arbeitstag bei Thousand Stitches an. Die neuen Atelierräume waren dreimal so groß wie die alten, von meinem Schreibtisch aus konnte ich tatsächlich auf den Kanal blicken, auf dem ich ganz weit hinten ein paar Hausboote sah, von denen dünne Heizwölkchen aufstiegen – wohnten dort Leute auch im Winter? Die Schreibtische waren unter den Fenstern verstreut, in der Mitte des Raumes stand ein riesiger Arbeitstisch und in einem halb abgetrennten Bereich standen zwei Nähtische. Beinahe hätte ich dort, an den Nähmaschinen, meine Tasche abgestellt, als mich Vinz durch das Atelier führte. Ich schlug mir in Gedanken an die Stirn – das musste ich erst noch kapieren, dass ich hier als Designerin arbeiten und andere Menschen die Modelle meiner Entwürfe nähen würden.

»Great! Fabulous!«, schnatterte ich zu jedem der Dinge, die mir von den anderen gezeigt oder erklärt wurden. Ich würde mir noch ein paar mehr Begeisterungsvokabeln draufschaffen müssen, um nicht als Una, die debile Deutsche, in dem Laden zu gelten. Aber das alles *war* einfach great und fabulous. Am Abend ging ich grinsend nach Hause, aß grinsend mit Kira Abendbrot, erzählte ihr grinsend, wie toll das alles sei, und ging grinsend schlafen. Ich hatte den aufregendsten Tag meines Lebens, und auf den folgte die aufregendste Woche meines Lebens. Und ein paarmal passierte es mir, dass ich nur an Per dachte, weil mich sein Zettel am Bett daran erinnerte.

Am Freitagabend telefonierten wir das erste Mal länger. Bisher hatte ich mich immer vor unseren Gesprächen gefürchtet. Davor, dass wir uns anschweigen oder gegenseitig Vorwürfe machen würden. Doch ganz vorsichtig, jedes Mal ein bisschen mehr, erzählten wir uns von unseren neuen Leben, wie das so funktionierte, morgens allein am Frühstückstisch zu sitzen und das Bett für sich ganz allein zu haben. Und an diesem Tag sprachen wir zum ersten Mal über die Zukunft.

Per sagte: »Meine Mutter hat gefragt, ob du Weihnachten kommst.«

»Das ist aber nett.«

»Na ja, nett ist relativ. Ich so: ›Una geht nach London.‹ Und sie so: ›Kommt sie dann überhaupt zu Weihnachten?‹«

»Ich denk mal drüber nach.«

»Denkst du auch über einen Heimatbesuch vor Weihnachten nach?«

»Klar komm ich vorher noch mal heim.«

»Nächstes Wochenende?«

Wollte ich nächstes Wochenende schon wieder nach Hause fliegen? Für dieses Wochenende hatte ich mir zwei Ausstellungen, einen großen Spaziergang, eine Party bei meiner neuen Kollegin und eine Fahrt mit dem London Eye vorgenommen und freute mich schon die ganze Woche darauf. Und auch fürs nächste Wochenende hatte ich schon Pläne gemacht – London war groß. Ich musste und wollte mich erst mal einleben, die Stadt entdecken.

»Ich glaube, nächstes Wochenende wird es noch nichts. Wir haben bei der Arbeit so viel zu tun …«

»Kommst du überhaupt mal wieder heim?«

»Wie wär's, wenn *du* mich besuchen kommst?«

Wir schwiegen beide. Lange.

»Okay, ich komme. Wollte ja eigentlich schon hin, als Leo da gearbeitet hat.«

»Du wirst London lieben!« So ganz sicher war ich mir da nicht, aber ich hoffte es.

## Per

»Ich habe nie gesagt, dass London nicht toll ist. Ich habe immer nur gesagt, dass ich nicht hier leben will. Weil ich einen Job in unserer Stadt habe und nicht weiß, was ich in London arbeiten soll.«

»Dein Gesichtsausdruck war aber die ganzen zwei Tage der gleiche, der Per-findet's-blöd-hier-Ausdruck.«

»Stimmt doch nicht, ich hab auf den London Fields mit deinen Designer-Freunden Fußball gespielt, ich war auf drei Flohmärkten mit dir und wir haben zusammen das alte Stadion von Arsenal London gesucht und gefunden. Und das war nicht einfach.«

»Aber du hast nicht einmal gesagt: Schön ist es hier, Una.«

»Weil ich weiß, was dann kommt: Zieh doch nach London!«

»Na und? Ist es so schlimm hier?«

»Ich würde depressiv werden. Weil ich keine Arbeit hätte, und keine Aufgabe. Ich bin ein Zahlensucher, so was braucht hier keiner.«

»Per, du kannst hier bei allen möglichen Firmen arbeiten, du bist Grafiker!«

»Ich bin ein Zahlensucher, ein einsamer Zahlensucher in einer verlassenen Wohnung. Komm mit nach Hause.«

»Per, hör auf damit. Das macht es nicht besser.«

»Aber auch nicht schlechter.«

»Lass uns nicht jetzt im letzten Moment eine Diskussion anfangen. Du musst los. Du wolltest extra früh zum Flughafen. Weißt du noch: Falls die U-Bahn ausfällt, die Taxifahrer streiken und die Kutschpferde von einer Epidemie niedergestreckt werden.«

»Ja, ich weiß noch. Ich liebe dich.«

»Ich weiß. Hast du deine Taschen?«

»Klar, die stehen schon vorne, an der Tür ...«

... ach so, Una. Eins noch. Nicht so wichtig, aber irgendwie doch. Ich habe Julie geküsst.

Vor ein paar Wochen.

Wir haben Vier gewinnt gespielt und ich habe nur verloren. Bis sie gesagt hat, ich würde einen Kuss bekommen, wenn ich gewinne. Dann habe ich gewonnen. Und wir haben uns geküsst.

Nichts Wildes, aber ich wollte es dir gesagt haben. Ihre Lippen waren weich, aber der Kuss egal. Und mehr war nicht. Das schwöre ich. Und ich will ein Paar mit dir bleiben. Auch wenn du jetzt hier in London bist.

Ich wollte dir das wirklich sagen. Schon lange. Damit es weg ist, aus meinem Kopf. Aber jetzt geht der Flieger gleich, und du bist ungeduldig und ich bin nervös, weil ich spät dran bin.

Außerdem habe ich Angst, dass du alles falsch verstehst. Es war nur ein Kuss, aus Übermut, aus Neugier. Um wieder zu wissen, wie sich das anfühlt, eine andere zu küssen.

Und jetzt kann ich es dir nicht sagen. Es geht nicht. Ich bringe es nicht heraus und du schaust mich komisch an, weil ich nichts sage. Aber weißt du: Nur 37 Prozent der Frauen verzeihen ihrem Partner einen Seitensprung (was es nicht mal war!). Eine schlechte Quote. Außerdem sagen Experten, man solle eine einmalige Sache erst gar nicht zum Thema machen. Weil das dann immer wieder hochkäme und das Vertrauen weg sei. Vielleicht bin ich auch nur zu feige, das kommt ja auf dasselbe raus, oder?

»Una ...«

»Per? Hast du die Sprache verloren? Hat dich eine böse Fee versteinert? Jetzt schau nicht so traurig, nimm deine Taschen und raus mit dir. Wir müssen ja noch bis zu der Station laufen, an der gleich deine Bahn fährt.«

»Müssen wir, ja. Nein, lass, ich nehm schon.«

## Una

Der November ging zu Ende, Liv war bei mir in London und seit fast 24 Stunden rannten wir wie wahnsinnig durch die Stadt. Gleich als ich sie vom Flughafen abholte, befahl sie: »Ich will heute noch tanzen gehen!« Also gingen wir tanzen. Wir kamen erst spät ins Bett und standen früh wieder auf und dann rannten wir weiter: in die Tate Modern. Zu Thousand Stitches, wo ich Liv meinen Arbeitsplatz zeigte und ihr ein Shirt für Per mitgab. Durchs East End, wo sie in jeden einzelnen der tausend kleinen Designerläden wollte. Die Brick Lane rauf und wieder runter. Und dann endlich in ein Café.

Wir ließen uns in die Sessel fallen und bestellten heiße Getränke. Als der Kellner vor mich einen Milchkaffee stellte und vor Liv einen Tee, war irgendetwas an diesem Bild falsch.

»Seit wann trinkst du überhaupt Tee? Du hast doch nie Tee getrunken«, fragte ich Liv. Liv trank immer und immer Kaffee, und zwar schwarz. Literweise.

Sie sah mich verlegen an. »Seit … seit … Ich trinke halt jetzt Tee.«

Am Vorabend hatte sie doch auch schon keinen Alkohol getrunken. »Du bist schwanger!«

»Elfte Woche!« Es brach förmlich aus ihr heraus. »Cool, oder?!«

»Total cool!!« Ich drückte Livs Hand. »Das ging aber schnell.«

»Ich weiß. Ich glaube sogar, dass es gleich beim ersten Mal passiert ist. Beim Periodenmathe komme ich jedenfalls immer wieder auf unser erstes Date. War nicht wirklich Absicht … aber der Süße freut sich total über die Kaulquappe, hast du gewusst, dass die aussehen wie kleine Kaulquappen da auf dem Ultraschall? Nach meinem Geschmack freut er sich fast schon ein bisschen übertrieben. Vielleicht weil er schon fast vierzig ist, biologische Uhr und so. Und jetzt stell dir das mal vor: Er will, dass wir aufs Land ziehen!«

»Du aufs Land?«

»Ja, und je länger ich drüber nachdenke, desto schöner finde ich die Idee – draußen in der Natur, ein Ofen, für den wir Holz hacken müssen, der Süße hat ein großes Atelier, und das Kind kann auf einer sattgrünen Wiese spielen. Ein nettes Häuschen mit rotem Dach, vielleicht mit einer Katze oder ein paar Hühnern dazu.«

»Du hast zu viele schwedische Krimis geschaut.«

»Aber die Vorstellung ist so nett.«

»Sehr romantisch, schon klar. Aber wenn das Baby zum Arzt muss oder du, wenn du einkaufen willst und Freunde treffen – überall musst du mit dem Auto hin. Ich stell mir das ziemlich anstrengend vor.«

»Ja, kann sein. Wurscht. Das ist nur so eine Idee. Vielleicht haben wir die auch nur, weil es so schwer ist, gute Wohnungen zu finden. Bisher haben wir nur Schrott besichtigt: dunkle Buden, in denen es zieht oder in denen der Schimmel an den Wänden hängt.«

»Wird schon.«

»Ja, wird schon. Kiras Wohnung ist übrigens toll! Und Kira auch! I'm in love with London, baby.«

»Ich liebe es auch, hier zu sein. Jeden Morgen kann ich es wieder nicht fassen, wie gut das alles ist.«

Liv wurde plötzlich ernst. »Was ist eigentlich, wenn es dir in einem Jahr oder in zweien immer noch so gut gefällt? Was macht ihr dann, du und Per?«

Ich rutschte noch tiefer in meinen Sessel. Ja, was war dann eigentlich? Ich wusste es nicht, hatte immer vermieden, darüber nachzudenken. Vielmehr ging ich davon aus, dass irgendwann eine Entscheidung vom Himmel fiele. Per würde herkommen oder ich … ich … nein, eigentlich wollte ich hierbleiben. Dieser Job fühlte sich so gut und richtig an.

Gleichzeitig vermisste ich Per wahnsinnig. Nachdem er wieder nach Hause gefahren war, merkte ich jede fehlende Umarmung, jeden nicht gegebenen Kuss. Ich fühlte es richtig, wenn mich morgens niemand drückte, weil ein wichtiger Termin bevorstand. Ich stand dann im Bad vor dem Spiegel und sprach mir selbst Mut zu: »Una, das schaffst du, die sind alle nett, und wenn du was Dummes sagst, reißt dir keiner den Kopf ab. Außerdem: Kannst du es im Ernstfall auch immer aufs Englisch schieben.« Aber lieber hätte ich es Per sagen gehört.

»Keine Ahnung, Liv. Ich weiß nicht, was wir dann machen. Und ich will auch gar nicht drüber nachdenken. Wir werden sehen. Müssen uns ja nicht heute entscheiden. Vielleicht ist der Job auch in ein paar Monaten gar nicht mehr so super. Vielleicht krieg ich schlimmes Heimweh. Vielleicht irgendwas … Lass uns von was anderem reden. Und lass uns mal los, sonst versacken wir hier noch in den Sesseln.«

Wir zahlten und schlenderten zurück Richtung Hackney. Irgendwie hatte ich mir eingebildet, das Dilemma Per & Job würde sich schon irgendwann in Luft auflösen, wenn ich erst mal nach London gegangen war. Tat es aber nicht.

## Per

Es klingelte. Ich hatte eigentlich nicht damit gerechnet, dass Leo wirklich kommen würde, es war Samstagvormittag und er hatte seit zehn Tagen wieder eine neue Freundin. Noch namenlos.

Ich öffnete ihm.

»Per, ich grüße dich!« Leo stürmte herein. Grinsen. Zwinkern. Grinsen. Schulterklopfen. Zwinkern. Er hatte eine neue Freundin.

»Kann ich mir was zu trinken holen? Wir waren aus gestern und ich hab definitiv zu viel erwischt. Und jetzt echt Brand.« Er warf seine Jacke auf das Schuhregal und war schon auf dem Weg in die Küche.

Ich trottete hinterher.

Leo kam streichen helfen. Ich wollte Wohnzimmer und Schlafzimmer anders haben. Das Wohnzimmer, weil ich die vier weißen Wände dort nicht in Ordnung fand. Schon okay, aber zu langweilig, ich wollte sie lieber hellgrün haben. Und ich wollte mir angewöhnen, auch mal Sachen zu verändern, die ich schon okay, aber langweilig fand. Das Schlafzimmer wollte ich streichen, weil Unas grellrote Arbeitsecke mit Livs bunter Insekten-Vögel-Deko keine Arbeitsecke mehr war, Una nähte ja jetzt in London. Es war nur noch ein Schlafzimmer, und im Schlafzimmer wollte ich weiße Wände. Beruhigend weiße Wände.

»Klar. Cola ist im Kühlschrank.«

»Weiß ich doch!«, rief Leo.

Ich ging ins Wohnzimmer und deckte schon mal die Couch mit einer Plane ab. Alle anderen Möbel hatte ich auf den Flur geräumt. Die Couch war zu groß, um sie alleine rauszuschaffen. Wie war das noch mal gewesen? Die Couch zementierte unsere Beziehung? Sie hatte nicht einmal das Zusammenwohnen zementiert.

Leo kam grinsend zurück. Auf seiner Stirn klebte ein gelbes Post-it, auf das Una »Ich will Wurst« geschrieben hatte.

»Sag mal Per, wenn das Zettelmonster am Kühlschrank eure Kommunikation ersetzt hat, solange ihr hier miteinander gewohnt habt, wie kommuniziert ihr dann jetzt?« Er lachte. »Schickst du die Zettel mit der Post nach London?«

Ich sagte nichts und fing an, die Farbe anzurühren.

»Och Per, jetzt hab dich mal nicht so. Una hat nicht Schluss gemacht, sie ist nach London gegangen. Und du bist ein freier Mensch und kannst jederzeit hinterher.«

»Hast du das vielleicht gemacht? Bist du ganz zu deiner Polizistin nach London gezogen, als dein Praktikum dort zu Ende war? Nein, bist du nicht.« Ich hörte mich scheiße an. Gereizt und sehr genervt.

»Und? Sie hat sich einen anderen gesucht.«

Da hatte er recht. Na und?

»Okay. Mal angenommen, ich wollte nach London: Was soll ich da? Schwäbischen Touristen den Tower und den Big Ben zeigen? Verstehst du? Auf mich und meine Arbeit wartet dort niemand.«

Leo nickte. »Okay, sehr schlechte Laune also. Dann streichen wir jetzt. Wir brauchen aber einen Soundtrack. Du sagst die Zeit, ich die Band, du das Album.«

Dafür mochte ich Leo: Er konnte Diskussionen auch gut sein lassen.

»Frühe Neunziger.«

»Nirvana.«

»Unplugged.«

»Yes, Sir!«

Leo sprang in den Flur, wohin ich CD-Regal, Anlage und Boxen geschoben hatte, und suchte die CD heraus. Dann fluchte er, weil ihm aufging, dass die Anlage natürlich nicht angeschlossen war – sie hatte ja eigentlich ihren Platz im Wohnzimmer. Aber er bestand auf Musik, hantierte mit den Kabeln und wenig später krächzte Kurt Cobain vom Flur aus ins Wohnzimmer.

Ich war froh, dass Leo da war. Ich war müde, Una in London, das Wetter kalt, nass und äußerst deprimierend. Und handwerkliches Zeug wie Streichen ging mir eigentlich schon bei bester Laune auf die Nerven. Leo tat gut. Er machte sich nicht wichtig mit irgendwelchem Halbwissen, er spielte nicht den großen Meister, sondern er half mir einfach, die Wände in unserem Wohnzimmer zu streichen. Hellgrün.

Vielleicht wollte ich damit Una beeindrucken, wenn sie übernächste Woche zum ersten Mal wieder nach Hause kam.

Wenn ich ehrlich war, hatte sich bisher meistens Una darum gekümmert, dass solche Dinge wie Streichen passierten. Womit wir keine Ausnahme waren, so war es rein statistisch in 87 Prozent der Beziehungen. Aber vielleicht wollte ich Una zeigen, dass ich aktiv sein konnte. Hier, in unserem Zuhause.

Wir kamen gut voran und es war gerade erst Mittag geworden, als wir mit dem Wohnzimmer fertig waren. Wir holten uns beim Griechen einen Döner und Gemüse-Dürüm für mich und sahen beim Essen zufrieden auf unser Werk. Die Wände waren eindeutig grün geworden. Ziel erreicht.

Dann machten wir uns an das Schlafzimmer. Leo überredete mich, einen kreisförmigen Rest Rot mit Schmetterling zu lassen. Als Wanddekoration.

»Außerdem freut das Una«, sagte er. Es brummte. Leo nahm sein Handy vom Nachtisch, eine SMS. Er grinste.

»Du, ich muss weg, ist das okay?« Er grinste immer noch. Jetzt noch breiter.

Ich verstand. »Die Namenlose?«

»Noch, ja. Aber vielleicht bekommt sie bald einen Namen.«

Als Leo weg war, brachte ich die Malersachen in den Keller, schob die Möbel zurück und riss die Fenster auf. In unserer Wohnung, in der ich seit vier Wochen alleine lebte. Vorübergehend, jedenfalls redete ich mir das ein: dass Una einfach nur auf Pause gedrückt hatte, dass unser gemeinsames Wohnen alle zwei oder drei Wochenenden kurz fortgesetzt wurde und in einem Dreivierteljahr oder so wieder richtig weiterging.

Kaum eine meiner vielen Zusammenziehbefürchtungen hatte sich bewahrheitet: dass es unmöglich sei für zwei erwachsene, selbstständige Menschen, plötzlich jede Kleinigkeit miteinander abzusprechen, dass alle Freiheit verloren ging, dass wir vom Paar zu Brüderchen und Schwesterchen wurden, dass alles Körperliche im Kuscheln aufging. Nein. Es hatte funktioniert. Wir hatten auch genauso viel Sex wie vorher gehabt, oder genauso wenig. Je nach Form. Und wir hatten uns nicht total gehen lassen. Ich war nicht pinkeln gegangen, während Una duschte, sie hatte sich nicht die Fußnägel geschnitten, während ich daneben Zähne putzte. Ich hatte sie nie gefragt, ob ihrem Hintern die Feuchttücher auch guttaten, die ich neben die Klopapierrolle gelegt hatte. Ich hatte nicht beim Fernsehen gefurzt. Jedenfalls nicht absichtlich.

Wir hatten auch beide noch eigene Freunde, eigene Hobbys, eigene Gewohnheiten. Es gab uns noch getrennt, wir waren keine Symbiose eingegangen.

Verdammt, es hatte funktioniert.

Und trotzdem war Una nach London gegangen.

Und trotzdem war ich hiergeblieben.

Und deshalb hingen wir jetzt fast jeden Abend am Telefon oder vor den Computern und erzählten uns von unserem Tag.

Vielleicht mussten wir es nur so sehen: Wir lebten nicht mehr in einer gemeinsamen Wohnung, dafür war unser gemeinsames Leben ab jetzt eine Art gemeinsamer Wohnung.* Wir würden weiterhin zusammenleben, nur eben mal hier, mal dort und mal getrennt. Örtlich.

Ach.

Scheiße. Auch frisch gestrichen war die Wohnung leer ohne Una. Ich kam mir verlassen vor, da konnte ich mir tausendmal einreden, dass alles nur vorübergehend war.

Una war weg und sie fehlte.

Ich setzte mich in die Küche und drehte das Radio auf. Samstagnachmittag, Bundesliga. Ich nahm mir ein Bier. Als ich den Kühlschrank wieder zufallen ließ, sah ich einen neuen gelben Zettel:

---

* *»Unser gemeinsames Leben war ab jetzt eine Art gemeinsamer Wohnung.« Mann, Mann, Mann, Per. Damit kannst du dich für einen evangelischen Sinnspruchkalender bewerben, für den Satz des Monats.***

** Das ist nicht so dumm, wie du tust, du Klugscheißerin. Also lass meine Kapitel in Frieden!

## Per

Am Mittwoch darauf hängte irgendjemand in der Wohnung unter uns Bilder auf, seit einer halben Stunde hörte ich ein Hämmern. Abends. Ein wenig nervte das. Ich setzte ja auch Kopfhörer auf, wenn ich die alten Sachen von Bon Jovi laut hören wollte. Aber egal.

»Drucken«. Mein alter Drucker fing an zu rattern und ich konzentrierte mich auf Fußball. Ich sah wieder mehr Fußball in letzter Zeit. Zum Beispiel wenn ich zu Hause war und irgendwas im Internet recherchierte. In einem der Sportkanäle kam fast immer Fußball und wenn es irgendeine Zusammenstellung alter WM-Spiele war. An diesem Mittwochabend war es Champions League: der Vorjahresaufsteiger 1860 München gegen den FC Barcelona.

Ich klickte die ausgedruckten Internetseiten weg, die hatte ich ja jetzt auf Papier, und suchte weiter.

Mann, wenn dieses Hämmern nicht aufhörte!

Nachdem sich auf meinem Desktop wieder einige geöffnete Internetseiten angesammelt hatten, drückte ich auf »Drucken«, und während die Listen und Forenbeiträge aus meinem Drucker stotterten, wandte ich mich dem Fernseher zu und sah, wie Benni Lauth das 3:1 für 1860 München schoss. Unfassbar. Sensationell.

Ich zog mein Handy aus dem Bürorucksack, um Tom, dem Torwart, eine SMS zu schreiben. Er war seit Jahren 1860-Fan, da musste man gratulieren, auch als Dortmund-Fan.

Das Handy zeigte vier Anrufe in Abwesenheit an. Dabei hatte der Rucksack die ganze Zeit hier im Zimmer gelegen.

Während ich noch verständnislos auf die Anruferliste starrte, fing das verdammte Hämmern wieder an. Es kam aus meinem Handy, »Liv ruft an« stand auf dem Display. Ich nahm mir vor, Julies Handy beim nächsten Mittagessen in ihrer Suppe zu versenken, wo bekam sie diese Klingeltöne nur immer her?, dann schaltete ich den Fernseher auf lautlos und ging ran.

»Hi, Liv, na, wie war London?«

»Toll natürlich, und wie toll! Ich bin sooo neidisch auf Una. Also. 'tschuldigung. Auch wenn's für euch beide natürlich blöd ist.«

»So schlimm ist es nicht, keine Sorge.«

»Du, warum ich anrufe: Deine Süße hat mir ein Päckchen für dich mitgegeben, ich hatte noch Platz im Koffer – überraschenderweise, ehrlich, ich dachte, dass ich mehr einkaufen muss in London –, jedenfalls bin ich morgen ganz in der Nähe von eurem Verlag, weil wir eine Wohnung besichtigen, auch wenn die eigentlich viel zu teuer ist, aber mein Süßer denkt, er könnte verhandeln, ist ja auch egal, und da wollt ich fragen, ob ich das Päckchen dann bei dir im Büro vorbeibringen soll.«

Ich mochte die Art, wie Liv einen Satz aus den verschiedensten Themen-Gestängen zusammenschweißte, während sie sprach. Man konnte sich nie wirklich sicher sein, wie der Satz weitergehen oder am Ende aussehen würde.

»Klar, ich bin morgen da. Eigentlich bis abends. Ruf einfach vorher an, auf dem Handy. Jetzt weiß ich auch wieder, wie es klingt.«

»Äh. Was weißt du?«

Sollte ich jetzt das alles? Julie? Klingeltöne? Nee. »Egal, kompliziert. Mein Handy spinnt. Deswegen hab ich deine Anrufe vorhin verpasst.«

»Okay, ich verstehe. Handyprobleme kenn ich, meines

geht dauernd aus, ungefragt. Dann melde ich mich morgen, wenn mein Süßer aus dem Haus kommt, in dem die Wohnung ist – ich warte nämlich draußen, schwangere Frauen kommen bei Vermietern oder ihren Immobilienheinis taktisch nicht so gut rüber, und auch wenn man noch nicht viel sieht bei mir, die müssen nur blöd fragen, wie es bei uns mit Kindern aussieht, und ich kann doch so schlecht lügen! Aber ich will schon dabei sein und wenigstens von außen sehen, wo unsere Kaulquappe dann …« –

»Liv, darf ich dich kurz unterbrechen?«

»Klaro, schieß los!«

»Wollt ihr unsere Wohnung?«

Liv sagte ein paar Sekunden nichts. Es wurde angenehm still und friedlich. Dafür hörte plötzlich ich den dumpfen Pulsschlag in meinem Hirn, der immer lauter wurde. Was zur Hölle redete ich da?

»Aber. Per. Da wohnst doch du.«

»Klar wohne ich da. Noch. Aber nicht mehr lang. Ich werde nach London gehen, ab März. Für ein Jahr. Dann sehen wir weiter. Aber für dieses Jahr könntet ihr die Wohnung auf jeden Fall haben.«

Hatte ich Tabletten genommen? Oder getrunken?

»Per, das wäre … das wäre super! Auch für euch! Weiß Una schon davon? Bestimmt, oder? Und freut sie sich? Logo, ist ja logisch …«

»Nein, ich habe es ihr noch gar nicht erzählt, und es wäre toll, wenn du nicht – …«

»Per, ist klar, das machst schon du – ach, ist das toll mit der Wohnung, und das mit London und das mit euch zwei beiden – aber ach du Schande, alles Weitere musst du mir morgen erzählen, nicht böse sein, ich muss jetzt weg, auf der Stelle, ins Theater, da will ich nicht wieder zu spät kommen, das war äußerst unangenehm beim letzten Mal, und der Süße wartet und – ich freu mich so, Juhuu! Bis mooorgen!«

Ich legte das Handy weg und lehnte mich zurück. Mir war schwummerig.

Ich hatte eine Live-Entscheidung getroffen. Vor einer Zeugin. Das war nicht zurückzunehmen. Ich hatte schon wieder einen *point of no return* überschritten.

Neuerdings schien mir das eine meiner Spezialitäten zu sein. Und schuld war Leo.

Er hatte mich feige genannt.

Das war an und für sich noch nicht das Problem, damit wäre ich zurechtgekommen. Das Problem war: Ich hatte Angst bekommen, dass Una das genauso sah. Niemand, auch nicht Una, wollte auf Dauer mit einem lebensfeigen Menschen zusammen sein. Vor so jemandem verlor man irgendwann den Respekt und dann nistete sich Verachtung ein. So würde es auch bei Una sein und dann war sie weg.

Also hatte ich etwas tun müssen. Nicht zum Superhelden werden, über Hausdächer springen oder Testosteron schlucken – aber zumindest einmal ernsthaft über London nachdenken. Über all das, was ich bisher in einen entlegenen Winkel meines Kopfes geschoben hatte. Und ohne all meine vorgeschobenen, vernünftigen Argumente.

Damit hatte ich seit vier Tagen meine Abende verbracht. Ich hatte vier Pro- und Kontralisten mit unterschiedlichen Kategorien und verschiedenen Gewichtungspunkten erstellt. Und wieder nachgedacht und recherchiert.

Seit vorgestern hatte ich einen Ausweg: ein Sabbatical. Ich konnte mich relativ problemlos von unserem Verlag für ein Jahr freistellen lassen, auch als Abteilungsleiter. Für das Sabbatical gab es nur eine Bedingung: drei Monate Vorlaufzeit. Deswegen hatte ich zu Liv gesagt, ich sei ab März in London. Wenn ich in London partout nichts finden würde, konnte ich nach einem Jahr zurück in den Verlag, an meinen Arbeitsplatz, wenn es den und meine Statistik & Schaubilder dann noch gab. Riskant war es nämlich schon. Auch deswegen wäre es in einem Jahr dann an Una, etwas aufzugeben, wenn es mir nicht gefiel in London.

Aber von alldem, hatte ich beschlossen, durfte sie erst mal nichts erfahren. Nicht, bevor ich mir wirklich sicher war. Auf gar keinen Fall. Dachte ich.

Dann hatte Liv angerufen und der mutige Per in mir hatte dem weniger mutigen den Rückweg verbaut.

Ich wandte mich wieder dem letzten Thema zu, das ich recherchiert hatte, bevor Liv angerufen hatte: der Frage, wo Una und ich in London wohnen sollten. Aus praktischen Gründen wäre Hackney am besten, wo Una arbeitete. Aus Überlebensgründen Sutton: Das war der einzige Bezirk Londons mit unterdurchschnittlich niedriger Kriminalitätsrate. Aber Sutton war so weit südlich, dass man wohl beinahe schon das Meer sehen konnte.

Ich druckte die Seite mit allen Londoner Bezirken und ihrer Kriminalitätsstatistik aus und legte sie zu den anderen Unterlagen. Es war mir ein Rätsel, dass es überhaupt noch Londoner gab: Jeder vernünftige Mensch müsste eine Stadt, in der jeden Tag derart viele Menschen betrogen, bestohlen, überfallen, ausgeraubt und ermordet wurden, doch so schnell es ging verlassen. Es sei denn ... es sei denn seine Freundin lebte dort.

Ich drehte den Ton meines Fernsehers wieder auf. Es stand 4:1 für 1860 München. Erstaunlich.

Wirklich erstaunlich. Das alles.

Vielleicht sollte ich jetzt mal Una anrufen.

Vorher ging ich in die Küche und schrieb auf einen gelben Zettel:

Leo kann mich mal.

Den klebte ich an den Kühlschrank, unter seinen »Per ist feige«-Zettel.

## Una

Am 2. Advent machten Per und ich eine Art Adventsessen. Ein paar Tage vorher hatte er mir am Telefon von dieser Idee erzählt: Wenn ich schon mal zu Hause war, könnte ich so auch ein paar Freunde sehen. Alle noch mal in unserer Wohnung beisammen, bevor wir diese nach und nach auseinandernehmen und in Kisten verstauen würden.

Jetzt saßen Liv, Jan, Isabel, Leo, Per und ich zu sechst um unseren kleinen Küchentisch. Etwas gequetscht. Vielleicht wäre der Riesentisch vom Trödelhändler doch eine gute Anschaffung gewesen. An dem würden Per und ich uns nicht so eingezwängt fühlen, wie wir es jetzt taten: Die anderen vier bedrängten uns nämlich mit tausend Fragen über London.

Das Klingeln des Kurzzeitweckers rettete uns, Liv sprang auf, zog die Gemüselasagne aus dem Ofen und verteilte sie geschäftig auf unsere Teller. Die Auflaufform mit dem Rest der Lasagne drückte sie Per in die Hand, damit er sie zurück in den Ofen stellte. Liv hatte es eilig zu essen. »Ich hab einen Riesenhunger. Lasst es euch schmecken!« Sie hatte die Hausherrinnenrolle an sich gerissen und genoss sie ganz offensichtlich. Schon am Vorabend war sie spontan mit ihrem Süßen vorbeigekommen und durch die Zimmer geschlendert, um mit ihm die Einrichtung zu besprechen. Und sie hatte Per gelobt, dass er gerade noch ein paar Wände frisch gestrichen hatte. Nach einer halben Stunde waren die beiden auch schon wieder weg und Per und ich hatten uns wieder mit dem Laptop aufs Sofa gesetzt, um Wohnungsanzeigen für London durchzusehen.

»Una, die Lasagne schmeckt einfach großartig«, nuschelte Liv kauend neben mir und schob gleich noch einen Bissen hinterher.

»Das musst du Per sagen. Ich war nur für den Salat zuständig. Per ist derjenige, der Bock hat, sich mit Rezeptbüchern bewaffnet stundenlang in die Küche zu stellen. Ich bin das Kind meiner Mutter: Bei mir gibt es meistens Reste-Currys.«

»Ich lern jetzt übrigens kochen«, sagte Leo.

»Was denn – Kartoffeln?«, zog Per ihn auf.

»Nein, so richtig. In einem Abendkurs bei einem Sternekoch. So was wie deine Lasagne mach ich dir dann bald mit links, du Affe.«

Leo hielt Per seinen Teller hin: »Gib mal noch was.«

»Mhhh, wirklich gut, Per!«, schaltete sich jetzt Liv wieder ins Gespräch ein. »Und ich glaube, der Frosch mag es auch. Das ist echt der Wahnsinn«, gluckste Liv, noch immer oder wieder mit vollem Mund. »Seit ich schwanger bin, kann ich Portionen verdrücken, das glaubt ihr nicht. Gestern habe ich vorm Schlafengehen noch einen Mörderhunger gekriegt und vier Honigbrote gegessen. Vier! So ein Kind kostet nicht erst nach der Geburt Geld, ich sag's euch.«

Sie wischte sich den Mund ab und fragte in Richtung Per: »Ist noch was da?«

Per zog verlegen die Schultern hoch. »Nur noch Salat.« Mit einer Schwangeren am Tisch hatten die Kochbuchautoren des Lasagnerezepts offensichtlich nicht gerechnet.

Liv lehnte sich im Stuhl zurück und tätschelte ihre Wampe – die jetzt, in der dreizehnten? vierzehnten? Woche eigentlich noch nicht vom Baby sein konnte. »Och, nur Salat? Nö. Dann lass mal.«

Jan hatte ebenfalls aufgegessen und erinnerte sich, wo er stehen geblieben war: Per und mir Löcher in den Bauch zu fragen über die Wohnungssuche.

»Wollt ihr zwei oder drei Zimmer?«

»Drei wäre super, zwei aber auch okay«, sagte Per. »Sie sollte aber so cool sein wie die hier. Und das Beste an der hier war, dass ich sie nicht mal suchen musste. Die gehörte zur Frau gleich dazu.«

Jetzt mischte sich Leo ein: »Also ich würde ja nie bei einer Frau einziehen. Dort kriege ich dann ein Fach in ihrem Kleiderschrank und sie räumt mir eine Ecke am Waschbecken für mein Rasierzeug frei, oder was?«

Per schlug ihm auf die Schulter. »Als ob du überhaupt je mit einer Frau zusammenziehen würdest.«

»Würde ich wohl«, sagte Leo und spielte beleidigt.

»Ach so, zum Beispiel mit deiner Neuen?«, setzte Per nach.

»Keine Ahnung. Alter, wir kennen uns gerade mal vier Wochen. Wieso sollte ich mit ihr übers Zusammenziehen reden, he?! Wir haben ja noch nicht mal darüber geredet, ob wir jetzt fest zusammen sind.«

Unsere Runde brach in Lachen aus. Jan bekam als Erster wieder Luft. »Das weißt du nicht? Nach fast vier Wochen?«

»Nee. Na und? Ich frag sie ja demnächst.«

»Wie bitte?«, hakte Jan nach. »Du stellst dich doch nicht wirklich hin und fragst: ›Sind wir jetzt ein Paar?‹«

Und Per rief lachend: »Kann natürlich unangenehm werden, wenn die Frau dann sagt: ›Sach ma, wer bist'n du überhaupt?‹«

Leo übertönte uns: »Haha, sehr witzig. Doch nicht so, ihr Affen. Da fragt man vorsichtiger.«

»Also ich will jetzt Nachtisch! Den hab ich nicht umsonst heute Nachmittag zusammengerührt«, brach Liv das Thema entschlossen ab, ging zum Kühlschrank, holte eine riesige Schüssel mit Roter Grütze und einen Krug mit Vanillesoße heraus und quetschte beides noch auf den kleinen Tisch. »Der Frosch hat noch Hunger. Also haltet euch zurück, kapiert?«

Liv setzte sich, lud einen großen Haufen Grütze auf ihren Teller, goss Vanillesoße darüber und hob dann ihr Wasserglas. »Auf unsere Gastgeber! Außerdem auf Leo und die Frau, die vielleicht seine Freundin ist, es aber noch nicht weiß.«

Wir riefen »Prost!« und stießen an.

Als die anderen gegangen waren, räumten Per und ich die Küche auf und überlegten, welche unserer Sachen wir mit nach London nehmen sollten.

Die Couch, klar. Meinen Kleiderschrank. Pers Bett.

»Transporter oder Lastwagen?«, fragte Per.

»Kommt drauf an, ob in London jeder von uns sein eigenes Zimmer hat. Dann nehme ich nämlich auch die Sachen aus dem Keller mit. Meine Matratze und meinen Schreibtisch.«

»Also, wenn wir in London getrennte Zimmer haben«, Pers Mund verzog sich zu einem breiten Grinsen, »dann nehme ich meinen blauen Schrank mit.«

## Per

Der zweite Weihnachtsfeiertag, und wieder war ein Weihnachten rum. Ein weiteres mit den Eltern, das erste mit Una. Und es war erträglich gewesen. Vor allem, weil Jan da gewesen war, mit Bella, Lisa, Paula und Finn. Kinder waren die Patentlösung für Weihnachten. Die Erwachsenen sparten sich ihre Problemgespräche für den späteren Abend, oder noch besser: ganz; und bei der Bescherung versanken alle in den leuchtenden Augen der Kinder, die mit offenem Mund die Lichter am Weihnachtsbaum bewunderten. Und die Geschenke darunter.

Am ersten Weihnachtsfeiertag stieg Una in den Zug zu ihrer Mutter. Ich blieb, ich hatte meinem Vater versprochen, mit ihm unseren Keller auszuräumen. Dort lagen noch Dinge wie der Klobrillenaufsatz, von dem ich meine ersten Haufen gemacht hatte. Die Eurythmiestäbe, mit denen Jan und ich uns geprügelt hatten, anstatt mit ihnen zu tanzen. Das Partyzelt, das mein Vater unbedingt haben wollte und das bei seinem ersten Einsatz in sich zusammengefallen war. Das bunte Geschirr, das meine Mutter mir vor drei Jahren zu Weihnachten geschenkt hatte und das ich seither hier »lagerte« – weil ich grundsätzlich nur weißes Porzellan haben wollte, seitdem ich gelesen hatte, dass in vielen farbigen Tellern krebserregende Stoffe enthalten waren.

So Zeug eben.

Zwei Tage waren angesetzt für den Keller, eine eher optimistische Schätzung. Der Keller war groß.

Außerdem kamen alle paar Stunden andere Tanten und

Onkels vorbei, mit denen Kaffee getrunken und Plätzchen gegessen werden musste.

Am zweiten Weihnachtsfeiertag saßen Jan und ich wieder in unserer Stammkneipe vor Bier und Jahresendgesprächen.

»Was hast du eigentlich Bella geschenkt?«, fragte ich ihn.

Er grinste verlegen. »Geht niemanden hier was an, klar?«

Ich verstand. Unter Pärchen gab es drei Sorten von Geschenken.

1) Solche, von denen man jederzeit allen erzählen konnte und die jeder irgendwie verstand (meistens ziemlich einfallslos. Eine Coldplay-CD, den neuen Roman von Daniel Kehlmann oder so. Konnte man genauso gut seiner Tante schenken).
2) Solche, von denen man vor allem seinen Eltern nicht erzählen konnte (eine Zwölferkarte erotischer Massagen. Handschellen mit weichem Flausch innen. Ein Lederstringtanga).
3) Solche, von denen man niemandem erzählen wollte, weil es Pärchen-interne waren (ein Plüschvögelchen, weil im Urlaub doch so ein süßes Vögelchen frech mit dem Schnäbelchen an das Fenster geklopft hatte. Während man gerade Sex hatte).

Jans Geschenk schien in die dritte Kategorie zu fallen. Eines aus der ersten Kategorie hätte er mir erzählt, eines aus der zweiten traute ich ihm irgendwie nicht zu.

»Und, was hat Una bekommen?«, fragte er.

»Den neuen Kehlmann und eine Coldplay-CD.«

Er zuckte mit den Schultern. »Kann man machen. Prost!« Er trank, setzte ab und sagte: »Und ich find's übrigens gut, dass du auf meinen Rat gehört hast und dir das mit London noch mal überlegt hast.«

»Geht's noch? Das hat ganz sicher nichts damit zu tun!«

Er lächelte sein Älterer-Bruder-Lächeln. »Schon klar. Ist ja auch egal.«

»Jan, es ist nicht egal. Das weißt du. Das war allein meine Entscheidung.«

»Na gut, dann hast du eben nicht auf mich gehört. Hätte ich ja eh nichts von.« Er grinste. »Außer einer stillen Befriedigung. Die hatte ich übrigens auch nach deinem Einzug bei Una. Als wir den blauen Schrank in den Keller verfrachtet haben und alles plötzlich gar nicht mehr so schlimm war, wie du vor einem Jahr hier getan hast. *Point of no return,* Flieger und so weiter. Und ein Bierdeckel voller Gründe gegen das Zusammenziehen. Den hab ich übrigens damals eingesteckt. Also sei vorsichtig.«

»Hast du nicht.«

»O doch. Den kriegt Una zur Hochzeit.«

Ich ließ Jan seinen Triumph und verzog mich in meinen inneren Weihnachtsfrieden. Und ich nahm mir vor, den blauen Schrank in den nächsten Tagen auf den Wertstoffhof zu bringen.

Er würde sich da gut machen.

Filippa Bluhm. Heiraten für Turnschuhträgerinnen. Roman.
KiWi 1150

Und sie lebten glücklich, bis der Antrag kam ...
Sympathisch, gnadenlos ehrlich und herrlich komisch: Wie sich Charlotte auf ihrem Weg zum Glück durch die Tücken der Hochzeitsvorbereitungen kämpft, das ist zum Lachen, Lächeln, Kichern, Brüllen – und manchmal auch ein bisschen zum Weinen. Für alle, die sich trauen.

Jörg Metes / Tex Rubinowitz. Die sexuellen Phantasien der Kohlmeisen. Listen, die die Welt erklären. KiWi 1159

Anders als alle anderen Listenbücher: Dieses Buch enthält keine Fakten, kein Partywissen, keine nützlichen Details. Die Autoren haben keine Zeit mit Recherchen verplempert, stattdessen präsentieren sie feinen Unfug, absurden Spaß – herrlichen Quatsch!

Das Wissen der Menschheit wächst ins Unermessliche, der Mensch jedoch verliert den Überblick. Dieser Notstand hat Jörg Metes und Tex Rubinowitz nicht ruhen lassen, und so haben sie wieder Ordnung ins Chaos gebracht.

www.kiwi-verlag.de KiWi PAPERBACK

Ronald Reng. The Funny German. Roman. KiWi 1153

Silke Burmester. Das geheime Tagebuch der Carla Bruni.
KiWi 1081

Seit ihrer Hochzeit mit dem französischen Staatspräsidenten Nicolas Sarkozy ist das Leben von Ex-Model und Sängerin Carla Bruni nicht mehr, wie es war. Die ganze Welt schaut auf sie. Wem kann sie jetzt noch vertrauen? Nur ihrem geheimen Tagebuch! Nur hier steht, was sie wirklich über ihren hyperaktiven Ehemann, seine weißen Socken und sein schlechtes Englisch denkt. Der satirische Bericht aus dem Leben der Première Dame ist die komischste Liebesgeschichte des Jahres.

»Angesichts von so viel Bosheit wird einem die Première Dame sympathisch.« *L'Express*

www.kiwi-verlag.de KiWi PAPERBACK